PLÖTNER  KEMPER

Köstlich killt der Weihnachtsmann

Mörderischer
Adventskalender

FESTLICH ABGEMURKST Vom Ruhrpott bis ins Sauerland wird gemordet, getrickst, betrogen und gelogen. In 24 Kurzkrimis entartet die besinnliche Zeit in bizarre Momente des Schreckens. Pfarrer Keule aus Freienohl wundert sich über eine Haschplantage über dem Gewölbe der Sankt Nikolauskirche. Eine gestohlene Krippenfigur und ein Nymphensittich sorgen außerdem für Turbulenzen. Kommissar Stein ermittelt im Dortmunder Binnenhafen wegen des Mordes an einem Koch, als in der Innenstadt mitten im Trubel des Weihnachtsmarkts schon die zweite Leiche auf ihn wartet. Und während im Schmallenberger Raum ein Hexenhaus in Flammen aufgeht, beseitigen zwei genervte Frauen in Unna ihre lästigen Ehemänner.

Weitere Tatorte finden sich unter anderem in Winterberg, Arnsberg, Sundern, Wenholthausen, Hagen, Hamm, Fröndenberg und Schwerte.

Als Leckerbissen folgt auf jeden Krimi ein Rezept – genießbar und vollkommen ungefährlich.

© Baltrusch-Photo

Astrid Plötner wurde am Rande des Ruhrgebiets im westfälischen Unna geboren, wo sie bis heute lebt. Nach langjähriger Berufstätigkeit im Handel absolvierte sie ein Fernstudium in Schriftstellerei und arbeitet nun als freie Autorin. In den Jahren 2013 und 2014 wurde sie für den Agatha-Christie-Preis nominiert. Seither hat sie zahlreiche Kurzkrimis in Anthologien und mehrere Romane veröffentlicht. www.astrid-ploetner.de

© Baltrusch-Photo

Anke Kemper lebt und arbeitet in Freienohl/Sauerland. Sie schreibt Theaterstücke für Erwachsene und spielt selbst leidenschaftlich Theater und Improvisationstheater und führt Regie. Sie ist Inhaberin des adspecta Theaterverlages. Zwischendurch schreibt sie humorvolle Kurzgeschichten und Krimis sowie kabarettistische Texte für Groß und Klein. www.kempers-art.de

PLÖTNER KEMPER

Köstlich killt der Weihnachtsmann

Mörderischer Adventskalender

GMEINER

Besuchen Sie uns im Internet:
www.gmeiner-verlag.de

© 2023 – Gmeiner-Verlag GmbH
Im Ehnried 5, 88605 Meßkirch
Telefon 0 75 75 / 20 95 - 0
info@gmeiner-verlag.de
Alle Rechte vorbehalten
1. Auflage 2023

Lektorat: Claudia Senghaas, Kirchardt
Herstellung: Mirjam Hecht
Umschlaggestaltung: U.O.R.G. Lutz Eberle, Stuttgart
unter Verwendung eines Fotos von: © KatyaKatya / stock.adobe.com
Zeichnungen von: © Astrid Plötner und Anke Kemper
Druck: CPI books GmbH, Leck
Printed in Germany
ISBN 978-3-8392-0489-4

INHALT

VORWORT

Die Weihnachtszeit – die Zeit von leckeren Gerichten, duftenden Tannenzweigen und Gewürzen, üppigen Dekorationen und Lichtern, wohin das Auge reicht, mit ausschweifenden Treffen mit der ganzen Familie und mit Freunden.

Wir haben die friedlichste Zeit des Jahres ein wenig umgekrempelt und lassen in unseren 24 spannenden und unterhaltsamen Krimis mal eine Leiche in der Ruhr verschwinden, schubsen einen unliebsamen Gesellen von einem Turm, morden gezielt mit einem Schuss oder vergiften mit allem, was der Haushalt so hergibt oder der Zufall bereithält.

Und das an den schönsten Orten – von der Ruhrquelle im Sauerland bis in den Ruhrpott – jede auf ihre charmante tödliche Art, gewürzt mit Wortwitz, Spannung und einem passenden Rezept zum Nachkochen – ganz sicher giftfrei.

Wir wünschen gute Unterhaltung und eine friedvolle Weihnachtszeit!

Astrid Plötner und Anke Kemper

DAS ZIMTSTERN-TATTOO

Zimtsterne in Unna-Massen
Astrid Plötner

Draußen war es längst dunkel. Der Massener Hellweg, der den Verkehr mitten durch den Unnaer Ortsteil Massen führte, wurde von dekorativer Weihnachtsbeleuchtung überspannt. Alle Läden an der Verkaufsstraße hatten an diesem Freitagabend vor dem zweiten Sonntag im Advent bereits geschlossen. In einigen Schaufenstern sah man Weihnachtsgirlanden oder leuchtende Sterne. Ein Schaufenster in einer Seitenstraße wurde von einer Mediabox beleuchtet und verkündete Passanten in wechselnden Bildern die neuesten Lokal-Nachrichten des *Hellweger Anzeigers*. Obwohl dieser Laden ebenfalls geschlossen war, konnte man im hinteren Bereich noch Licht brennen sehen. Inhaber Robert Jablonski saß mit zwei weiteren Männern an einem kleinen Tisch. Heute würde er nicht pünktlich nach Hause kommen, denn etwas Unfassbares war passiert. Und darüber musste er dringend mit seinen Freunden, dem Journalisten Tom Sperling und dem Lokalpolitiker Oliver Rath, reden.

»Ich hatte heute ein Gespräch mit einer Kundin. Sie ist am Vormittag von Dortmund mit der S-Bahn gekommen und auf unserem Bahnsteig ausgestiegen, als die Kriminalpolizei ebenfalls dort eintraf. Man hat einen Toten auf einer der Wartebänke gefunden.«

Seine Freunde schauten ihn gebannt an. »Und?«, kam es wie aus einem Mund.

»Angeblich hatte der eine Tätowierung am Bein. Die soll ganz frisch gewesen sein, also höchstens ein paar Stunden alt. Und einer der Polizisten hätte das Opfer erkannt.«

»Wer ist er? Und was für eine Tätowierung?«, fragte Oliver Rath.

»Ein Zimtstern-Tattoo«, erwiderte der Ladeninhaber und genoss dabei die überraschten Gesichter seiner Gäste. »Bei dem Toten soll es sich um Steffen handeln. Ich hoffe, ihr wisst, was das bedeutet?«

Tom Sperling und Oliver Rath rissen überrascht die Augen auf. Ihre Mimik drückte Bestürzung aus.

»Wir müssen herausfinden, ob es tatsächlich *unser* Steffen ist. Und sollte er einem Mord zum Opfer gefallen sein, müssen wir etwas unternehmen. Ich hoffe, da sind wir einer Meinung?«

Seine Gäste nickten erneut. Journalist Tom nippte an seinem Wasserglas, dann lehnte er sich zurück. »Ich werde recherchieren, ob es sich um unseren ehemaligen Freund handelt, und wie er genau zu Tode gekommen ist. Ich habe Kontakte zur Polizei und auch zum Rechtsmedizinischen Institut in Dortmund, wo die Leiche gewiss obduziert wird. Ich melde mich bei euch, sobald ich etwas in Erfahrung gebracht habe.« Er stand auf.

»Moment!«, hielt Robert Jablonski ihn zurück. »Setz dich wieder, wir sind hier noch nicht fertig.« Er zog ein geknicktes Papier aus der Gesäßtasche seiner Hose, faltete es auseinander und legte es auf den Tisch. »Habt ihr das auch bekommen?«

Die Männer warfen einen flüchtigen Blick darauf und schüttelten den Kopf. »War das bei dir in der Post?«, fragte

Oliver. Auf seiner Stirn bildeten sich kleine Schweißperlen. Er wischte sie mit dem Handrücken fort und fuhr sich dann nervös durch sein helles Haar.

»Nee, jemand hat es unter der Ladentür durchgeschoben, als ich gerade Mittagspause gemacht habe.« Jablonski nahm das Papier wieder an sich. Er blickte auf den mit Bleistift gezeichneten Zimtstern, über den mit Filzstift ein Totenkopf gezeichnet war. Ob Steffen auch so eine Warnung erhalten hatte? Die schriftliche Drohung, bevor der Mörder zuschlug? Sollte er das nächste Opfer sein? Musste man die Polizei informieren? Aber dann würde diese alte Geschichte ans Tageslicht kommen. Das konnte niemand von ihnen gebrauchen.

»Das muss nichts bedeuten«, versuchte Tom Sperling, ihn mit wenig Überzeugung zu beruhigen. Er hatte sich nicht noch einmal an den Tisch gesetzt und schaute nun auf ihn herab. »Hattest du seit damals noch Kontakt zu *ihm* oder zu Steffen?«

Robert Jablonski schüttelte den Kopf. »Nein, zu beiden nicht. *Er* ist ja damals gleich am nächsten Tag nach Kanada geflogen, um sein Studium fortzusetzen. Und Steffen? Wollte der nicht auch studieren? In München, oder? War es nicht Jura?«

Tom hob zaghaft die Schultern. »Ja, kann sein. Keine Ahnung. Ist ja schon über 20 Jahre her. Lässt sich aber gewiss herausfinden. Ich melde mich, sobald ich etwas in Erfahrung gebracht habe. Sollte ich so einen Wisch mit Zimtstern bekommen, sage ich euch auch Bescheid.« Er drehte sich um und ging schnellen Schrittes durch den Laden. Der elektrische Eingangsgong ertönte, und die Tür schlug zu.

Oliver Rath stand ebenfalls auf. »Ich mach mich dann auch mal vom Acker, Robert. Halt die Ohren steif!«

Jablonski nickte. »Mach ich. Pass du auf dich auf und sei vorsichtig!« Der Politiker hob grüßend die Hand und verließ den Laden. Jablonski sperrte die Tür hinter ihm zu, dann setzte er sich erneut an den Tisch. Seine Gedanken wanderten in die Vergangenheit.

Es war am Tag vor Heiligabend gewesen. Ziemlich genau vor 25 Jahren. Sie hatten im Sommer ihr Abitur bestanden und sich zum Weihnachtsfest noch einmal treffen wollen, um über ihren jeweiligen Start ins neue Leben zu berichten. Zu siebt waren sie gewesen. Fünf Jungs und zwei Mädels. Außer Oliver, Tom, Robert und Steffen waren noch Kristin, Yvonne und René dabei gewesen. Letzterer war nach seinem ersten Auslandssemester extra aus Kanada angereist. Jeder der Clique hatte ein verpacktes Geschenk mitgebracht, das später einem der anderen zugelost werden sollte.

Die Feier fand bei Oliver statt, dessen Eltern einen Partykeller in ihrem Haus im Winkelweg besaßen. Da die Raths zu einem Skiurlaub nach Österreich aufgebrochen waren, hieß es »sturmfrei«. Bald saßen sie an der Bar und ließen sich von Oliver hochprozentige Cocktails mixen. Kaum jemand sprach über sein »neues« Leben. Man lachte, alberte und tanzte. Als der Alkoholspiegel schon ziemlich gestiegen war, loste Yvonne die Geschenke zu. Und damit begann das Desaster, denn jeder sollte seine Errungenschaft vorführen. Robert wusste bis heute nicht, welcher seiner damaligen Freunde auf die Idee gekommen war, ein Tätowierungsset zu verschenken. Jedenfalls kam Steffen in den Genuss des Sets und wollte es ausprobieren. Er schwankte auf René zu und grinste. Beide hatten sich für das Auslandsstudium in Kanada beworben, aber nur René war erfolgreich gewesen. Das musste Steffen mehr zu schaffen machen, als er zugab. Er befahl Robert, Oliver und Tom, sein Opfer festzuhalten. René wehrte sich mit Händen und Füßen, hatte aber keine Chance gegen uns vier. Als Muster nutzte Steffen einen von den Zimtsternen, die Mutter Rath für die Clique gebacken hatte.

René schrie vor Schmerz. So laut, dass sich Robert irgendwann von den Mädels wegziehen ließ. Aber die anderen machten weiter. Am Ende prangte über Renés Schienbein ein Tattoo, von dem man kaum etwas sehen konnte, weil das Bein mit Blut verschmiert war. René war kreidebleich im Gesicht, er zog sich wortlos das Hosenbein herunter und humpelte aus dem Keller. Die beiden Mädchen folgten ihm. Robert hatte nie wieder von ihnen gehört. Weder von René noch von Yvonne oder Kristin. Renés Eltern lebten schon damals nicht mehr in Massen, sie waren nach Köln gezogen. Zu den Mädchen hatte Robert nie engeren Kontakt gehabt.

Er seufzte und stand auf. Ob René sich nach so langer Zeit plötzlich rächen wollte? Warum hatte er so lange gewartet? Fakt war, es gab einen Toten. Und irgendjemand hatte Steffen ein frisches Zimtstern-Tattoo auf sein Bein gestochen. René musste also zurückgekehrt sein. Robert zog seine Jacke an und griff nach dem Autoschlüssel. Er ging durch den Laden, schloss die Tür auf und trat ins Freie. In dem Moment wurde er von beiden Seiten angegriffen. Zwei mit Sturmhauben maskierte Kolosse stürzten sich auf ihn, schoben ihn durchs Geschäft bis ins Hinterzimmer, wo er auf einen Stuhl gedrückt wurde.

»René?«, keuchte Robert, »bist du das? Was soll der Quatsch? Es tut mir leid, das mit dem Tattoo. Ich wollte das nicht. Ich ... ich ... ich wollte mich bei dir entschuldigen damals, aber du warst wie vom Erdboden verschluckt.«

13

Robert zitterte am ganzen Körper. Einer der dunkel gekleideten Muskelprotze verschloss ihm den Mund mit Klebeband. Sein Oberkörper wurde samt der Arme an die Rückenlehne des Stuhls gebunden, wobei fast die ganze Rolle Panzerklebeband draufging. Das linke Bein fixierten die beiden am Stuhlbein. Sein rechtes Bein legte einer der Maskierten auf den Sitz eines Stuhls und schob ihm das Hosenbein bis zum Knie hoch.

»Stillhalten!«, zischte der etwas Größere mit grollender Stimme.

Der Kleinere nahm ein Gerät aus seinem Rucksack, das Robert sofort als Tätowier-Maschine erkannte. Ihm wurde übel. Das Summen des Geräts erinnerte ihn an seinen Zahnarzt, zu dem er längst wieder zur Kontrolle gemusst hätte. Robert schloss verzweifelt die Augen. Als er den ersten Stich im Bein spürte, zuckte er zusammen. Die Nadel wurde tief in die Haut getrieben. Er stöhnte, hätte gerne protestiert, aber das Klebeband hinderte ihn. Der Tätowierer arbeitete gewissenhaft. Robert schluckte und öffnete die Augen. Er versuchte, in einer der beiden Gestalten René zu erkennen, aber das war unmöglich. Beide trugen dunkle Jeans, schwarzes robustes Schuhwerk, wattierte Jacken und Sturmhauben, die nur schmale Schlitze für die Augen offenließen. Über die Augen hatten sie getönte Skibrillen gestülpt. Roberts Bein zuckte jedes Mal, wenn der Tätowierer neu ansetzte. »Stillhalten, habe ich gesagt!«, fluchte der jetzt.

Die Stimme kam Robert nicht bekannt vor. Vielleicht hatte René jemanden geschickt, der die Drecksarbeit für ihn erledigte. Sein Bein schmerzte und brannte wie Feuer. Nach einer gefühlten Ewigkeit ließen die Eindringlinge endlich von ihm ab. Die Tätowier-Maschine verschwand im Rucksack, eine Flasche wurde vor ihm auf dem Tisch abgestellt. Dann kam der Kleinere mit einem Skalpell in der Hand auf ihn zu. Er stellte sich drohend vor ihn. Das Messer näherte sich Roberts Gesicht.

»Lass den Scheiß!«, forderte der andere. »Trenn das Klebeband durch und komm! Wir haben noch zu tun.«

Das Skalpell senkte sich bis zu Roberts Oberarm, wurde am Klebeband angesetzt und ratschte durch die Lagen hinunter bis zum Stuhlsitz. Der Maskierte ließ es in den Rucksack fallen und deutete auf die Flasche. »Trink das!«, befahl er. Dann verließen die beiden den Laden.

Robert riss seinen rechten Arm vom Klebeband ab und zerrte die Streifen von seinem Pullover. Er entfernte den Kleber an Mund und Füßen und zog sofort sein Smartphone aus der Hose. Dann wählte er die Nummer von Tom, doch der Journalist meldete sich nicht. »Verdammt«, rief er verzweifelt und versuchte es bei Oliver, aber der nahm das Gespräch auch nicht entgegen. Was sollte Robert jetzt machen? Befand er sich noch in Gefahr? Bei Steffen hatte es auch geheißen, das Tattoo sei nur wenige Stunden alt gewesen. Was, wenn die Maskierten ihm vor dem Laden erneut auflauerten? Robert eilte zur Eingangstür und verschloss sie zweimal. Danach zog er sich ins Hinterzimmer zurück und setzte sich erneut auf den Stuhl, auf dem er gefesselt worden war. Sollte er die Polizei rufen? Sein Blick fiel auf die Flasche. »Trink das«, hatte der Maskierte ihm befohlen. Robert nahm das Fläschchen in die Hand. Russischer Wodka. Hochprozentig. Seit dem Vorfall vor 25 Jahren hatte Robert keinen Tropfen Alkohol mehr getrunken, und dabei würde er es auch heute belassen.

Die Tätowierung am Unterschenkel brannte. Er zog das Hosenbein etwas hoch und warf einen besorgten Blick darauf. Schwarze Tinte, genau wie bei René damals. Die Spitzen des Sterns waren abgerundet. Robert wusste, dass das Tattoo einen Zimtstern darstellte. Er zog seine Winterjacke über und verließ den Laden durch die Hintertür. Vorsichtig äugte er in die dunkle Seitenstraße. Niemand zu sehen. Robert trat auf den Bürgersteig und lief Richtung Hellweg. Die Weihnachtsbeleuchtung über der Straße brannte noch. Auch jetzt um 22 Uhr fuhren hier zahlreiche Autos entlang. Das gab ihm Sicherheit. Er überquerte den Massener Hellweg an der Ampelkreuzung und lief schnellen Schrittes am Modehaus und dem Optiker vorbei. Kurz darauf erreichte er den Gemeindeplatz von Massen, auf dem die Buden des Weihnachtsmarktes standen, der jedes Jahr zum zweiten Advent stattfand, um diese Zeit natürlich längst geschlossen war. Robert hetzte daran vorbei, würdigte weder den dahinterliegenden Hofladen noch den Lebensmittelmarkt eines Blickes, sondern lief den Büddenberg hoch, wo Tom Sperling wohnte.

Sein Haus lag völlig im Dunkeln. Auf Roberts Klingeln öffnete niemand. Tom wohnte allein. War er noch nicht zu Hause? Hatte er sofort mit seiner Recherche begonnen? Robert drehte verzweifelt um und lief denselben Weg zurück, den er gekommen war, bog an der Ampelkreuzung jedoch nach links ab. Bald darauf erreichte er den Winkelweg. Sollte die Geschichte von damals in dem Haus enden, wo sie einst begonnen hatte? Oliver wohnte immer noch im Haus seiner Eltern, die nach Bayern umgesiedelt waren. Er hatte viel renoviert und lebte mit Frau und drei Kindern zusammen, die an diesem Wochenende jedoch bei den Großeltern übernachteten. Soweit Robert wusste, gab es sogar den Partykeller noch. Das Anwesen der Familie Rath lag etwas zurückgebaut von der Straße. In jedem

16

Fenster hing ein leuchtender Stern, was Robert wie ein böses Omen vorkam. Er erklomm die zwei Stufen zum Hauseingang und lauschte. Kein Laut drang nach draußen. Da stimmte etwas nicht! Robert schlich ums Haus. Durch die Terrassentür, die zum Garten führte, konnte er in den Wohn- und Essbereich blicken. Er erschrak, als er Tom und Oliver, an zwei Stühle gefesselt, sitzen sah. Tom erlitt gerade dieselbe Prozedur wie Robert eben. Die beiden Maskierten mussten von seinem Laden sofort zu Oliver gegangen sein. Warum Tom bei ihm war, darauf konnte Robert sich keinen Reim machen. »Ich muss die Polizei informieren«, murmelte er. »Wer weiß, was die Kerle sonst noch vorhaben. Immerhin ist Steffen tot.«

»Den Anruf kannst du dir sparen!«

Robert schnellte herum. Vor ihm stand eine dunkle Gestalt. »Bist du das, René?« Im Dunkel des Gartens konnte man die Gesichtszüge des Mannes nicht erkennen.

»Ja, ich bin es tatsächlich«, erklärte René. »Und ich genieße den Anblick meiner ehemaligen Freunde, die nun endlich das bekommen, was sie lange verdient haben. Schade, dass ich die Prozedur bei dir nicht beobachten konnte.«

»Es tut mir leid, d... das von damals«, stotterte Robert. Ob René eine Waffe in seiner Jackentasche hielt? Würde er gleich abdrücken und zu Ende bringen, was seine Kumpane begonnen hatten? »D... du mu... musst mich nicht töten.«

René brach in schallendes Gelächter aus. »Du hast Angst? Geschieht dir recht.« Er schaute wieder zu Tom und Oliver. Seine Kumpane hatten die Tätowierungsprozedur gerade beendet. »Wir gehen jetzt da rein.« Er drückte die Terrassentür auf und betrat das Wohnzimmer.

Robert folgte ihm. Eine Flucht hätte nichts gebracht. Mit dem Brennen im Bein hätte er niemals schnell genug laufen können. Er beobachtete die Maskierten, die Tom und Oliver mit dem Skalpell das Klebeband aufschnitten und sich dann vor die Terrassentür stellten.

»Im Gegensatz zu meinem Tattoo wurden eure von Profis gestochen«, sagte René nun. Dann zog er seine Jeans hoch und schob das Bein vor. Über dem Schienbein war eine hässliche Narbe zu sehen. »Das hat sich damals schrecklich entzündet. Ihr glaubt gar nicht, was ich für Schmerzen hatte. Wenn ich nicht noch an Heiligabend zurückgeflogen wäre nach Kanada, hätte ich euch verklagt oder sonst was mit euch gemacht.« Er setzte sich auf die Couch, streckte die Beine von sich und verschränkte die Arme hinter dem Kopf.

Robert, Tom und Oliver starrten ihn schweigend an.

»Ich habe mir immer geschworen, irgendwann werde ich mich an euch rächen«, fuhr René fort. »Dass es fast 25 Jahre dauern würde, hätte ich nicht gedacht, aber ich habe erst jetzt Zeit dazu gefunden. So was braucht ja eine ordentliche Vorbereitung.« Er schob seine rechte Hand zurück in die Jackentasche.

»Das mit deiner Narbe tut mir schrecklich leid«, sagte Robert und fühlte, wie ihm die Farbe aus dem Gesicht fiel. »Aber deshalb musst du uns doch nicht erschießen.« Er ließ Renés Hand nicht aus den Augen. Auf wen würde er zuerst zielen?

René starrte ihn verwundert an. »Erschießen, wieso?«

Robert hob die Schultern. »Steffen ist tot. Du hast ihm erst das Tattoo stechen lassen und ihn dann umgebracht. Wie auch immer.«

Der ehemalige Freund stand auf. Dann brach er in

18

Gelächter aus und schlug sich mit den Händen auf die Oberschenkel. Tom und Oliver hatten sich inzwischen vom Klebeband befreit und kamen näher.

»Was soll der Scheiß?«, rief Tom. Er riss ein Papier aus seiner Jacke, auf dem ein Zimtstern mit einem Totenkopf abgebildet war. »Das lag eben bei mir im Briefkasten, deshalb bin ich gleich zu Oliver. Aber den hattet ihr ja schon überwältigt, und ich musste zusehen, wie er dieses Tattoo gestochen bekam. Das kann ich alles nachvollziehen, aber du kannst uns doch wegen dieser Sache von damals nicht alle umbringen.«

René konnte sich kaum beruhigen. Tränen liefen seine Wangen herab. »Nein«, sagte er endlich. »Das werde ich auch nicht. Ich wollte nur, dass ihr eine bleibende Erinnerung an meine Rache bekommt. Die habt ihr ja jetzt.«

»Und warum musste Steffen sterben?«, fragte Robert Jablonski.

René grinste. »Schon mal was von Fake-News gehört? Die Kundin, die dir von Steffens Tod erzählt hat, das war meine Frau. Es hat nie einen Toten am Massener Bahnhof gegeben.«

»Wo ist Steffen?«, fragte Tom.

»Er wohnt in München«, erklärte René. »Aber er kommt jedes Jahr zum zweiten Advent seine Eltern besuchen. Die wohnen seit einigen Jahren wieder in der Nähe der *Sonnenschule*. Einen Tag muss ich mich wegen der Rache an ihm also noch gedulden. Ihr werdet ihn doch nicht warnen? Yvonne hat mir übrigens damals erzählt, dass Steffen das Tattoo-Set selbst gekauft und sie beschworen hat, es ihm zuzulosen. Der Zimtstern an meinem Bein war keine spontane Idee. Er wollte mich erniedrigen, wegen des Kanada-Studiums.«

Die frisch Tätowierten starrten René überrascht an. »Also ich halte dicht«, sagte Robert. »Da kannst du Gift drauf nehmen.« Oliver und Tom nickten.

René grinste und ging auf die Terrassentür zu. »Nichts für ungut, Leute. Mein Rückflug nach Kanada geht bereits Sonntagnachmittag. Wir werden uns also nicht mehr sehen. Frohe Weihnachten.«

Robert blickte ihm nach, wie er mit den Tätowierern durch den Garten verschwand. Der gestochene Zimtstern an seinem Bein brannte immer noch. Aber das schlechte Gewissen, das ihn seit jenem Vorfall vor 25 Jahren besonders zur Weihnachtszeit plagte, war verschwunden.

Rezept: Zimtsterne

Zutaten für den Teig:
  500 g Mandeln
  300 g Puderzucker
  2 TL Zimt
  2 Eiweiß
  2 EL Mandellikör

Für die Glasur:
  1 Eiweiß
  125 g Puderzucker
  (das übrige Eigelb kann man gut für Spritzgebäck
  verwenden)

Mandeln, Puderzucker und Zimt mischen. 2 Eiweiß und Mandellikör zugeben und mit Knethaken zu einem glatten Teig verrühren. Teig ca. 1 cm dick auf einer mit Puderzucker bestäubten Fläche ausrollen. Sterne ausstechen, Form immer wieder in Puderzucker tauchen. Eiweiß steif schlagen, Puderzucker nach und nach zugeben. Sterne mit Glasur bestreichen und im vorgeheizten Backofen auf unterster Schiene bei 150 Grad ca. 10 – 15 Minuten backen.

DAS DING MIT DEM DONG

Käse-Fondue in Freienohl
Anke Kemper

Pfarrer Keule schmiss wütend das Telefon auf seinen Schreibtisch. »Nicht das auch noch!«, rief er verzweifelt und lehnte sich tief atmend in seinem wackeligen Schreibtischsessel zurück.

»Gott vergelt's, Gott vergelt's«, schnatterte sein Nymphensittich Josef.

»Ach, Josef, das hilft mir jetzt auch nicht, halt mal deinen Schnabel«, antwortete der Pfarrer genervt. Am liebsten würde er den Vogelkäfig mit einem Tuch zudecken, damit der Sittich endlich Ruhe gab, aber das Tier würde protestieren, es war noch nicht Schlafenszeit, und der schlaue Vogel wusste das. Keule hatte seinem Bruder versprochen, gut auf Josef aufzupassen, als der im Frühjahr von München nach Melbourne ausgewandert war. Der Pfarrer war sich sicher, dass sein jüngster Bruder dem Sittich mit Absicht das dämliche »Gott vergelt's« vorher beigebracht hatte. Etwas anderes konnte das Tier auch nicht von sich geben. Keule wühlte in seinen Unterlagen. Er hatte jetzt alle Elektriker im gesamten Sauerland abtelefoniert, niemand war in der Lage, vor dem Heiligen Abend die Elektronik der Kirchenglocken in der Sankt-Nikolaus-Kirche zu reparieren. Einige hatten sogar gemeint, wie er denn auf die Idee käme, dass es an der Elektronik läge. Wenn doch eine Glocke funktionierte und die anderen nicht, müsse ein ganz anderes Problem vorliegen. Und schon hörte sich Pfarrer Keule die verschiedensten mehr oder weniger unnötigen Tipps der Fachleute an. Und als ob das noch nicht genug war, wollte ihm einer für den telefonischen Rat 50 Euro in Rechnung stellen, ein anderer hielt den Anruf des Pfarrers für einen Witz, und ein weiterer teilte ihm mit, dass er es vielleicht vor Ostern einrichten könne, mal vorbeizuschauen.

Keule war vor zehn Jahren von Essen in die kleine Gemeinde Freienohl gekommen. Sein geräumiges Pfarrhaus lag nur 200 Meter entfernt von der Sankt-Nikolaus-Kirche. Es gab ein Pfarrheim direkt neben seinem Haus, wo Jung und Alt ihre Treffen abhalten konnten, und sogar eine kleine Bücherei, die sonntags nach der heiligen Messe geöffnet hatte. Im letzten Jahr hatten engagierte Freienohler dafür gesorgt, dass ein altes Gebäude, das früher einmal eine Schule gewesen war, neben der Kirche abgerissen wurde, um dort einen schönen begrünten Hof zu gestalten, den sogenannten *Pausenhof*. Pfarrer Keule war sehr zufrieden mit seiner Arbeitsstelle in dieser kleinen Gemeinde. Alles war beschaulich und ruhig hier auf dem Land, so wie er es sich auch gewünscht hatte nach seinem Umzug von Essen. Josef unterbrach Keules Gedanken mit lautem Geschnatter.

»Das hilft mir jetzt wirklich nicht weiter«, sagte der Pfarrer erneut. Was für ein fürchterlicher Gedanke, dass an Weihnachten nur ein scheppferndes Gedingel durch den Ort Freienohl tönen würde, um die Gemeinde in die Kirche zu rufen. Ein richtiges Geläut brauchte einen hallenden Dong, anders ging das einfach nicht. So etwas hatte es in der Geschichte des Ortes sicherlich noch nicht gegeben. Der Pfarrer ärgerte sich, dass er sich nicht eher um die Reparatur der Glocken gekümmert hatte. Er wusste es schon seit drei Wochen, dass da etwas nicht stimmte. Aber täglich kam etwas anderes dazwischen, und wenn er recht überlegte, war das auch immer wichtiger, als sich um das Geläut der Kirche zu kümmern. Jetzt war ein Tag vor Heiligabend, und er hatte noch keine Lösung gefunden. »Um alles muss ich mich selbst kümmern. Wenn Weihnachten vorbei ist, mache ich drei Kreuzzeichen«, sagte er zu sich, und wie auf Kommando antwortete sein Nymphensittich mit: »Gott vergelt's, Gott vergelt's.«

Dieses Jahr schien alles aus den Fugen zu geraten. Erst hatte der Organist wegen einer Erkältung abgesagt, und dann musste er den Messdienern einen Fünfer versprechen, damit sie über die Weihnachtstage Dienst machten. Ausgerechnet jetzt hatte seine Sekretärin unerwartet Urlaub eingereicht, weil sie zu ihrer kranken Mutter in den Schwarzwald wollte. Der Küster hatte Höhenangst und würde sicherlich nicht in den Glockenturm hochklettern, um mal nach dem Rechten zu sehen. Dem Frührentner wurde schon schwindelig, wenn er nur nach oben blicken musste, behauptete er immer zu seiner Entschuldigung, wenn es darum ging, die Weihnachtsbäume in der Kirche zu schmücken. Einen kurzen Moment überlegte Keule, ob er seine Putzfrau fragen sollte. Frau Besering schien unerschütterlich und komplett angstfrei, wenn sie auf Stühlen, Tischen und Leitern rumkletterte, um Spinnweben zu fegen. Sie schaffte es, hinter allem herzujagen, was nicht ins Pfarrhaus gehörte, und setzte auf Wunsch des Pfarrers jede Spinne einzeln wieder aus. Nein, der Glockenturm war kein Vergleich, das konnte er ihr nicht zumuten. Wenn da etwas passierte ... Er seufzte erneut. Es blieb jetzt also alles an ihm hängen.

Ding-Dong. Die Türglocke. »Es ist offen!«, brüllte Pfarrer Keule und atmete tief durch.

Der Küster, Willi Schmidt, kam vorsichtig ins Büro. Den Kragen seines Jankers hoch gestellt, den Cordhut tief ins Gesicht gezogen. Verstohlen schielte er unter seiner Hutkrempe hervor. »'tschuldigung, Herr Pfarrer«, stammelte er. »Aber der Josef ist weg.«

»Sie meinen das Jesuskind«, antwortete Keule knapp. An diese jährliche Prozedur hatte er bei all der Aufregung heute noch gar nicht gedacht. Die Dorfjungend machte sich einen Spaß daraus, vor Weihnachten das Jesuskind aus der Krippe zu entwenden, um es anschließend bei ihm gegen ein paar Bierchen wieder einzutauschen.

»Nein, nein. Das Jesuskind liegt in seiner Krippe. Aber der Josef ist weg«, stammelte Schmidt erneut. »Sonst wäre ich doch nicht vorbeigekommen, um Sie zu stören«, fügte er entschuldigend hinzu.

»Nun dann gab es mal eine kleine Programmänderung. Ich bin mir sicher, dass ich den Josef heute Abend wiederbekomme. Sonst noch etwas?« Pfarrer Keule sah den Küster fragend an.

»Nein, also, aber ... ich ... also ... Sie wissen ja, was ich davon halte, dass die Kirche geöffnet bleibt, also ...«

»Genau, Herr Schmidt, die Kirche ist immer offen für alle. Dazu stehe ich mit meinem Namen. Wenn es sonst nichts mehr gibt? Schönen Nachmittag noch.« Pfarrer Keule hob die Hand zum Gruß und widmete sich den Unterlagen auf seinem Schreibtisch. Das Gespräch war beendet.

»'tschuldigung«, hörte er den Küster noch sagen, bevor er das Haus verließ.

25

Der Pfarrer hatte es aufgegeben. Er würde heute auch keinen Elektriker oder Monteur oder irgendeinen mutigen Menschen im Ort finden, der in den Glockenturm kletterte. Er nahm sich vor, es am frühen Morgen selbst zu versuchen. Für heute konnte er nichts mehr ausrichten. Außerdem würde es gleich dunkel werden, und bei der spärlichen Beleuchtung im Glockenturm würde er ganz sicher nicht nach dem Rechten sehen. Vielleicht war es auch nur ein kleines Problem, das er selbst lösen konnte, und mit Gottes Hilfe würde es sowieso irgendwie gehen. Darauf konnte er vertrauen. Ob mit Glocken oder ohne, das war doch nicht das Wichtigste an der Weihnachtsbotschaft. Die Predigt war so gut wie fertig, und ein bisschen Ablenkung war jetzt genau richtig. Schnellen Schrittes eilte er in seine geräumige Küche, räumte einen Stapel Teller aus dem Schrank auf den Küchentisch, legte Besteck dazu sowie drei Pakete Toastbrot, die er für diesen Anlass immer kaufte. Vier Bierkisten und zwei Paletten Eier hatte er auf seiner Terrasse kaltgestellt. Die jährliche Pfandübergabe fand er immer sehr amüsant. Er mochte die Jugendlichen aus dem Ort sehr und genoss es, mit ihnen Zeit zu verbringen. Eigentlich mal eine perfekte Abwechslung zu seinen anderen Pflichten. Auch wenn Frau Besering immer mit ihm schimpfte, wenn sie am anderen Morgen den verklebten Herd vom traditionellen *Sauerländer Eierbacken* säubern musste. Er befürchtete nur, dass seine jungen Freunde doch schon ziemlich betrunken waren, wenn sie es nicht mehr schafften, das Jesuskind vom Josef zu unterscheiden. Ding-Dong. Da waren sie.

Pfarrer Keule stöhnte laut, als der Wecker nach seinem gezielten Schlag von der Kommode fiel. Wie auf Kommando startete das Gedingel der 7 Uhr-Glocke. »Ach nee«,

26

seufzte er und rieb sich die Stirn. Sein Kopf schmerzte, seine Zunge hatte einen pelzigen Belag, und seine Augen brannten. Er hatte zu viel getrunken. Ausgerechnet die Tochter von Frau Besering hatte mit Mutters Thermomix drei Flaschen Eierlikör angerührt, den er unbedingt probieren musste. Ihr Freund hatte Papas Whiskey-Vorrat geplündert, und ein anderer hatte noch eine Lage *Kümmerlinge* vom Schützenfest übriggehabt. Es war ein rauschendes und sehr lustiges Fest, das bis nach Mitternacht dauerte, aber eine Übergabe hatte es nicht gegeben. Die Jugendlichen hatten beteuert, dass sie dieses Mal gar nicht in die Kirche gekommen waren, weil der Küster alle Eingänge wegen der defekten Glocken verschlossen hatte. Sie fanden es sehr amüsant, dass ausgerechnet Josef fehlte, und ließen die wildesten Spekulationen vom Stapel. Pfarrer Keule war es egal, er hatte noch irgendwo einen Ersatzjosef auf Lager, auch wenn der proportional nicht zu den anderen Figuren passte. Was ihn ärgerte, war, dass der Küster die Kirche nun doch zusperrte, obwohl er es ihm immer wieder untersagte. Mindestens eine Tür musste für die Gemeinde geöffnet bleiben, da bestand er drauf. Auch wenn mal etwas abhandenkam, so schlimm konnte das ja nicht sein. Eine Krippenfigur konnte man ersetzen, und was sollte die dämliche Ausrede mit den defekten Glocken. Auch die Haustür des Pfarrers stand immer für alle offen. Dafür stand er ein und dafür war er bekannt. Keule ärgerte sich, dass Schmidt sich einfach nicht daran hielt. Mit dem Küster würde er später ein Machtwort sprechen, heute stand erst einmal ein ganz anderes Problem an. Er wollte das Ding mit den Glocken lösen. Zumindest nahm er sich vor, es zu versuchen. Bei dem Gedanken, dass er in seinem Zustand die engen Holzstiegen zur Kuppel empor und anschließend die Leiter in den Glockenturm hinaufsteigen sollte, wurde ihm direkt übel.

»Ach nee«, seufzte er wieder und strampelte die Bettdecke beiseite.

Die Küche sah aus wie ein Schlachtfeld, der Kaffee schmeckte ihm nicht, und an feste Nahrung war gar nicht zu denken. Schnell räumte er die leeren Flaschen auf die Terrasse, beseitigte den Müll, stellte Schnapsgläser und Teller in die Spüle und ließ Wasser über die angetrockneten Essensreste fließen, bevor er alles in die Spülmaschine packte. In ein paar Minuten würde seine Putzfrau auf der Matte stehen, und ihr Gezeter konnte er heute nicht ertragen. So viel stand fest. Als die Spülmaschine surrte und er halbwegs zufrieden mit seinem Werk war, eilte er in sein Büro, um den Vogel zu füttern, bevor er sich auf den Weg in die Kirche machte.

Pfarrer Keule stockte für einen Augenblick der Atem, als er den Lichtschalter im Büro betätigte. Josef war weg. Samt Käfig. Das war jetzt nicht witzig. Er hatte nie Einwände gehabt, wenn die Jugendlichen die Krippenfiguren entwendeten, um sie gegen Bier einzutauschen, aber das ging zu weit. Der Nymphensittich war empfindlich. Nicht auszudenken, wenn er den Transport bei der Kälte da draußen nicht überstehen würde. Keule ärgerte sich, dass er am Abend zu viel getrunken hatte und ihm noch nicht einmal aufgefallen war, dass seine Gäste beim Hinausgehen einen Abstecher in sein Büro gemacht hatten, um offensichtlich den Vogel zu entwenden. Auf der Kommode, wo sonst der Käfig platziert war, stand die vermisste Krippenfigur, darunter lag ein Zettel. Der Pfarrer warf wütend die Figur in eine Ecke des Zimmers und faltete den Zettel auseinander. »Sorgen Sie dafür, dass die Kirche geöffnet

28

bleibt, sonst sehen Sie Ihren Josef nie wieder«, stand dort in einer kritzeligen Schrift.

»Das geht zu weit. Das geht definitiv zu weit«, brüllte Keule, schnappte den Generalschlüssel der Kirche, warf sich seinen Mantel über und eilte hinaus. »Mitkommen«, brüllte er seiner Putzfrau entgegen, die gerade die Auffahrt hinaufkam und direkt auf dem Absatz kehrtmachte, um dem wütenden Pfarrer zu folgen.

Pfarrer Keule öffnete das Hauptportal und betrat die Kirche.

»Darf ich fragen ...«, begann Frau Besering völlig außer Atem.

»Nein, Ruhe«, blaffte Keule und lauschte in die Stille. So oft ihm sein Nymphensittich mit seinem »Gott vergelt's« auf die Nerven gegangen war, jetzt wünschte er sich, das Tier würde sich irgendwie bemerkbar machen. Der Pfarrer eilte durch das Seitenschiff zur Krippe, öffnete den Beichtstuhl, schaute in jede Bankreihe, unter den Altar und sogar in den Tabernakel. Kein Vogel zu sehen.

»Das Christkind backt«, rief Frau Besering aufgeregt vom rechten Seitenschiff herüber und deutete zur Orgelbühne. Keule blickte entnervt nach oben und sah den rötlichen Lichtschein, der seitlich am Deckengewölbe zu erkennen war. Der Pfarrer zögerte nicht lange. Mit langen Schritten eilte er das Hauptschiff hinunter.

»Sie halten hier die Stellung«, befahl er seiner Putzfrau.

»Das können Sie vergessen«, antwortete diese resolut und eilte in flinken Trippelschritten hinter ihrem Chef her.

Der Weg nach oben war beschwerlich. Vor allem in Keules Zustand. Je höher es ging, desto schmaler wurden die Holzstiegen, und die Luft wurde stickiger. Auf der Holzplattform angekommen, die über dem Gewölbe lag, bot sich ihnen ein surreales Bild. Pfarrer Keule musste sich vor Schreck einen Moment am Geländer festhalten. Frau Besering schob sich zielsicher an ihm vorbei. »Blumen«, sagte sie ungläubig.

»Hanf«, antwortete ihr Chef leise.

»Jesus, Maria und Josef«, stotterte Frau Besering und bekreuzigte sich mehrmals.

»Gott vergelt's, Gott vergelt's«, begrüßte Josef die Ankömmlinge.

Die komplette Plattform war mit Kisten und Eimern, gefüllt mit Hanfpflanzen, übersät. Es mussten an die 100 sein, die unter einer Plane, überflutet von Rotlicht, ihrem Gedeihen und ihrer Wirkung entgegenwuchsen. Der Vogelkäfig mit dem Nymphensittich stand auf einer Kiste mittendrin. Die Plane war mit Seilen kuppelförmig zu einem Zeltdach bis zum Turm hochgezogen und an den Klöppeln der großen Glocken befestigt. Keule atmete tief durch. Immerhin wusste er jetzt, warum die Glocken nicht läuteten. Und was er auch sicher wusste: dass er beim Bischof einiges zu erklären hatte.

Obwohl er seit dem Morgen keine Ruhe gefunden und kaum etwas gegessen hatte, fühlte sich Pfarrer Keule an diesem Heiligen Abend einfach großartig. Nie zuvor war die Kirche derart überfüllt gewesen. Alle Sitzplätze waren belegt, und in den Gängen drängelten sich die Menschen. Der Josef stand wieder an seinem Platz in der Krippe, und alles schien so, als wäre nie etwas geschehen. Keule hatte bereits Interviews für die Tageszeitung gegeben, und sogar das Fernsehen war da gewesen, um live von der Haschplantage in der Sankt-Nikolaus-Kirche zu berichten. Auch wenn Keule wusste, dass die wenigsten wegen seiner Predigt hier waren, genoss er die Auf-

30

merksamkeit heute besonders. Die Polizei hatte die Täter schnell ausfindig machen können, da sie einige Spuren in der Kuppel der Kirche hinterlassen hatten und sie bereits aktenkundig waren. Der Hanf war schnell abtransportiert und die Glocken von ihrer Last befreit. Und somit der Tatort Kirche passend zum Fest wieder freigegeben. Die beiden jugendlichen Täter aus dem Nachbarort hatten gewusst, dass die Kirche immer geöffnet war, und den riesigen Raum über der Kuppel für einen großartigen Platz ihrer Plantage befunden. Auch weil sie wussten, dass dieser Teil der Kirche nur betreten wurde, wenn die Kirchturmuhr auf Sommer- oder Winterzeit umgestellt werden musste, und ihr Vorhaben vor neugierigen Blicken geschützt bleiben würde. Dass die beiden großen Glocken nicht schlagen würden, wenn sie eine schwere Plane an den Klöppeln befestigten, war ihnen nicht bewusst gewesen. »Wen interessiert denn schon so ein Gebimmel!«, hatten sie nur gesagt. Weil der Küster sie hin und wieder unwissentlich einsperrte, hatten sie die Idee, den Pfarrer zu erpressen, damit er veranlasste, dass die Kirche geöffnet blieb. Und weil sie auch wussten, dass am Tag vor Heiligabend die Dorfjugend beim Pfarrer ausgiebig feierte, war das der passende Augenblick, um durch die stets geöffnete Tür ins Pfarrhaus zu gelangen, um den Nymphensittich zu entführen. Keule konnte dem Bischof und auch den Kripobeamten überzeugend erklären, dass man den violetten Lichtstrahl oberhalb der Orgelbühne nicht bei einer voll beleuchteten Kirche erkennen konnte, und dass es den Adleraugen von Frau Besering zu verdanken war, dass überhaupt etwas entdeckt worden war. Dem Küster konnte man auch keine Vorwürfe machen, da der Frührentner nicht schwindelfrei war und niemals zum Glockenturm hinaufstieg. Fest stand: Die Kirche würde von nun an nur zu bestimmten Zeiten für die Gemeinde geöffnet bleiben, und auch die Haustür des Pfarrers musste immer verschlossen sein.

Am heutigen Heiligen Abend war er nach dem Festgottesdienst bei der Familie des Küsters zum Fondueessen eingeladen. Frau Besering hatte ihm eine Flasche Eierlikör eingepackt, die er mitnehmen sollte, und dem Pfarrer mit den Worten: den müsse er unbedingt mal probieren, auch eine geschenkt. Wie gut, dass der Nymphensittich die ganze Prozedur gut überstanden hatte. Keule legte behutsam ein Tuch über den Vogelkäfig, bevor er sich auf den Weg zu den Schmidts machte. »Gott vergelt's, Gott vergelt's«, hörte er Josef schnarren, als er sorgsam die Haustür hinter sich schloss.

Rezept:
Käse-Fondue für Gemüse

Zutaten:
300 g Gruyère (oder anderer Rohmilchkäse), fein
gerieben
300 g Emmentaler, fein gerieben
1 Knoblauchzehe
300 ml Weißwein
1 EL Speisestärke
2 EL Kirschwasser
weißer Pfeffer, Paprikapulver und Muskat
2 Baguette
Mehrere Gemüsesorten wie Paprikastücke, Brok-
koli, Champignons, Frühlingszwiebeln, Karotten etc.

Den Fonduetopf mit der Hälfte der zerdrückten Knoblauchzehe ausreiben. Wein in den Topf gießen und bei
kleiner Hitze langsam erwärmen. Den Käse portionsweise
hineingeben und unter ständigem Rühren schmelzen lassen. Die andere Hälfte der Knoblauchzehe pressen und
zum Käse geben. Die Speisestärke mit dem Kirschwasser
verrühren, zum Käse geben und unter Rühren nochmal
aufkochen lassen. Fondue mit Pfeffer, Paprika und Muskat würzen.

Die Flamme im Rechaud entzünden. Gemüse und Baguette aufspießen und eintauchen. Als Beilage eignen sich verschiedene Salate und Dips.

WEIHNACHTSSCHMAUS IM MÖRDERHAUS

Raclette in Kamen
Astrid Plötner

Dieser erste Advent vor fünf Jahren, der hat sich in mein Hirn gefräst wie ein glühendes Brandeisen in das Hinterteil einer Kuh. Noch heute kann ich kaum fassen, was an jenem Tag geschehen ist. Es war eine Verkettung unglücklicher Umstände, ein falscher Satz zur falschen Zeit, und die folgenden Ereignisse ließen sich nicht mehr aufhalten.

Wir waren gerade in unser neues Haus in Kamen eingezogen. Ein hübsches Einfamilienhaus aus dem 19. Jahrhundert mit großem Garten und von Grund auf saniert. Es lag in der Germaniastraße nahe der berühmten *Sportschule Kaiserau*, dort, wo die Herren-Fußball-Nationalmannschaft schon häufig trainiert hatte. Ein einsam gelegenes Haus abseits der Nachbarschaft, aber dennoch nicht aus der Welt. Wir hatten lange nach einem Objekt wie diesem gesucht. Ich war beruflich von Düsseldorf nach Dortmund versetzt worden und hatte das tägliche Pendeln satt. Der Makler, den wir beauftragt hatten, war schon der Verzweiflung nahe gewesen, als er uns schließlich das Exposé des urigen Fachwerkhauses vorlegte. Es war bei Ella und mir Liebe auf den ersten Blick gewesen. Als wir es zum

35

ersten Mal aus der Nähe sahen, konnten wir unser Glück kaum fassen. Ein solches Prachtstück in einem angesehenen Wohngebiet von Kamen, und bis zu meinem Arbeitsplatz in Dortmund waren es auch nur 20 Autominuten. Wir haben den Kaufvertrag am folgenden Wochenende sofort unterschrieben. Ein halbes Jahr später sind wir von Düsseldorf nach Kamen gezogen.

Zur kleinen Einweihungsfeier am ersten Advent hatten wir damals meinen neuen Chef, Alex Biebrich, und seine Frau, Sina, sowie unsere neuen Nachbarn, Silke und Jens Kozlowski, und Ellas alte Freundin, Cornelia Weber, eingeladen. Wir hatten das Haus festlich geschmückt. Eine Girlande aus Glühlampen zierte den Giebel, in jedem Fenster hing ein leuchtender Stern, im Vorgarten strahlten die Büsche, und den Hauseingang umrahmten Tannenzweige behangen mit roten Kugeln und goldenen Schleifen, natürlich ebenfalls beleuchtet. Die meisten Dekorationsstücke hatten wir auf einem Bio-Bauernhof in dem Örtchen Afferde erstanden. Von dort stammte auch unser festlich geschmückter Weihnachtsbaum.

Um kurz vor 18 Uhr an jenem Abend bekamen wir die Absage der Kozlowskis. Silke war die Treppe hinabgestürzt und hatte sich ein Bein gebrochen. Nun saßen die beiden in der Ambulanz vom Klinikum Westfalen Hellmig in Kamen und warteten auf einen Arzt. Mein Chef und seine Frau kamen pünktlich um 19 Uhr. Sie waren mit knapp 50 Jahren kaum älter als Ella und ich, und ich versprach mir von einem guten Verhältnis zur Chefetage berufliche Vorteile. Die Begrüßung war herzlich, und ich freute mich zu sehen, dass Ella sich auf Anhieb mit Sina Biebrich verstand. Beide spielten aktiv Tennis und hatten somit sofort ein Gesprächsthema. So schwärmte Ella

36

sogleich von der großen Tennisanlage in Kamen-Methler mit acht Asche- und drei Hallenplätzen. Gegen 19.15 Uhr traf dann auch Cornelia ein. Sie schnaufte wie eine Dampflok und beschwerte sich, dass sie vom Bahnsteig Kamen-Methler bis zu unserem Haus fast 40 Minuten gebraucht hatte, weil sie sich mehrfach verlaufen hätte. Ich konnte mir gerade verkneifen zu sagen, dass es ihrer fülligen Figur bestimmt nicht geschadet hatte. Mit ihrer blonden Mähne, die ihr fast bis zum Po reichte, wirkte sie auf mich wie eine bissige Löwin. Als sie wieder zu Atem kam, begannen wir mit der Führung durchs Haus, wobei mein Schatz Ella mit den frischgeputzten Böden und den polierten Möbeln um die Wette strahlte. Um 19.40 Uhr saßen wir endlich am reichlich gedeckten Tisch, um mit dem Raclette-Abend zu beginnen.

»Was für eine Mühe Sie sich gemacht haben, Frau Schenk!«, lobte Sina Biebrich, während sie sich ein Steak-Pfännchen mit Kirschtomaten, Thymian und Raclettekäse auf Empfehlung von Ella zubereitete.

Ella lächelte auf ihre bescheidene Art. »Ist ja ein besonderer Anlass heute. Wir freuen uns so über dieses Haus.«

Ihre Freundin Cornelia, die neben mir saß, räusperte sich mit vollem Mund. Sie hatte sich sofort zwei der Pfännchen organisiert und verschlang gerade das Schinkenspeck-Feigen-Gratin. »Sag mal, Ella«, meinte sie und spülte die Essensreste mit einem halben Glas Rotwein hinunter, »weißt du eigentlich, dass in diesem Haus mal eine Leiche gefunden wurde? Angeblich Mord. Also mir wäre das unheimlich, hier zu wohnen, aber wenn es euch nicht stört …«

Mein Herz sank mir in die Hose. Diese blöde Ziege. Woher wusste sie davon? Ich stieß ihr heftig mit dem Fuß

37

vors Schienbein, blickte sie eindringlich an und sagte: »Unmöglich, Cornelia. Du irrst dich. Dieses Haus ist sauber, sonst hätte der Makler uns doch was gesagt.«

Ella blickte ihre Freundin verstört an. »Wie kommst du darauf, Conny?«

Ich geriet in Panik, der Abend drohte zu eskalieren. Hastig griff ich zu meinem Glas und stieß es bewusst so um, dass sich der Inhalt auf Cornelias beigefarbene Hose ergoss. »Oh, wie ungeschickt von mir.« Ich sprang auf, nahm eine der Damastservietten und tupfte ihre Hose trocken. »Das sollte man sofort auswaschen«, sagte ich. »Mit Rotweinflecken ist nicht zu spaßen.«

»Salz oder Backpulver draufstreuen soll helfen«, mischte sich Sina Biebrich ein. »Das saugt den Flecken raus. Und danach am besten gleich in die Waschmaschine.«

Cornelia erhob ihre wuchtige Masse vom Stuhl und blitzte mich aus feuerrotem Gesicht wütend an. Ihre weiße Bluse hatte ebenfalls einige Spritzer abbekommen, was sie aussehen ließ wie eine Schwerverletzte nach einem Massaker. Sie ahnte wohl, dass das Malheur nicht ganz unabsichtlich passiert war. »Super gemacht, Michael, ganz toll!«

»Es macht wohl wenig Sinn, wenn ich dir was von meinen Sachen raussuche, oder?«, meinte Ella und wollte ebenfalls aufstehen.

Fast hätte ich laut losgeprustet. Die fette Cornelia passte so wenig in die Sachen meiner zierlichen Ella wie ein Sumo-Ringer in den Anzug eines Formel-1-Rennfahrers. »Bleib sitzen!«, mahnte ich Ella daher. Auf keinen Fall wollte ich meinen Chef und seine Frau allein zurücklassen. Andererseits konnte ich auch nicht das Risiko eingehen, dass Cornelia ihr Wissen mit Ella teilte. »Vielleicht passt dir mein alter Jogginganzug. Der ist ziemlich weit geschnitten«, schlug ich vor und erntete einen weiteren bösen Blick, während ich Cornelia aus dem Zimmer zog.

»Was soll dieses Theater?«, zischte sie sofort. »Hast du Ella nichts von dem Mordfall erzählt?«

Ich schwieg und schob sie weiter. Dabei dachte ich fieberhaft darüber nach, wie ich aus diesem Dilemma wieder herauskommen sollte. Denn natürlich hatte mich der Makler über diese schreckliche Tat informiert, die vor über 30 Jahren in diesem Haus verübt worden war. Spontan hatte ich auch sofort absagen wollen, aber andererseits war der Mord lange her, und das Haus konnte schließlich nichts dazu. Es war perfekt saniert und wie neu. Nur Ella, die wäre mit dem Wissen um dieses Verbrechen vermutlich nicht eingezogen. Der Makler hatte mir hoch und heilig versichert, dass man in der Nachbarschaft nichts mehr über diese alte Geschichte wusste. Kamen-Methler hatte sich in den letzten Jahrzehnten verändert. Alte Häuser waren abgerissen, neue erbaut worden, die Zeitzeugen gestorben oder weggezogen. Davon hatte ich mich selbst überzeugt und die Nachbarschaft großräumig abgeklappert. Niemand wusste etwas über einen Mord.

»Wo ist nun dein alter Jogginganzug?«, fragte Cornelia ungeduldig.

»Ich hole ihn«, sagte ich, »geh du schon mal in den Keller, da steht die Waschmaschine. Ich kenne mich mit dem Ding nicht aus.« Cornelia verdrehte die Augen, schwieg aber und stieg die Stufen hinab. Ich folgte ihr kurz darauf und reichte ihr meinen grauen Schlabberanzug.

»Dreh dich wenigstens um, wenn ich mich schon hier umziehen muss«, keifte sie mich an und wartete, bis ich ihrer Aufforderung folgte, ehe sie mich verbal angriff. »Wie konntest du Ella verschweigen, dass ihr in einem Mörder-

39

haus wohnt? Das wird sie dir nicht verzeihen, Michael. Denn dir ist doch wohl klar, dass ich ihr das sagen muss!«

Ich starrte die weißen Fliesen im Waschkeller an. In mir brodelte es. Am liebsten hätte ich sie mit der verschmutzten Kleidung zusammen in die Trommel gepresst, aber da passte ja gerade mal ihr aufgedunsener Kopf mit der wallenden Löwenmähne rein. »Du irrst dich, Cornelia«, presste ich nur hervor. »Es muss sich um ein anderes Haus handeln.«

»Ich habe hier mal gewohnt, Michael! Ganz in der Nähe in Westick.« Sie keuchte, als sie sich aus ihrer Kleidung quälte. »Das Haus hier hieß für uns Kinder nur das *Mörderhaus*. Da haben wir Mutproben gemacht. Wer sich hineingetraut hat, war der Boss. Du kannst dich wieder umdrehen.«

Langsam kam ich ihrer Aufforderung nach. Sie wirkte in meinem Jogginganzug, als sei sie in der Länge eingelaufen. Da sie bestimmt 20 Zentimeter kleiner war als ich, schlugen die weiten Hosenbeine am Knöchel Falten, das Oberteil reichte ihr bis zu den Oberschenkeln, saß aber so eng, dass sich jede Speckrolle herausschälte. »Cornelia, ich …«

»Halt den Mund!«, keifte sie. »Ich werde jetzt wieder hinaufgehen und der Gesellschaft da oben reinen Wein einschenken!«

»Cornelia!« Ich versperrte ihr den Weg, fasste sie an den Oberarmen und sah sie flehend an. Sie konnte mich doch unmöglich vor meinem Chef blamieren. »Warum willst du uns den Abend verderben?«

Cornelia blitzte mich einen Moment wütend an. »Vielleicht …«, ihr Ausdruck wandelte sich in ein fieses Lächeln, »weil ich noch eine alte Rechnung mit Ella offen habe.« Sie machte sich mit einem Ruck los und wollte an mir vorbei.

40

Dabei stolperte sie über die viel zu langen Hosenbeine und kam ins Strau cheln.

Ich sah meine Chance und versetzte ihr einen kräftigen Stoß. Ihr massiger Körper neigte sich zur Seite. Wie in Zeitlupe knallte ihr Kopf auf die Waschmaschine, dann donnerte sie auf die Kellerfliesen und blieb reglos liegen. Ich hielt den Atem an. Mein Herz pochte wie eine Indianertrommel. Cornelia rührte sich nicht. Nach einer gefühlten Ewigkeit beugte ich mich zu ihr herunter und fühlte ihren Puls. Sie lebte. Unschlüssig stand ich vor ihr. Was sollte ich jetzt machen? Ich hatte alles nur noch schlimmer gemacht. Jetzt würde Ellas Freundin erst recht mit ihrem Wissen auspacken. Was hatte sie überhaupt damit gemeint, sie habe noch eine Rechnung mit Ella offen? Ich lief unruhig auf und ab. Cornelia konnte jeden Moment wieder aufwachen. Mein Blick fiel auf eine Rolle mit Paketklebeband in einem der Regale. Zögernd ging ich darauf zu. Danach handelte ich wie ferngesteuert. Ich riss den ersten Streifen ab und klebte damit die Handgelenke von Cornelia zusammen. Sie blieb bewusstlos. So umwickelte ich die Füße der Dicken ebenfalls mit Klebeband und setzte dann noch einen Streifen auf ihren Mund. Danach begutachtete ich mein Werk. Zur Vorsicht nahm ich die Rolle mit dem Klebeband und fixierte ihre Unterarme damit am Körper. Dazu musste ich den massigen Körper rollen, was Schwerstarbeit war. Danach löschte ich das Licht, richtete meine Kleidung und ließ Cornelias Mantel und Handtasche in meinem Auto verschwinden, bevor ich zurück zu Ella und meinen beiden Gästen ging.

»Du hast aber lange gebraucht, Michael!« Mein Chef, Alex Biebrich, hob sein Glas und prostete mir zu. »Hast wohl Ellas Freundin im Keller verbuddelt, damit sie nicht

41

länger stört?« Er lachte schallend. »Sina und ich haben mit deiner entzückenden Frau bereits aufs Du angestoßen. Das ist dir doch recht?«

Ich lachte ebenfalls, hob mein Glas und stieß mit Alex und Sina an. »Cornelia wollte doch lieber nach Hause«, log ich. »Ich habe sie mit dem Wagen schnell zur Haltestelle gebracht.«

Alex nickte. »Das war sehr anständig von dir.«

Im weiteren Verlauf des Abends konnte ich Cornelia tatsächlich für einige Stunden vergessen. Die Pfännchen-Rezepte, die Ella vorbereitet hatte, schmeckten vorzüglich, und wir probierten sie alle: Putenbrust mit Walnusskernen und Rosmarin, Pizzabaguette mit Minisalami-Sticks und Champignons oder Aprikosen-Fleischsalat-Schmankerl. Als Alex und Sina sich weit nach Mitternacht verabschiedeten, waren wir gute Freunde geworden.

»Hat Cornelia noch was gesagt?«, fragte Ella mich, als die Tür sich hinter meinem Chef schloss.

Sofort war die bissige Löwin, die wie ein Paket verschnürt im Keller lag, wieder präsent. Um Zeit zu gewinnen, sprach ich Ella zunächst auf die Andeutung ihrer Freundin an. »Sie hat gesagt, sie hätte noch eine Rechnung mit dir offen, was meint sie damit?«

Ella wurde blass. »Ich hab's geahnt«, erklärte sie leise. »Eigentlich ist sie nie meine Freundin gewesen. Wir haben für einige Zeit in derselben Redaktion in Dortmund gearbeitet. Da hat sie wie eine Klette an mir gehangen, ist mir nach Feierabend bis nach Hause gefolgt, hat mich sogar am Wochenende gestalkt, wenn ich mit meinen Freunden allein etwas unternehmen wollte. Ich war froh, als ich dich kennengelernt habe und dann zu dir nach Düsseldorf gezogen bin. Da hat sie mich endlich in Ruhe gelassen.«

42

»Das hast du mir nie erzählt«, sagte ich verblüfft.

»Ich war froh, als ich nicht mehr an sie denken musste«, meinte Ella mit Tränen in den Augen. »Hoffentlich fängt das jetzt nicht alles wieder von Neuem an. Ehrlich gesagt hat sie sich für heute Abend im Grunde selbst eingeladen, als wir uns zufällig trafen. Was machen wir bloß, wenn wir sie nicht loswerden?«

»Mach dir keine Sorgen, mein Schatz«, lächelte ich. »Ich werde mich darum kümmern, dass Cornelia dich nicht mehr belästigt.«

Ella hob wenig überzeugt die Schultern. »Du kennst sie nicht. Sie ist ein aufdringliches und penetrantes Biest.«

Wir räumten gemeinsam Wohnzimmer und Küche auf und stiegen dann in den ersten Stock hinauf, wo sich unser Schlafzimmer befand. Bald hörte ich am gleichmäßigen Atem meiner Frau, dass sie eingeschlafen war. Leise schlich ich mich die Treppe hinunter. Dann setzte ich mich ins Auto und fuhr nach Dortmund. Dort ließ ich Cornelias Handtasche und ihren Mantel in einem Müllcontainer nahe der Haltestelle verschwinden, wo sie ausgestiegen wäre. Sollte man ihre Handydaten überprüfen, würde es so aussehen, als sei sie tatsächlich in Dortmund verschwunden. Danach fuhr ich wieder zurück und ging in den Keller. Die bissige Löwin war erwacht. Sie blinzelte in das grelle Licht der Leuchtstoffröhre, zuckte wild mit den Beinen und gab grunzende Laute unter dem Klebeband ab. Ich ignorierte das fette Weib und ging zielstrebig in eine Ecke des Kellers, wo eine Eisenplatte in den Boden gelassen war. Mit einem abgewinkelten Stockeisen konnte man sie anheben. Ein Hohlraum kam zum Vorschein. Etwa 80 Zentimeter im Quadrat und einen Meter tief.

Der Makler hatte mir das Loch gezeigt, in dem vor über drei Jahrzehnten eine skelettierte Leiche gefunden wurde. Die Obduktion hatte seinerzeit ergeben, dass es sich um einen Mann Mitte 40 gehandelt hatte, der wohl erschlagen worden war. Man hatte weder seine Identität feststellen können noch warum er sterben musste, und man konnte nur ahnen, wer der Mörder war. Denn das Haus hatte damals schon einer Erbengemeinschaft gehört, die über ganz Deutschland verteilt wohnte. Deren Onkel, der Erblasser, musste das Verbrechen wohl verübt haben. Die genauen Umstände wurden nie geklärt. Man hatte das Erdloch mit Beton verkleidet, aber bewusst nicht zugeschüttet. Angeblich, weil beim Verkauf des Hauses nichts vertuscht werden sollte.

Nun kam mir dieses kleine Verlies gerade recht. Aber zunächst musste ich Cornelia ruhigstellen. Dazu holte ich meinen Baseballschläger aus der Garage. Die Dicke hatte sich inzwischen auf den Bauch gerollt und mühte sich, auf die Knie zu kommen. Ich holte aus, machte ihren Bemühungen mit einem gezielten Schlag auf den Kopf rasch ein Ende und schlug vorsichtshalber noch zweimal fest zu. Dann rollte ich sie auf das Erdloch zu. Für einen Moment zweifelte ich daran, dass sie überhaupt hineinpasste. Ich zog sie an den Schultern und ließ sie kopfüber hineingleiten. Es war Schwerstarbeit, und ich schwitzte aus jeder Pore. Mehrmals hörte ich ihre Knochen knacken. Ich schob und zog, drehte sie, aber irgendwie passten die Beine nicht ganz hinein. Ich verfluchte ihren Fressdrang, wuchtete sie hin und her, bis sie endlich mit dem Oberkörper seitlich lag. So konnte ich die Beine einknicken. Ich musste dabei kräftig drücken und habe ihr wohl mehrere Knochen gebrochen, das hat sie aber nicht mehr bemerkt. Als Letz-

44

tes warf ich ihre verschmutzte Kleidung in das Loch. Mit zehn Säcken Schnellbeton, die noch vom Anbau unserer Garage übrig waren, habe ich das Loch zugeschüttet. Mitten in der Nacht weit ab der nächsten Häuser konnte niemand das Rührwerk hören, und Ella trug nachts sowieso Ohrstöpsel. Als ich später endlich die Eisenplatte auf das zugeschüttete Erdloch hinabgleiten ließ, blieben mir noch zehn Minuten, bis der Wecker klingelte.

Das alles ist jetzt fünf Jahre her. Bislang hat mich niemand nach dem Verbleib von Cornelia gefragt. Die Dicke war ja bereits in Frührente und vermutlich Einzelgängerin. Ob sie überhaupt jemand vermisst? Manchmal wundere ich mich, dass Ella sie nie wieder erwähnt hat. Dann regt sich in mir der leise Verdacht, dass sie ahnt, was ich getan habe. Aber solang sie schweigt, werde ich das auch tun.

Rezept:
Raclette-Steak-Pfännchen

Zutaten für 8 Pfännchen:
  8 Stiele Thymian
  16 Kirschtomaten
  8 Minutensteaks vom Schwein (alternativ Hühnerbrust, dünn geschnitten)
  Raclette Gewürzzubereitung z.B. von Ostmann
  8 Scheiben Raclette-Käse

Zubereitung: Thymian waschen und zupfen. Tomaten halbieren. Steaks auf heißer Grillplatte anbraten. Mit Gewürz und Thymian bestreuen. Steaks, Tomaten und Käse in die Pfännchen geben, Würze darüber streuen und unter dem Grill garen.

46

STEIN-KALT

Pflaume im Speckmantel am Klosterberg / Meschede
Anke Kemper

Susanne sah erschöpft dabei zu, wie der Kaffee langsam in die Glaskanne tröpfelte. Sie hatte das Gefühl, der Schulalltag brachte sie langsam, aber sicher um. Sie befand sich in einem Hamsterrad, aus dem es kein Entrinnen mehr zu geben schien. Die Schulleitung war eine Katastrophe, einige ihrer Kollegen mobbten sie wegen gar nichts, und die Kinder raubten ihr den letzten Nerv. Wenn sie die kleinen Nervensägen zurechtwies, musste sie damit rechnen, dass sie wenig später die empörten Eltern an der Strippe hatte, bei denen sie sich zu allem Überfluss noch entschuldigen musste. Sie war es leid.

»Nur noch drei Tage«, sagte sie zu sich, während sie eine große Tasse mit dem schwarzen Gebräu füllte. Dann würden die Weihnachtsferien beginnen und sie mit einer ehemaligen Studienkollegin in den Schwarzwald zum Wandern und Langlaufen fahren. Und noch 194 Tage, dann würde ihr Sabbatjahr beginnen. Ein Jahr vollgestopft mit Abenteuern und Urlaubsreisen an die entlegensten und schönsten Ecken dieser Welt. Susanne seufzte laut, griff nach der Kaffeetasse, nahm sich eine Handvoll Gebäck aus der kitschig bunten Weihnachtsdose, die ihre Mutter letzte Woche vorbeigebracht hatte, und ging hinüber in ihren kleinen Wintergarten. Draußen grieselte es bereits seit einer Stunde. Die Dächer der Häuser waren mit Schnee bedeckt. Die Straßen schienen wie leer gefegt. Nur hier und dort hörte man das Kratzen der Schneeschieber oder lachende Kinder, die ausgelassen tobten und sich auf die Weihnachtsferien freuten. Susanne hatte mit der Wohnung unterhalb des Klosterberges mit einem großartigen Blick auf die Stadt Meschede einen Sechser im Lotto gezogen. Die Abtei Königsmünster thronte nur wenige Meter hinter ihr. Wenn man nach Meschede hineinfuhr, war das ehrfürchtige Gebäude der Abtei das Erste, worauf der Blick gezogen wurde. Vor 15 Jahren war Susanne als Schülerin mit ihrer Klasse in der Oase der Abtei zu Exerzitien gewesen. Jetzt unterrichtete sie hier am Gymnasium der Benediktiner. Aber Susanne liebte auch das kleine Städtchen am Fuße des Klosterberges mit den Einkaufsmöglichkeiten und dem Wochenmarkt. Zum Joggen ging es direkt in die umliegenden Wälder oder hinauf zum Hennesee. Und doch konnte sie es kaum abwarten, dass das Schuljahr endlich vorbei war und sie das Sauerland hinter sich lassen und ihre große Reise antreten konnte. Susanne machte es sich in ihrem Relaxsessel bequem, knipste die Leselampe an, bedeckte ihre Beine mit einer warmen Wolldecke und griff nach dem Reiseführer über die griechischen Inseln und das Buch über griechische Mythologie, die sie sich letzte Woche in ihrem Lieblingsbuchladen gekauft hatte. Susanne hielt kurz inne, als sie genüsslich in einen Keks biss und ihr Blick zum Garten ihrer Nachbarin schweifte. War da eine weitere Betonfigur hinzugekommen, fragte sie sich. Susanne mochte ihre Nachbarin, Isolde Berner, sehr, aber mit den vielen Figuren in ihrem Garten machte sie sich langsam zum Gespött der Stadt. Die Sauerländer Terrakotta-Armee vom Klosterberg hieß es bereits. Die meisten Darstellungen, die Isolde geschaffen hatte, waren angelehnt an die lustigen *Loriot*-Figuren, aber sie hatte auch versucht, den Bürgermeister und ihren Lieblingsbäcker und -metzger der Stadt nachzubauen, was ihr ziemlich gut gelungen war, musste Susanne zugeben. Susanne wandte den Blick zu ihrem Bücherregal. Daneben stand akkurat und mannshoch *Lehrer Lämpel* in Beton gegossen. Wissend zeigte seine lange Nase Richtung Zimmerdecke, den Zeigefinger ermahnend erhoben. Susanne liebte die Geschichten und die Figuren von Wilhelm Busch über die Streiche von *Max und Moritz* sehr. Und ganz besonders den *Lehrer Lämpel*.

Der Kurs bei ihrer Nachbarin in Sachen Beton im Sommer hatte ihr sehr viel Spaß gemacht, aber eine Figur reichte ihr völlig. Isolde gab immer noch Kurse, aber die meisten Figuren gestaltete sie für sich. Hin und wieder veräußerte sie etwas, um Geld für neues Material zu verdienen, trotzdem standen über 30 lustige Gestalten in verschiedenen Größen und Formen in ihrem Garten. Je nachdem wie das Licht in der Abenddämmerung fiel, sahen sie zum Teil sehr gespenstisch aus. Susanne hatte sich oft gefragt, ob das Gestalten und das Arbeiten mit dem Werkstoff Beton für Isolde eine Art Ablenkung war, da ihr Mann Erwin sie im Sommer nach 30 Ehejahren von einem Tag auf den anderen verlassen hatte und sie ins Bodenlose zu stürzen drohte. »Er hat mir nur zwei Zeilen hinterlassen. Das war's. 30 Jahre für nix.«, hatte Isolde unter Tränen erzählt.

Susanne musste zugeben, dass sie den Kurs damals aus Mitleid für Isolde gebucht hatte. Im Nachhinein war sie sehr froh, es gemacht zu haben, und wer will nicht einen *Lehrer Lämpel* in seiner Wohnung haben? Susanne lachte, prostete ihrem *Lämpel* mit der Kaffeetasse zu und schlug den Reiseführer auf.

Das Einschlämmen war immer ein Zeichen dafür, dass die Figur bald fertig war. Danach noch eine gute Woche bei gemäßigten Temperaturen trocknen, und auch dieses Werk konnte zu den anderen in den Garten. Isolde musste aufpassen, dass alle Löcher gut mit Beton verdichtet waren. Nirgends durfte Wasser eindringen, das die Figur in einem harten Winter zerstören würde. Isolde ging jeden Tag in ihren Betonpark und begutachtete die Figuren, damit der Frost ihnen nichts anhaben und sie rechtzeitig eingreifen konnte, wenn sie irgendwo einen kleinen Riss entdeckte. Dieses Mal hatte sie eine griechische Gottheit nachgebildet. Ob es jetzt Zeus oder Poseidon war, konnte sie nicht sagen. Den Namen hatte sie vergessen. Ihre Nachbarin Susanne hatte sie auf die Idee gebracht, als sie erzählte, dass sie im kommenden Jahr im Spätsommer die griechischen Inseln bereisen würde, und ihr stundenlang etwas über die Kultur und die Mythologie der alten Griechen berichtet hatte. Diese Gottheit würde wohl ihre letzte Figur sein. Isoldes Arbeit war endlich vollbracht. Sie liebte es, Kurse zu geben, und das auch nicht ohne Eigennutz. Nachdem ihre Schüler gewerkelt hatten und bis zum nächsten Kurstermin warten mussten, damit eine weitere Schicht aufgelegt werden konnte, hatte Isolde immer genug Zeit gehabt, selbst Hand anzulegen und einen kleinen oder auch mal größeren Teil ihres Erwins in der Brust oder in den Beinen der Figuren zu versenken und alles wieder akkurat und luftdicht zu verschließen. Poseidon oder Zeus, wer auch immer es jetzt

50

war, trug nun den Ringfinger hinter dem rechten Augapfel. Isolde hatte den goldenen Ehering vorher vom Finger entfernt, damit würde sie noch etwas Besonderes gestalten, sie wusste nur noch nicht, was. Aber dafür würde ihr bestimmt etwas Einzigartiges einfallen. Es eilte ja nicht. Das Wichtigste von ihrem Erwin war jetzt endlich komplett verschwunden. Diese Figur würde einen Ehrenplatz im Garten erhalten, mit Blick Richtung Erwins Lieblingskneipe, nur 200 Meter Luftlinie entfernt, in der er die meiste Zeit seines Lebens verbracht und das meiste Geld verbraten hatte. »Unser ganzes Leben ein riesengroßer Witz«, sagte Isolde zu sich und kratzte den letzten Beton aus dem Eimer. »Witzfiguren, ja, so kann man euch alle nennen«, fügte sie bitter hinzu und schmierte den Rest der zähflüssigen Masse über den steinernen Umhang der Gottheit. Geschafft. Heute Abend würde sie eine Flasche Champagner öffnen, das stand fest. Sechs Monate harte Arbeit, Lügen, Betrug, von der Angst, entdeckt zu werden, ganz zu schweigen. Viel Schweiß und viel Blut waren geflossen, bis Erwin Berner in kleine Häppchen zerteilt und in Folie eingeschweißt in der Kühltruhe zwischengelagert worden war.

Susanne schrak hoch und verschüttete den Rest des kalten Kaffees auf der Wolldecke. »So ein bescheuerter Traum!«, schalt sie sich und legte das Buch über die griechische Mythologie beiseite. Sie hatte von dem Totenkult und den Grabstelen der alten Griechen geträumt, mit denen sie ihre Familienmitglieder nach deren Tod darstellten und ehrten.
»So ein Quatsch«, sagte sie laut und blickte auf den Garten ihrer Nachbarin. Dieser Moment der Dämmerung war es, der ihr eine Gänsehaut bereitete. Die 30 meist lustigen Figuren sahen aus wie die Grabstelen, über die sie

in ihrem Buch gelesen hatte. Furcht einflößend, bedeutungsvoll, groß, starr und kalt. Susanne zuckte zusammen, als ein Eichhörnchen von einer Figur zur nächsten hüpfte. »So etwas Verrücktes«, sagte sie erneut und erhob sich von ihrem Lesesessel.

Isolde zog ihr bestes Kleid aus dem Schrank. Freudig stellte sie fest, dass sie noch hineinpasste. Sie wählte eine üppige Halskette, die sie von ihrer Mutter geerbt hatte, und ein Perlenarmband, das ihr Erwin zur Silberhochzeit geschenkt hatte. Das einzige wertvolle Geschenk, das ihr Ehemann ihr je gemacht hatte. Dann frisierte sie sich sorgfältig, legte Make-up auf und begutachtete zufrieden ihr Spiegelbild. Zeit für das Festtagsessen. Isolde hatte bereits am Morgen verschiedene Häppchen vorbereitet und den Champagner kaltgestellt. Vor allem Erwins Lieblingshappen: Pflaumen im Speckmantel standen heute auf ihrem Speiseplan. Die Pflaumen hatte sie im Herbst geerntet und die meisten entsteint und eingefroren, damit sie Erwins Lieblingsspeise zu seinem Gedenken an diesem bedeutsamen Tag parat hatte. Dazu gab es Tomaten mit Mozzarella und selbst gebackenes Baguette. Isolde deckte den Tisch für den Anlass angemessen festlich. Mit einer weißen Spitzendecke ihrer Oma, dem besten Geschirr, das sie immer nur zu Weihnachten rausholte, und natürlich Silberbesteck, das sie vorher noch geputzt hatte. Der Champagner wurde aus einem Kristallglas genossen. Erwins goldener Ehering diente als Serviettenring einer spitzenumhäkelten Stoffserviette. Isolde blickte zufrieden über den Tisch, zündete die Kerzen an und öffnete mit einem lauten Plopp die Flasche.

Susanne zögerte nicht lange. Sie zog sich in Windeseile um, schlüpfte in ihre Stiefel, band sich einen Schal um und zog den Wintermantel an. Dann packte sie ein paar Kekse in eine Glasschale, nahm eine Flasche Bordeaux aus dem Regal und machte sich auf den Weg zu ihrer Nachbarin. Aus dem leichten Grieseln war mittlerweile ein heftiger Schneeschauer geworden. Susanne stapfte mit gesenktem Kopf durch den Schnee und versteckte ihr Kinn hinter ihrem warmen Schal. Als sie durch das geöffnete Gartentor huschte, hielt sie den Blick auf ihre Füße gerichtet. Bloß nicht in die gespenstischen Gesichter dieser Figuren sehen, dachte sie. Der Albtraum von vorhin hatte bei ihr seine Spuren hinterlassen.

Isolde zuckte zusammen. Es gab nur wenige Personen, die an die Hintertür klopften, wenn sie sie besuchen wollten. Ich mache jetzt einfach nicht auf, dachte sie und trank ihr Glas in einem Zug leer. Wenige Sekunden später klopfte es am Küchenfenster. Isolde atmete tief durch, rang sich ein Lächeln ab und drehte sich zum Fenster. Ja, typisch. Da stand sie. Diese penetrante, nervige Person, die ein Gespür dafür hatte, im unpassendsten Moment auf die Idee zu kommen, ihre Nachbarin zu besuchen. Isolde winkte höflich und deutete zur Haustür. Dann stand sie auf und ging den Flur hinunter, um zu öffnen.

»Schön, dass du da bist. Ich dachte, ich schaue mal, wie es dir so geht«, sagte Susanne und drückte Isolde ihre Mitbringsel in die Hand. Dann schob sie sich an ihr vorbei in den Flur, zog die Stiefel und den Mantel aus, schmiss den Schal auf die Ablage und rieb sich die Hände. »Kalt heute, oder?«, stellte sie fest.

Isolde gab der Tür einen Tritt, bis sie krachend ins

Schloss fiel und sah ihren ungebetenen Gast mit hochgezogenen Augenbrauen an. »Dann komm doch rein, in der Küche ist der Ofen an«, sagte sie und ging voran.

»Du hast dich aber schick gemacht«, bemerkte Susanne. »Wow, gibt es was zu feiern? Erwartest du jemanden?«, fügte sie hinzu, als sie den festlich gedeckten Tisch entdeckte.

Isolde antwortete nicht. Sie platzierte einen weiteren Teller, Besteck und ein Glas auf dem Tisch und deutete Susanne, sich zu setzen. Die Schale mit den Keksen und die Flasche Bordeaux stellte sie achtlos an die Seite. »Champagner?«, fragte sie und füllte die Gläser.

»Jetzt mal raus damit: Was gibt es zu feiern?«

»Eigentlich nur, dass ich heute meine letzte Betonfigur fertiggestellt habe.«

»Das ist ja großartig! Aber warum denn deine letzte?«, wollte Susanne wissen.

»Nun, ich brauche einfach mal eine Pause«, antwortete Isolde und löffelte sich Tomaten mit Mozzarella und ein paar Pflaumen auf den Teller, dann schnitt sie das Baguette in dicke Scheiben. »Du magst hoffentlich Antipasti.« Isolde schob Susanne die Platten hin.

»Danke, aber nur zum Probieren«, antwortete Susanne und nahm sich eine Pflaume im Speckmantel. »Bei dir kann man sich gar nicht vorstellen, dass du eine Pause machst. Jetzt, wo du so viele Figuren geschaffen hast, und wenn ich an all die Kurse denke«, schwärmte Susanne.

»Naja, so zu Weihnachten wollte ich sowieso fertig sein. Schauen wir mal, was es im nächsten Jahr für neue Projekte gibt.«

»Da hast du recht«, bestätigte Susanne. »Da fällt dir sicher was Tolles ein, so kreativ, wie du bist.«

Susanne fühlte sich nicht wohl. Irgendwie wurde Isolde immer seltsamer. Das geblümte Sommerkleid, das sie anhatte, war mindestens zwei Nummern zu klein. Sie trug üppigen Schmuck, aber an ihren Händen klebte noch getrockneter Beton. Das Make-up war fleckig, sie hatte zu viel Rouge aufgetragen, die Mascara bildete unschöne Ränder unter den Augen, und der blutrote Lippenstift war verschmiert. Das, was sie Champagner nannte, war eine Flasche billiger Sekt aus dem Supermarkt. Die Pflaume im Speckmantel war eine aufgetaute matschige Pflaume, eingewickelt in einer Scheibe Schinken. Anstelle des Mozzarellas hatte Isolde kleine gelbe Käsewürfel geschnitten, an welchen teilweise noch die Rinde klebte. Susanne schluckte. Das bekomme ich nicht hinunter, dachte sie und trank den billigen Sekt, während ihr Blick durch die Küche wanderte. Isolde schien nicht mehr abzuwaschen. Das Geschirr stapelte sich in der Spüle und auf der Ablage ringsherum. Das Holz für den Ofen hatte sie an einer Wand empor hochgestapelt. Die Kühltruhe an der anderen Wand stand zum Abtauen geöffnet, davor ein Eimer und ein Wischmopp sowie etliche Handtücher, die die Flüssigkeit aufsaugten. Der Tisch wiederum war akkurat gedeckt mit schönem antikem Geschirr, Silberbesteck und Kristallgläsern. Susanne schämte sich, dass sie sich nicht häufiger um Isolde gekümmert hatte. Bei ihrem letzten Besuch vor wenigen Wochen schien noch alles in Ordnung gewesen zu sein. Zumindest war Susanne nichts aufgefallen. Außer diesen vielen Figuren im Garten, machte Isolde immer einen völlig normalen Eindruck auf ihre Umwelt. Sie beschloss, sich mit den anderen Nachbarn auszutauschen. Vielleicht wusste jemand, ob Isolde Verwandtschaft hatte, die man informieren konnte. Irgendjemand musste hier helfen. Ich muss sehen, dass ich hier rauskomme, dachte Susanne und stellte ihr Glas ab. Erst jetzt bemerkte sie die Spitzenserviette mit dem goldenen Ring. Susanne schoss das Blut ins Gesicht. Das war hoffentlich nicht das, wofür sie es hielt.

»Schmeckt es dir nicht?«, wollte Isolde wissen.

»Mir ist gerade eingefallen, dass ich gleich noch eine Verabredung habe«, log Susanne und wollte aufstehen.

»Das ist jetzt aber gar nicht nett«, antwortete Isolde, nahm den Ring von der Serviette und steckte ihn sich über ihren Zeigefinger. »Mein Erwin hätte sich sicherlich sehr gefreut, wenn du zum Essen bleibst. Er hat sich sowieso immer gefreut, dich zu sehen. Wenn du leicht bekleidet im Garten gearbeitet hast, wenn du von der Schule oder vom Einkaufen kamst und er dir die Taschen ins Haus tragen konnte. Ich weiß noch, wie du hier in der Nachbarschaft eingezogen bist und er dir so gerne beim Umzug geholfen hat«, erzählte Isolde. Ihre Stimme wurde immer leiser und bedrohlicher.

»Ich kann dir versichern, dein Erwin hat nie … er hat mir nur …« Susanne zitterte am ganzen Körper.

»Aber ja, mein Kind. Er war immer sehr zuvorkommend und hilfsbereit. Bei den Damen in dieser Stadt.«

»War?« Susanne versagte die Stimme.

»Nun ja. Irgendwann ist ein Punkt erreicht, da läuft das Fass über. Der so genannte Kipppunkt. So nennt man das doch, oder? Wenn etwas, das geradlinig läuft, durch ein Ereignis auf einmal die Richtung wechselt. Du als gebildete Lehrerin und Pädagogin solltest das doch wissen.«

Susanne antwortete nicht.

Isolde lachte und betrachtete den Ehering ihres Mannes. »Sein Ringfinger steckt jetzt in dieser griechischen Figur, ich habe den Namen vergessen. Hilf mir mal auf die Sprünge. Du kennst dich doch damit aus.« Isolde schien krampfhaft zu überlegen, während Susanne ihre Nägel in das Holz des Stuhles bohrte. Sie war wie gelähmt. Ihre Beine schienen den Dienst zu versagen. »Ich komme jetzt nicht drauf. Aber rate mal, was in deiner Figur steckt. Was glaubst du?«, fragte Isolde und legte den Kopf schief. »Dein *Lehrer Lämpel*, so heißt er doch, oder? Na, nun rate doch mal. Das war mir übrigens ein besonderes Vergnügen. So passend für dich.«

Susanne begann zu wimmern.

»Was sagst du? Ich verstehe dich nicht«, bohrte Isolde und platzierte den Ring vor Susanne. »Okay, ich helfe dir auf die Sprünge«, fügte sie lachend hinzu. »Also in deinem *Lehrer Lämpel* steckt … na?« Isolde beugte sich vor und deutete mit dem Finger nach unten. »Na, sein Ding natürlich.« Dann brach sie in schallendes Gelächter aus. Ihr Gesicht wirkte im Kerzenschein wie das einer ihrer gespenstischen Betonfiguren in der Abenddämmerung. »Und weißt du was, ich habe gerade entschieden, dass ich mit meinen lieb gewonnenen Betonfiguren direkt nach Silvester weitermache.« Indem sie es aussprach, bohrte sie mit einem gezielten Hieb das Brotmesser in Susannes Brust. Susanne sackte röchelnd zusammen. »Ich bin nur froh, dass du nur halb so schwer bist wie mein Erwin«, sagte Isolde, wischte ihre Hände an der Stoffserviette ab und aß genussvoll ihr Festmahl.

Rezept:
Pflaumen im Speckmantel

Zutaten:
   Backpflaumen
   magerer Schinken

Jeweils eine Trockenpflaume in eine dünne Scheibe Schinken bzw. Frühstücksspeck wickeln und in eine Kasserolle legen, Ofen auf 200 Grad stellen, bei Ober- und Unterhitze braten, Garzeit ca. 10 Minuten

Wird gerne als Beilage oder Vorspeise zu einem Glas Sekt gereicht.

58

CODEWORT APFELMUS

Rinderrouladen in Dortmund
Astrid Plötner

Der scharfe Wind am Dortmunder Binnenhafen fegte Kriminalhauptkommissar Leo Stein die Kapuze vom Kopf. Sein Beruf hatte ihn noch nicht oft in das Hafengebiet des Dortmund-Ems-Kanals geführt, der verkehrstechnisch attraktiv im Osten des Ruhrgebiets als Industrie- und Logistikstandort von internationaler Bedeutung galt. Der Stadthafen war nur eines der insgesamt zehn Hafenbecken und lag in der Nordstadt direkt gegenüber dem denkmalgeschützten Gebäude des alten Hafenamts mit seinem weit sichtbaren über 30 Meter hohen Turm. Leo Stein zog den Reißverschluss seiner Windjacke hoch und vergrub seine Hände in den Jackentaschen. Als leitenden Mitarbeiter des Kriminalkommissariats 11 hatte man ihn heute am vierten Advent aus der warmen Gemütlichkeit seines Häuschens am Rande von Dortmund-Schüren herausgerissen, wo er gerade mit seiner Frau zu Mittag essen wollte. Rinderrouladen mit Rotkohl und Salzkartoffeln, seine Leibspeise. Während er nun dem Winken eines Kollegen in Uniform folgte und auf den Ausflugsdampfer *Santa Klara* zusteuerte, der im Hafen angedockt hatte, beobachtete er, wie einige Tauben auf dem Deck des Schiffes landeten und Krümel pickten. Stein ließ sich vom Kollegen instruieren und kletterte über die Landungsbrücke an Bord, wo ihn der Schiffseigner erwartete. »Guten Tag! Kriminalhauptkommissar Leo Stein vom Polizeipräsidium Dortmund«, stellte er sich vor und reichte einem kräftigen Mann in Jeans und Troyer mit Schiebermütze auf dem Kopf die Hand. »Sie sind der Eigentümer des Dampfers?«

Der Mann nickte. »Tach! Benedikt Winkler. Se können mich Ben nennen. Is einfacher, ne? Wir wollten heute 'ne Brunch-Fahrt machen. Das tun wir im Advent alle Sonntage. Is immer ausgebucht, wegen dem weihnachtlichen Gedöns und so.«

»Heute kam es aber nicht dazu?«, fragte Stein.

»Nee. Ging ja nich. Ich steh immer noch unter Schock.«

»Was ist passiert?«, fragte Stein.

Ben Winkler nahm seine Mütze ab und drehte sie in der Hand. »Wir ham ja schon gestern Abend hier festgemacht. Dauert ja was, bis wir von Hamm über die Kanäle hier rüberkommen tun, ne?«

»Über den Datteln-Hamm- und dann über den Dortmund-Ems-Kanal? Ihr Firmensitz ist Hamm?«

Winkler nickte und zog den Reißverschluss seines Troyers höher zu, als ihm der Nieselregen in den Ausschnitt fegte. »Genau. Da sind wir 'ne Weile unterwegs, ne? Wenn wir abends hier anlegen tun, hab ich morgens meine Ruhe. Da kann Klara, meine Frau, mit den Türken den Dekokram machen, und ich kann 'nen bisken länger inner Koje liegen.«

»Was Sie auch taten. Wann haben Sie von dem Todesfall erfahren?«

»Hm, so gegen 10 Uhr. Da hab ich Hunger gekricht und bin zur Kombüse. Auf 'm Gang kam mir schon der Achmet entgegen. Is einer der Aushilfen. Der hatte 'n hoch-

60

roten Kopp, hat wild mit 'n Armen gefuchtelt und türkisches Kauderwelsch rausgehaun, obwohl er ja gut Deutsch sprechen tut. Ich hab jedenfalls nix verstanden. Irgendwann hab ich rausgekricht, dass unser Koch inner Küche tot am Boden liegen tut. Ich hab mir die Sauerei angeguckt und die Polizei gerufen. Und ich hab natürlich dem Reiseunternehmen abgesacht.«

»Wo finde ich diesen Achmet?«, fragte Stein.

Winkler hob ratlos die Schultern. »Das haben mich Ihre Kollegen auch schon gefracht. Ich hab keinen blassen Schimmer. Der Junge war ja total Banane. Hier auf 'm Schiff isser jedenfalls nich.«

Stein schaute auf seine Armbanduhr. Inzwischen war es 13.30 Uhr. »Ihren Brunch-Gästen haben Sie abgesagt? Also befanden sich an Bord zur Tatzeit wie viele Personen?«

»Außer mir, der Klara und dem toten Koch noch vier Aushilfen. Alles Türken. Die arbeiten gut und sind zuverlässig.«

Hauptkommissar Stein lag es auf der Zunge zu sagen, dass vermutlich nicht die Zuverlässigkeit, sondern die günstige Arbeitskraft zählte, hielt sich aber zurück. »Wo sollte die Fahrt eigentlich hingehen?«

Der Schiffseigner hob kurz die Schultern. »Nich weit. Nur bis zur Henrichenburg. Das alte Schiffshebewerk bei Waltrop sacht Ihnen doch was, ne? Is ja nich mehr in Betrieb und inzwischen 'n Museum. Die neue Schleuse liegt nur 100 Meter entfernt. Kurz davor drehn wir aber immer um.«

»Dann führen Sie mich mal zum Tatort!«, forderte Stein und folgte dem Mann. Böiger Wind fuhr ihm ins Gesicht, als er über das Deck auf eine Treppe zuging, die zunächst hinab und dann ins Innere des Dampfers führte. Die Luft

61

roch nach angebranntem Essen und Zigarettenqualm. Stein folgte Winkler durch einen schmalen Gang. Die Spurensicherung war bereits vor Ort. Der Rechtsmediziner kniete neben der Leiche und sprach monoton in ein Diktiergerät. Stein bedankte sich bei Winkler und blieb auf dem Flur stehen. Sein Blick fiel auf die Rückwand der Kombüse, wo sich eine Magnetschiene befand, an der Küchenmesser hafteten. Eines davon musste fehlen, denn es steckte in Höhe des Herzens in der Brust des Toten, der in einer Blutlache auf dem Boden lag. Stein zuckte leicht zusammen, als ihm im selben Moment, da er auf die Leiche starrte, jemand mit festem Druck die Hand auf die Schulter legte. Er fuhr herum und erkannte Oberkommissarin Merle Müller.

»Na, Leo?«, grinste sie, »haben sie dich aus dem Wochenende geholt?«

Stein nickte. »Nicht nur das. Eigentlich war ich fertig mit diesem Jahr, wegen der vielen Überstunden. Was haben wir?«

»Das Opfer heißt Besim Güler, 34 Jahre alt, gebürtiger Türke, ledig, wohnhaft in Hamm wie alle Beschäftigten hier. Güler ist seit einem halben Jahr Koch auf der *Santa Klara*. Er wurde mir von Benedikt Winkler als unauffällig und schüchtern beschrieben. Seine türkischen Kollegen hier sind recht zurückhaltend mit ihren Aussagen. Niemand will gehört oder gesehen haben, was sich zum Tatzeitpunkt in der Kombüse abgespielt hat.«

Stein sah, dass der Rechtsmediziner seine Arbeit beendete, und trat einen Schritt zurück, um ihn aus der Schiffsküche zu lassen. »Hallo, Doktor. Können Sie etwas zum Tatzeitpunkt sagen?«

Der Mediziner nickte. »Hallo, Stein. Zwischen 9 und 10.30 Uhr heute Morgen. Todesursächlich ist der Messer-

62

stich in die Brust, wobei die Klinge mit Wucht das Herz des Opfers traf.«

Stein wandte sich an die Kollegin Müller. »Gibt es sonst noch was?«

»Wir konnten das Handy des Toten sicherstellen.« Sie unterstrich ihre Aussage, indem sie einen Beweissicherungsbeutel hochhielt. »Ein ziemlich neues Smartphone-Modell. Die Fotos darauf sind vom Samstag vor einer Woche. Sieht nach einer Feier aus, auf der die fünf Türken, die hier beschäftigt sind, scheinbar mit ihren jeweiligen Lebenspartnern anwesend waren. Das Opfer hat Selfies mit einer brünetten Schönheit gemacht, scheinbar auch eine Türkin. Die Identität der Frau steht bisher noch nicht fest.«

Stein streifte sich Latexhandschuhe über, fischte das Handy aus der Plastiktüte und schaltete es ein. Die Fotos zeigten eine lustige Truppe, die mal zusammen tanzte, mal gemeinsam *Shisha* rauchte. Stein überlegte gerade, ob er die Türken selbst noch einmal befragen sollte, als sein Handy bimmelte. In der Innenstadt wurde die Leiche eines jungen Mannes gefunden, der offensichtlich erdrosselt worden war.

Was war los in Dortmund? Zwei Morde! Und das am vierten Advent! Gemeinsam mit Merle Müller machte er sich auf den Weg vom Dortmunder Norden bis in die völlig überfüllte City. Schon von Weitem konnte man den größten Weihnachtsbaum der Welt sehen, der wie ein leuchtendes Mahnmal über 45 Meter in den Himmel ragte. Ein 40 Tonnen schweres Stahlgerüst trug über 1700 Fichten aus dem Sauerland, die sich zu diesem riesigen Baum ineinanderfügten. Darunter duckten sich beleuchtete Weihnachtsmarktbuden auf dem Hansaplatz. Stein stieg der unverwechselbare Duft von gebrannten Mandeln in die Nase,

63

die er so gern in der Adventszeit naschte. Er folgte Merle Müller, die an einem Kinderkarussell und einem Glühweinstand vorbeilief. Endlich erreichten sie den Tatort. Das männliche Opfer lag am Rande des Hansaplatzes unter den Propstei-Arkaden im Eingang eines leer stehenden Geschäftes und mochte gerade mal 20 Jahre alt sein. Als Stein sich unter der polizeilichen Absperrung hindurchzwängte, hörte er die Glocken der Propsteikirche im Hintergrund zur vollen Stunde schlagen. Er beugte sich über den Toten und erkannte Würgemale am Hals.

Ein Streifenpolizist klärte sie über die Identität des Mannes auf. »Er heißt Mike Stork und wohnt im Dortmunder Klinikviertel. Bei der Polizei ging ein Notruf ein, den Anrufer haben wir noch nicht ermittelt. Er hatte die Rufnummer unterdrückt. Muss hier jedenfalls alles sehr schnell gegangen sein. Die Tat ist maximal eine Stunde her. Zeugen haben wir trotz des Andrangs allerdings noch nicht aufgetrieben.«

Stein ordnete eine groß angelegte Befragungsaktion an. Vielleicht hatte ein Budenbesitzer oder ein Weihnachtsmarktbesucher etwas beobachten können. Während er überlegte, wie er sich selbst in die Suche einbringen könnte, fiel ihm eine männliche Person ins Auge, die aus der Schar der Bummler herausstach. Der Mann, etwa Mitte 40, mit dunkler Wolljacke und Lederhandschuhen, schlank, die Mütze tief ins Gesicht gezogen, den Kopf gesenkt, stürmte mit großen Schritten an den Buden vorbei. Dabei rempelte er Passanten an und erntete dafür böse Blicke. Für den Bruchteil einer Sekunde hob er den Kopf, und Stein konnte seine Gesichtszüge und einen dunklen Bart erkennen. Er hatte dieses markante Gesicht vor Kurzem schon einmal gesehen, aber wo und wann?

Wie unter Zwang setzte Stein sich in Bewegung und folgte dem Unbekannten. Sie verließen den Hansaplatz, erreichten kurz darauf den Westenhellweg, wo sich dicht gedrängte Menschenmassen durch die Fußgängerzone schoben. Aus den Augenwinkeln sah er in den Schaufenstern der Modegeschäfte bunt geschmückte Weihnachtsbäume und Schaufensterpuppen mit roten Zipfelmützen. Stein hatte Mühe, den Mann nicht aus den Augen zu verlieren. Der Abstand wurde größer. Als sie die Reinoldikirche passierten, sah Stein, dass der Unbekannte in der Kleppingstraße in ein Taxi sprang, das sich Richtung Wallring entfernte. Stein fluchte und orderte seine Kollegin Müller mit dem Dienstwagen zu sich. So langsam dämmerte ihm, wo er dieses Gesicht gesehen hatte, und deshalb glaubte er zu wissen, wohin der Mann unterwegs war. Kurz darauf hielt Merle Müller neben ihm, und er sprang auf den Beifahrersitz.

»Gib Gas, Kollegin! Ich habe einen der Angestellten der *Santa Klara* auf dem Weihnachtsmarkt erkannt. Der ist regelrecht geflohen, als er bemerkt hat, dass ich ihm gefolgt bin.« Stein war sicher, das bärtige Gesicht des Türken auf dem Smartphone des toten Schiffskochs gesehen zu haben. Sein düsterer Gesichtsausdruck hatte so gar nicht in die Runde der ausgelassenen Kollegen gepasst. Vielleicht war an jenem Abend etwas vorgefallen, das die folgenden Ereignisse ausgelöst hatte. Möglicherweise gelang es der Mordkommission, wenigstens einen der Morde zeitnah aufzuklären.

Sie rasten mit Blaulicht durch Dortmunds Innenstadt, zwängten den Einsatzwagen von einer Spur auf die andere des Wallrings, bis sie endlich die Nordstadt und das Hafenviertel erreichten. Der Nieselregen hatte sich in Schneeregen gewandelt, der böig gegen die Windschutzscheibe klatschte. Der Bärtige mit der dunklen Wolljacke zahlte gerade das Taxi, als Kollegin Merle Müller den Dienstwagen dicht neben ihm zum Stehen brachte. Stein sprang aus dem Auto und zückte seinen Dienstausweis. »Wir werden uns jetzt mal ausführlich unterhalten!«

Der Türke verschränkte seine Arme vor der Brust und schwieg. Auch, als sie sich unter Deck der *Santa Klara* befanden, verweigerte Toprak Yüksel die Aussage. So setzte Stein seine Ermittlung zunächst damit fort, den Angestellten Achmet Can zu befragen, der den Toten gefunden hatte und sich inzwischen wieder an Bord befand. Stein fiel sofort die Nervosität des 20-Jährigen auf, als er ihm in einer der Kajüten gegenübersaß. Achmet sprach wie die meisten Türken im Ruhrpott fließend Deutsch, und das ohne Akzent.

»Ich lebe bei Oma Adalet in Hamm«, erklärte er und schob sich die halblangen Haare hinter die Ohren. »Sie ist mit meinem Opa von Anatolien hier rübergekommen. Opa ist vor einem Jahr gestorben. Meine Eltern sind in die Türkei zurückgegangen. Bis zum Ende meines Chemie-Studiums muss ich noch bei Oma Adalet wohnen bleiben, obwohl es ziemlich eng ist. Wenn ich einen richtigen Job habe, kann ich mir hoffentlich eine eigene Wohnung leisten.«

Stein beobachtete Achmet aufmerksam. Er drehte die Daumen umeinander und tippte ständig mit der Fußspitze auf den Boden, dabei hielt er den Kopf gesenkt. »Herr Can! Der Schiffskoch dieses Dampfers ist heute Morgen ermordet worden. Sie haben den Toten gefunden?«

Der junge Mann stierte auf den Boden und nickte langsam.

66

»Konnten Sie etwas beobachten? Haben Sie jemanden gesehen?«

Can sprang auf, stellte sich an die Rückwand der Kajüte, stemmte seine Arme dagegen und lehnte seine Stirn an die kalte Schiffswand, als könne er so besser einen klaren Gedanken fassen.

Stein ließ ihm etwas Zeit, schließlich fragte er: »Was ist geschehen? Wenn Sie etwas beobachtet haben, müssen Sie mir das sagen. Ihr Kollege, Toprak Yüksel, hat was damit zu tun, richtig? Er wird gerade von meiner Kollegin befragt.«

Endlich drehte Achmet Can sich um und setzte sich wieder. Seine Gesichtsfarbe glich dem blütenweißen Bettlaken. Er hob langsam den Kopf. In seinen Augen glitzerten Tränen, und Stein konnte den Kampf, den er mit sich ausfocht, körperlich spüren. Nach einer ganzen Weile begann er endlich zu erzählen.

Stein hörte schweigend zu und setzte sich nach der Aussage sogleich mit dem zuständigen Staatsanwalt in Verbindung. Zwei Stunden später ließ Stein sich erschöpft und zufrieden auf den Beifahrersitz des Dienstwagens fallen.

»Jetzt freue ich mich auf die Rinderrouladen vom Mittag!«, grinste er Merle Müller an. »Der Fall ist gelöst. Ich hoffe, wir können nun in Ruhe Weihnachten feiern.«

Die Kollegin verschränkte die Arme vor der Brust. Sie hatte von der Aufklärung des Falls nichts mitbekommen, da sie bei Toprak Yüksel gesessen hatte. »Jetzt rede endlich! Was ist passiert?«

Inzwischen fielen dicke weiße Flocken vom Himmel, die im heftigen Wind um die erleuchtete *Santa Klara* wirbelten. »Schmeiß den Motor an, Merle!« Stein rieb sich fröstelnd die Hände. »Mir ist arschkalt! Ich berichte dir unterwegs, was Achmet Can mir erzählt hat.«

Merle Müller blickte ihn genervt an. Die Scheibenwischer mühten sich, die vom Himmel fallenden Schneemassen zu bewältigen, während sie vorsichtig den Wagen wendete und langsam aus dem Stadthafen fuhr. »Also?«

»Tja«, begann Stein und seufzte. »Achmet Can und das Opfer vom Hansaplatz, dieser Mike Stork, haben sich vor zwei Jahren im ersten Semester ihres Chemie-Studiums an der TU-Dortmund kennengelernt und sind gute Freunde geworden.« Er rieb seine kalten Hände gegeneinander und hauchte sich warme Luft in die Handflächen.

»Nun mach es nicht so spannend!«, forderte Merle Müller und lenkte den Dienstwagen aus dem Hafengebiet heraus.

»Ja«, fuhr Stein fort, »ich fang mal ganz von vorne an. Ich hatte ja auf dem Weihnachtsmarkt diesen Mann gesehen. Toprak Yüksel. Er war mir zuvor auf dem Smartphone des toten Kochs aufgefallen. Und der hat auf dieser Feier vor zwei Wochen unter anderem ein Selfie mit einer Brünetten gemacht. Rate mal, wer die Frau ist!«

»Die Ehefrau von Toprak Yüksel?«, rätselte Merle Müller.

Stein warf ihr einen überraschten Blick zu. »Stimmt! Du hast einen guten Riecher. Heute Morgen ist es wegen dieses Selfies in der Küche des Dampfers jedenfalls zum Streit zwischen Yüksel und dem Koch, Besim Güler, gekommen. Güler hatte sich vor Yüksel nämlich damit gebrüstet, dass er dessen Frau während des Treffens in der Kneipe flachgelegt hat. Nach einem heftigen Flirt sei es in einer Toilettenkabine zur Sache gegangen. Achmet hat diesen Streit in der Küche belauscht. Als Güler Yüksels Frau als Hure

68

bezeichnet hat, sei Yüksel ausgerastet. Er habe sich ein Messer von der Wand gerissen und sofort mit Wucht zugestochen. Der Koch sei zusammengebrochen und sofort tot gewesen.«

»Wieso hat Achmet Can das nicht bei uns ausgesagt? Wieso ist er geflüchtet?«, fragte Merle Müller und fuhr auf dem Wallring, wo die Stadtbetriebe bereits gestreut hatten, jetzt etwas schneller. »Und wie passt Mike Stork ins Bild? Ich sehe da keinen Zusammenhang.«

Stein schwieg eine Weile und versuchte, seine Gedanken zu sortieren. Er rieb sich die immer noch kalten Oberschenkel, obwohl die Heizung das Auto schon auf mindestens 24 Grad aufgeheizt hatte. Inzwischen war es fast dunkel geworden, und in den Fenstern der angrenzenden Häuser sah man Sterne und Weihnachtspyramiden in den Fenstern leuchten. »Achmet hat den Mord nicht nur beobachtet, sondern auch ein Foto von Yüksel geschossen, als der neben der Leiche kniete. Er versprach sich ein zusätzliches Einkommen.«

Merle hielt vor einer roten Ampel nahe des Stadttheaters, setzte den Blinker nach rechts und sah Stein an. »Du meinst, die beiden Studenten haben Yüksel erpresst?«

Stein lehnte sich zurück und schloss die Augen. Hinter seiner Stirn begann es zu pochen, und ein unangenehmer Kopfschmerz meldete sich an. »Genau. 10.000 Euro haben sie gefordert.«

»Du liebe Güte! Wie naiv ist das denn?« Merle Müller bog vom Wall ab, als ein ungeduldiger Fahrer hinter ihr hupte. »Wie hat Can sich das vorgestellt?«

Stein öffnete die Augen wieder. Der Verkehr floss zäh über die breite Straße. Ein Rettungswagen kam ihnen entgegen und bog knapp vor ihnen rasant in Richtung

69

der Städtischen Kliniken ab. »Achmet Can hat Yüksel zum Weihnachtsmarkt geordert. Dort sollte Mike, den der Türke nicht kannte, das Geld entgegennehmen. Als Erkennungszeichen hatten sie sich das Codewort ›Apfelmus‹ ausgedacht. Achmet hat sich irgendwo in der Nähe des Hansaplatzes aufgehalten.«

Merle Müller fuhr am großen Gebäude der *Telekom* vorbei und konzentrierte sich auf den dichten Verkehr. Die Scheibenwischer hatten Mühe, gegen die dichten Schneeflocken anzukämpfen. Die Fahrt wurde zu einer Rutschpartie. »Aber irgendetwas muss ja schiefgelaufen sein, sonst würde Mike Stork noch leben.«

Stein nickte. »Achmet Can hat das Treffen akustisch über sein Handy verfolgt. Er habe gehört, wie Mike das Codewort ›Apfelmus‹ sagte. Kurz darauf folgte ein Röcheln. Achmet ist zum Hansaplatz gerannt. Aber zu spät. Yüksel habe den leblosen Mike gerade zu Boden gleiten lassen und sei im selben Moment auf Achmet aufmerksam geworden. Daraufhin ist der im Gedränge um den riesigen Weihnachtsbaum abgetaucht, hat dabei aber sofort die Polizei informiert. Weil er nicht wusste, wo er hinsollte, machte er sich auf den Weg zurück zur *Santa Klara*. Er hatte Angst. Er trauerte um seinen Freund. Er gab sich zu Recht die Schuld für den kaltblütigen Mord an Mike. Achmet wollte allein sein, also verkroch er sich zunächst in seine Kajüte und grübelte.«

»Wo du ihn dann angetroffen hast.« Merle Müller lenkte den Dienstwagen jetzt auf den Parkplatz des Polizeipräsidiums von Dortmund. »Eines verstehe ich aber nicht: Wieso war Yüksel noch eine Stunde nach seiner Tat in der Innenstadt? Er muss die Polizei doch bemerkt haben. Der Tatort wurde ja abgesperrt.«

70

Stein hob vage die Schultern. »Da kann man nur mutmaßen, da er ja nach wie vor hartnäckig schweigt. Ich denke, Yüksel wollte Achmet um jeden Preis mundtot machen. Den lästigen Mitwisser, Kollegen und Erpresser musste er sich vom Hals schaffen.« Fast gleichzeitig mit der Kollegin verließ er den Dienstwagen. Eiskalte Luft schlug ihm ins Gesicht. Schneeflocken wirbelten ums Präsidium. Er eilte auf die Stufen des gläsernen Vorbaus zu. Jetzt nur schnell den Bericht schreiben und dann ab nach Hause. Die Rinderrouladen mit Rotkohl und Klößen warteten in seiner gemütlichen Stube in Dortmund-Schüren. Allein bei dem Gedanken daran lief ihm das Wasser im Munde zusammen.

Rezept: Rinderrouladen

Zutaten für 4 Personen:
 4 große Rinderrouladen
 150 g Schinkenspeck
 2 mittelgroße Zwiebeln
 scharfer Senf
 2 Möhren
 100 g Sellerie
 1 Lorbeerblatt
 2 Nelken
 2 EL Tomatenmark
 500 ml Brühe
 Salz, Pfeffer
 Öl zum Braten

Zwiebeln in feine Scheiben schneiden, Speck in Streifen schneiden. Rouladen mit Senf bestreichen und mit Salz und Pfeffer würzen. Mit je 2 Zwiebelscheiben und 2 Speckstreifen belegen, rollen und mit Faden umwickeln oder mit Rouladen-Nadel fixieren. Öl in Bräter erhitzen und Rouladen von allen Seiten anbraten. Aus dem Bräter nehmen. Möhren und Sellerie schälen und in Würfel schneiden. Gemüse anschwitzen, Tomatenmark, Lorbeerblatt, Nelken, Salz und Pfeffer zugeben und mit Brühe ablöschen. Rouladen zugeben, sollten mit Brühe bedeckt sein.

Bei mittlerer Hitze mindestens 1 ½ Std. schmoren lassen. Danach Rouladen entnehmen und Soße durch ein Sieb geben. Mit Salz und Pfeffer abschmecken und nach Bedarf binden.

EINE LEICHE MIT EINFLUSS

Ente süßsauer im
Schmallenberger Land
Anke Kemper

Polizeioberkommissar Rainer Schuster starrte fassungslos auf die Leiche. Männlich, groß, tot und ausgerechnet der Weihnachtsbaum-Baron vom Hochsauerland, Gottfried Bernd. Vier seiner polnischen Saisonarbeiter standen hilflos etwas abseits, traten nervös von einem Fuß auf den anderen, tuschelten und sahen erwartungsvoll zu, was der Mann in Uniform da machte. Rainer Schuster machte erst mal gar nichts. Er schaute sich um und versuchte zu verstehen. Als er den Anruf direkt nach dem Frühstück erhalten hatte, war von einem toten Mann die Rede, der zwischen den Tannenbäumen in der Schonung oberhalb des Hofes des Barons aufgefunden worden war. Nicht, wer es war und auch nicht, dass er offensichtlich an einer Schussverletzung verstorben war. Dass es kein Selbstmord oder Jagdunfall gewesen sein konnte, zeigte der Klumpen Lehm in seinem weit geöffneten Mund, in welchen jemand einen Tannenzweig und ein Bündel Geldscheine gesteckt hatte. Neben dem Toten lag eine Stabtaschenlampe, die noch eingeschaltet war. Der Rover von Gottfried Bernd stand nur wenige Meter entfernt am Feldweg geparkt, der Schlüssel steckte. Rainer atmete die kalte Luft tief ein. Es half nichts. Er musste die Kollegen von der Kripo in Dortmund rufen, und das eine Woche vor Weihnachten. Wieso habe ich mir nicht Urlaub genommen, dachte er, denn er war sich sicher, dass die Laufarbeit an ihm hängen bleiben würde. Mörder nahmen keine Rücksicht auf das Privatleben der Polizisten, nicht auf die Jahreszeit, und sie kannten auch keinen Feiertag. Der Polizeioberkommissar hatte sich vor fünf Jahren als Dienststellenleiter nach Schmallenberg versetzen lassen. Er fuhr täglich die Straßen ab, überprüfte, ob die Schmallenberger und die Touristen ordnungsgemäß parkten und nicht zu schnell fuhren. Hier und dort gab es kleinere Einbrüche und manchmal eine Kneipenschlägerei. Vor Weihnachten wurden regelmäßig Weihnachtsbäume gestohlen, meist nur vereinzelt, manchmal aber auch im professionellen Stil gleich eine ganze Lkw-Ladung voll. Das war's schon. Ein relativ ruhiges Leben hier oben im Schmallenberger Sauerland. Aber ein Kapitalverbrechen? Dies hier war ein kaltblütiger Mord, dafür musste er nicht auf die Spezialisten aus Dortmund warten. Mord an dem wohl bekanntesten und auch meist gehassten Mann in der Gegend. Rainer mochte die Sauerländer, ihre Eigenheiten, ihre Sturheit und besonders ihre Gastfreundschaft. Vor allem liebte er aber die ländliche Gegend um Schmallenberg herum, wo er in seiner Freizeit häufig Touren mit dem Mountainbike machte. Dass das Sauerland Weltmarktführer und somit *die* Weihnachtsbaumhochburg sein sollte, war ihm erst hier bewusst geworden. Rainer machte Fotos mit seinem Smartphone und seufzte laut. Vor ihm lag ein Batzen mühsamer Arbeit. Sein Kollege war zu seinen Eltern nach München gefahren, und Rainer verspürte keine Lust, externe Hilfe anzufordern, um auf Mörderjagd zu gehen. Es wäre einfacher, jemanden zu suchen, der Gottfried Bernd gemocht hatte, schoss es dem resignierten Beamten durch den Kopf. Rainer blickte auf, als einer der Saisonarbeiter hüstelte. »Chef?«, fragte der Pole, und Rainer nickte nur. Der Big Boss der Nordmanntannen, Baron genannt. Was für ein Mist!

Roswitha Bernd knetete unbeeindruckt den Plätzchenteig weiter, als wäre nichts geschehen. Immer, wenn sie den Teig auf den Holztisch knallte, knurrte sie in die aufsteigende Mehlwolke hindurch: »Das hat er nun davon.«

Rainer Schuster sah ihr eine Weile dabei zu und dachte nur: Das fängt ja gut an. Der Polizist war sich sicher, dass er dies oder etwas Ähnliches bei seinen Befragungen öfters hören würde. Ob bei der Familie, den Mitarbeitern, den Kunden, den Mitgliedern vom Dorfverschönerungsverein, über den Gesangsverein und den Jagdgenossen bis hin zum Mütterverein. Und an den Kirchenvorstand wollte er noch gar nicht denken. Jeder, der hier eine Meinung hatte, würde sie kundtun. Ob gefragt oder ungefragt. Konkurrenz gab es für den Baron hier oben keine nennenswerte mehr. Er hatte sich ein Monopol aufgebaut und über die Jahre das Land vieler Bauern aufgekauft für den Anbau seiner Tannen. Rainer hatte klare Anweisungen von seinen Kollegen und Vorgesetzten, was er als ortsansässiger Polizeioberkommissar zu tun hatte. Um alles andere würde man sich schon kümmern. Die Leiche war bereits zur Rechtsmedizin nach Dortmund abtransportiert, nachdem ein Aufgebot der Kripo den Tatort unter die Lupe genommen hatte. Fundort war gleich Tatort und vorläufige Todeszeit zwischen 22 und 1 Uhr letzte Nacht. Bei der Todesursache wollte man sich noch nicht näher festlegen, da der Leichnam bei nächtlichen minus zehn Grad, die momen-

76

tan hier oben herrschten, erst einmal antauen musste, um nähere Untersuchungen durchführen zu können. Selbst der Klumpen Lehm im Mund des Barons war festgefroren. Frische Fuß- oder Reifenspuren auf dem gefrorenen Boden waren kaum zu erkennen. Die Profile der Traktoren waren wie holprige Steinplatten in den Boden gemeißelt und ließen kaum Spielraum für andere Spuren. Das waren zunächst die einzigen Informationen, die Schuster erhalten hatte und mit denen er arbeiten musste.

»So ein Blödmann, lässt sich einfach erschießen«, schimpfte Roswitha Bernd und stopfte den Teig in den Fleischwolf.

»Haben Sie vielleicht eine Idee, wer mit Ihrem Mann Streit hatte oder …?« Weiter kam Rainer Schuster nicht. Frau Bernd brach in schallendes Gelächter aus.

»Sie sind ja vielleicht ein Witzbold«, brachte sie schließlich heraus und hielt sich lachend am Stuhl fest, während sie mit der anderen Hand den Teig durch die Maschine kurbelte. »Nein, entschuldigen Sie meinen Ausbruch, aber … Sie tun mir echt leid.« Und wieder lachte sie laut heraus.

Ja, ich mir auch, dachte Rainer. Das konnte ja heiter werden.

Rainer Schuster hatte kaum geschlafen. Die halbe Nacht hatte er sich hin und her gewälzt, stündlich auf den Wecker geschaut, bis er sich um 4 Uhr morgens entschloss aufzustehen und seine Notizen durchzugehen und zu sortieren. Seine stichprobenartigen Befragungen der letzten Tage in der gesamten Stadt Schmallenberg und Umgebung hatten bereits ergeben, dass er die Bewohner ausschließen konnte. Auch bei den Familienmitgliedern des Barons oder den Saisonarbeitern konnte er kein Mordmotiv feststellen. Es war zwar richtig, dass jeder, den er befragt hatte, irgendetwas Negatives über Gottfried Bernd zu berichten hatte, für ein Mordmotiv reichte das allerdings nicht. Der Baron hatte überall seine Finger im Spiel oder an den Frauen anderer Männer, aber auch hier war nichts so akut, was zu einem geplanten Mord geführt haben konnte. Und Rainer war sich sicher, dass es ein geplanter Mord war. Jemand hatte Gottfried Bernd dorthin bestellt, um ihn zu töten, das stand für ihn fest. Aber wer? Selbst ein ehemaliger Mitarbeiter, den der Baron gefeuert hatte, beteuerte, dass ihm nichts Besseres hätte passieren können. Er freute sich über seinen neuen Job und war erleichtert, dass er die Wutausbrüche seines Ex-Chefs nicht mehr ertragen musste. Rainer Schuster hatte das Gefühl, dass jede Befragung in eine Sackgasse führte. Jeder erzählte, dass er einen großen Bogen um den Baron gemacht habe, wenn es irgendwie möglich gewesen war. Und Rainer konnte das gut verstehen.

Drei Anzeigen hatte es diesen Winter schon wegen Diebstahl gegeben. Drei Mal wurden frisch geschlagene Nordmanntannen nachts am Rande der Schonung gestohlen. Der größte Diebstahl betraf gleich 500 Tannen, die zum Abtransport am folgenden Tag bestimmt waren und fertig verpackt in den Netzen bereitlagen. Rainer hatte sich vor Beschimpfungen und Beleidigungen des Barons kaum retten können. Im Grunde hätte auch er ein Motiv gehabt, diesem rechthaberischen und respektlosen Typen mal eins auszuwischen. Rainer legte den Stapel mit den Befragungen auf eine Seite und begann, den Bericht der Kripo erneut zu lesen. Der tödliche Schuss wurde durch eine Handfeuerwaffe aus nächster Nähe abgefeuert. Kaliber neun Millimeter. Es gab keine Kampfspuren, und der Polizeioberkommissar fühlte sich in seiner Vermutung bestätigt, dass der Baron seinen Mörder kannte. Wieso sollte er sich mitten in der Nacht in seiner Schonung mit jemandem treffen? Er würde sicherlich nicht selbst nachts nachschauen, ob alles in Ordnung war oder vielleicht erneut etwas gestohlen wurde. Dafür hatte er seine Leute. Warum das Bündel Geld in seinem Mund? Es waren genau 200 Euro in Zwanzigeuroscheinen. Hatte das etwas zu bedeuten oder war die Summe nur marginal? Einen kurzen Moment stockte er, als er den Bericht des Rechtsmediziners bezüglich des Mageninhaltes las. Ente, Mango, Ananas, Reis, Weißwein. Rainer lehnte sich auf seiner Küchenbank zurück und versuchte, sich vorzustellen, wie Roswitha Bernd Ente süßsauer für ihren Mann und die polnischen Saisonarbeiter zubereitete. Hier würde er noch einmal nachhaken, dachte er und legte den Bericht zur Seite. Dazu machte er sich eine Notiz, dass er bei dem Chinesen heute noch vorbeischauen musste, um zu prüfen, ob Gottfried Bernd vor vier Tagen Gast in ihrem Restaurant gewesen war. Rainer Schuster schaute auf die Küchenuhr. Es war 6 Uhr, Zeit zu frühstücken und sich für den Arbeitstag fertigzumachen.

Es war rutschig auf den Straßen. Der Schneeregen der letzten Nacht hatte auf dem gefrorenen Boden eine Eisbahn hinterlassen. Rainer entschloss sich, den Dienstwagen später zu holen, wenn die Streuwagen einmal durch waren mit ihrer Tour, und machte sich mit der vollen Aktentasche zu Fuß auf den Weg zum Dienst. Die nasskalte Luft am frühen Morgen war genau das, was er jetzt für einen klaren Kopf brauchte. Er hatte sich sicherheitshalber Spikes unter die Schuhe geschnallt und ging strammen Schrittes Richtung Dienststelle.

Kaum, dass er in seinem Büro die Kaffeemaschine angestellt hatte, klopfte es an der Tür. »Ja«, rief er laut und schaute sich erwartungsvoll um.

Roswitha Bernd kam vorsichtig herein, nickte zum Gruß und schloss die Tür hinter sich. »Bitte entschuldigen Sie die frühe Störung, aber ich habe gleich einen Arzttermin, da dachte ich …«

»Kommen Sie, setzen Sie sich«, unterbrach Rainer sie und zog den Stuhl vor seinem Schreibtisch zurück. Er selbst nahm seine Notizen aus der Aktenmappe und setzte sich auf seinen Platz. »Was kann ich für Sie tun?«, begann Rainer.

»Nun, mir ist da noch etwas eingefallen, was für Sie vielleicht von Interesse sein könnte.«

»Gerne, schießen Sie los«, sagte der Polizeioberkommissar und lief rot an, als er merkte, was er da gesagt hatte.

»Schon gut.« Roswitha Bernd lächelte. »Kommen wir zur Sache: Mein Mann war ein herrschsüchtiger Wichtigtuer und ein Großmaul, aber das wissen Sie ja selbst«, begann Frau Bernd.

Rainer kommentierte das nicht und ließ die Frau weiterreden.

»Er konnte nie den Hals vollbekommen. Nie. Wir haben mehr, als wir je ausgeben können, aber für ihn war es immer noch nicht genug. Mir hat er das Haushaltsgeld eingeteilt und den Kindern das Geld fürs Studium gekürzt, wenn ihm danach war. Wundert mich nicht, dass sie nicht wiederkommen«, erzählte Frau Bernd weiter und schloss kurz die Augen. »Bei der letzten Steuerprüfung im August ist Gottfried komplett ausgerastet. Er hat einem treuen langjährigen Mitarbeiter gekündigt, weil er dem Finanzamt Auskunft darüber gegeben hat, wie viele Bäume er pro Saison schlägt. Wissen Sie, das Finanzamt kann das sowieso anhand von Luftaufnahmen der Weihnachtsbaumkulturen gut schätzen.«

Rainer nickte bestätigend. Er wusste, wie die Vorgehensweise der Behörden war, wenn sie der Meinung waren, dass die Bücher nicht stimmten.

»Nun, ich denke, er hat sich mit zwielichtigen Gestalten zusammengetan, die ihm Geld gegeben haben für irgendetwas.« Frau Bernd neigte beschämt den Kopf, zog ein Taschentuch aus ihrer Manteltasche und schnäuzte sich laut. Der Polizeioberkommissar wartete geduldig, bis sich die Frau etwas beruhigt hatte. »Also er hat Geld bekommen, damit er es wiederum für seine Geschäfte einsetzt, so hat er mir das erklärt auf seine selbstgefällige Art. Vielleicht habe ich das aber auch völlig falsch verstanden … ich weiß nicht so recht. Ich dachte nur, ich sage es Ihnen.« Roswitha Bernd zuckte mit den Schultern.

Rainer fiel es wie Schuppen vor die Augen. Das war es also: Geldwäsche.

»Ich selbst verstehe überhaupt nichts davon, das müssen Sie mir glauben. Ich weiß nicht, was er mit diesen Männern vereinbart hatte. Sie waren zwei Mal bei uns auf dem Hof, und immer, wenn sie wieder weg waren, hat mein Mann viel Geld im Tresor eingeschlossen. Ich habe es nur beobachtet, das müssen Sie mir glauben. Ich weiß wirklich nicht …«

»Schon gut, das glaube ich Ihnen. Waren es Deutsche, mit denen er das Geschäft gemacht hat?«, wollte Rainer wissen.

»Ich glaube, Russen, zumindest hat einer unserer polnischen Mitarbeiter so was angedeutet.«

»Danke, das hilft mir weiter. Vielen Dank.«

81

»Aber, ich verstehe nicht ganz. Worum geht es dabei denn überhaupt? Mit was für Menschen hat er sich eingelassen?«, wollte Roswitha Bernd wissen.

»Nun, genau weiß ich es noch nicht, aber ich schätze, Ihr Mann hat sich auf ein Geschäft mit Geldwäsche eingelassen.«

Frau Bernd schaute Rainer fragend an. Sie verstand immer noch nicht.

»Ich habe die Vermutung, dass Ihr Mann es zugelassen hat, dass bei seinem legalen, aber sehr lukrativen Tannenbaumverkauf seine Einnahmen durch, sagen wir mal, Einnahmen aus illegalen Geschäften von Dritten regelmäßig dazugebucht wurden.«

Roswitha runzelte die Stirn. »Warum sollte er freiwillig mehr Umsatz melden? Dann zahlt er doch auch mehr Steuern.«

»Richtig, aber das lässt er sich dann sehr gut bezahlen. Und außerdem wird er bei den Angaben zum Tannenbaumverkauf sicherlich wieder weniger angegeben haben. Das war ja seine Gelegenheit. So hat er doppelt abkassiert, und das Finanzamt ist zufrieden und stellt keine Fragen mehr. Das illegale Geld ist dann sozusagen sauber gewaschen, und seine Geschäftspartner bekommen es auf irgendeine Weise als sauberes Buchgeld zurück. Wie auch immer. Eine Win-win-Situation. Er war ja schon ein Fuchs, Ihr Mann.«

Roswitha schien mit der Erklärung immer noch nicht zufrieden zu sein. Sie nickte resigniert und stand langsam auf. »Ich muss jetzt zum Arzt«, sagte sie entschuldigend.

»Eine Frage noch«, sagte der Polizeioberkommissar. »War Ihr Ehemann am Montag chinesisch essen?«

»Ja, ein Geschäftsessen, hat er erzählt.«

82

»Gut. Danke, dass Sie vorbeigekommen sind. Sie haben mir sehr geholfen.« Rainer stand auf und begleitete Frau Bernd zur Tür.

Dies war der schönste Heiligabend, den Rainer Schuster je erlebt hatte. Zufrieden legte er den Stapel Zeitungen auf den Wohnzimmertisch. Den Weihnachtsbaum, den er von Frau Bernd geschenkt bekommen hatte, hatte er mit einer Lichterkette geschmückt. Mehr Dekoartikel besaß er nicht. Wozu auch? Das war sein erster Baum, seit er vor fünf Jahren in die Dienststelle in Schmallenberg versetzt worden war. Und für ihn als Junggesellen fühlten sich die Weihnachtstage, an denen er keinen Dienst hatte, wie ein verlängertes Wochenende an. Rainer öffnete die Bierflasche und begann, erneut in den Zeitungen zu stöbern. Es war genauso gewesen, wie er vermutet hatte: Gottfried Bernd hatte sich mit russischen Geldwäschern eingelassen. Ob das Geld ursprünglich aus Drogenverkauf oder Waffenhandel stammte und wie es nach Deutschland kam, war noch nicht klar. Auch nicht, welche Firmen noch beteiligt waren. Dass Gottfried Bernd nicht der einzige Unternehmer war, der Bargeld wieder in Buchgeld verwandelte, stand außer Frage. Die Kollegen ermittelten unter Hochdruck. Das war eine ziemlich große Nummer, und nur aufgrund von Rainers schnellem Handeln, indem er direkt nach der Aussage von Frau Bernd zu dem chinesischen Restaurant geeilt war, um die Besitzer bezüglich des Abendessens vom vergangenen Montag zu befragen, konnten die beiden Russen gefasst werden, bevor sie das Land noch vor Weihnachten wieder verlassen wollten. Nach Aussage des Restaurantbesitzers hätte es beim Essen bereits einige Unstimmigkeiten gegeben, und der

83

Baron wäre aufgestanden und ohne zu bezahlen gegangen. Wahrscheinlich hatte er aus dem Geschäft aussteigen wollen oder mehr gefordert. Zuzutrauen wäre es ihm. Die beiden gefassten Russen waren zwar nicht geständig, aber bei dem einen konnten tatsächlich noch Schmauchspuren nachgewiesen werden. Ein Glückstreffer, dachte Rainer und blickte stolz auf sein gelungenes Foto auf der Titelseite der Westfalenpost. Wie auf Kommando klingelte es an der Haustür. Rainer stand schnell auf, nahm im Vorbeigehen im Flur seine Brieftasche von der Kommode und öffnete die Tür. Der Lieferservice des Chinesen brachte sein Abendessen. Ente süßsauer, das würde er sich jetzt zur Feier des Tages schmecken lassen.

Rezept: Ente süßsauer mit Ananas-Mangosoße

Zutaten:
Entenbrust, ca. 300 g mit Haut
Ananas in Stücken
1 Knoblauchzehe
rote Paprikaschote
125 ml süßer Mangochutney
Sojasoße nach Belieben
75 ml Gemüsebrühe
Salz und Pfeffer, Zucker

Den Backofen auf 210°C vorheizen. Die Entenbrust von oben und unten mit Salz und Pfeffer einreiben und mit der Hautseite nach oben auf ein mit Alufolie ausgelegtes Blech legen. 25 Minuten lang garen.

Währenddessen die Paprika in Streifen schneiden.
Nach 25 Minuten die Ente aus dem Ofen nehmen, das Bratfett in eine beschichtete Pfanne geben und erhitzen. Die Ente zurück in den Ofen geben und nochmal 5 – 10 Minuten braten oder bei 210° C grillen. Dann noch 5 Minuten ziehen lassen.

In das Bratfett den Knoblauch pressen und andünsten, Paprika zugeben und weich schmoren. Mit Sojasoße ablö-

schen, Ananas und Mangochutney zugeben. Mit Gemüsebrühe aufgießen, evtl. mit etwas aufgelöster Speisestärke
binden. Ggf. mit etwas Zucker abschmecken.

Entenbrust in Scheiben schneiden und mit Reis und Soße
servieren.

VANILLEKIPFERL-BLUES ODER ES IST EIN ROSS GESPRUNGEN

Vanillekipferl in Bönen
Astrid Plötner

16:15 Uhr – der Künstler war überfällig. Bereits seit einer Viertelstunde sollte das Adventskonzert laufen. Das Publikum saß ungeduldig auf der *6 Meter Ebene* im alten Förderturm der Gemeinde Bönen und wartete. Veranstalter Hans Seibel lief unten in der Halle unruhig auf und ab und schaute dabei dauernd auf seine Armbanduhr. Ein letztes Mal richtete Steffi Vogel die kleinen Tütchen mit Vanillekipferln auf dem Tisch – hübsche Klarsichttüten mit goldenen Sternen und einer roten Schleife gebunden. Sie schob die CDs mit dem Klavierflügel als Cover etwas zur Seite, damit das süße Gebäck besser zur Geltung kam. Den Verkauf hatte Seibel ihr angeboten. Sie brauchte keine Standgebühr zu zahlen, sollte dafür die CDs des Pianisten nur mit veräußern. Da hatte sie natürlich zugesagt. Seibel war Steffis Nachbar. Früher war er Lehrer an der Musikschule in Unna gewesen. Seit dem Rentenalter und besonders, seitdem seine Frau vor zwei Jahren an einem Herzinfarkt gestorben war, widmete er sich der Kulturförderung und organisierte Konzerte. Seine Gäste waren Leute von Rang und Namen aus der Umgebung. Er ging völlig in seinem Engagement auf, sah keineswegs wie 70 aus, erst recht nicht heute mit dem dunkelgrauen Anzug, den schwarzen Lackschuhen, dem blütenweißen Hemd und dem frechen Haarschnitt.

Endlich fuhr der schwarze Wagen vor. Seibel atmete auf. Gleich würde der Star des Nachmittags in die Halle des alten Förderturms kommen. Der Pianist Roberto Ross. Steffi war gespannt, wie der Typ aussah, denn auf sämtlichen Plakaten, die hier hingen, sah man nur einen schwarzen Flügel genauso wie auf dem Cover der CD. Jetzt schob der Pianist die Glastür auf. Er trug einen schwarzen Frack und darunter ein weißes Oberhemd.

Hans Seibel schüttelte ihm überschwänglich die Hand. »Kommen Sie, Ihr Publikum wartet schon!«

Der Blick von Roberto Ross flog durch die Halle und blieb am Tisch von Steffi hängen. Mit großen Schritten kam er auf sie zu und schüttelte entsetzt den Kopf. »So geht das aber nicht!«, mahnte er. »Drei Viertel vom Tisch Gebäck, und meine CDs liegen am Rand!«

»Robby?«, fragte Steffi ihn überrascht. Sie konnte kaum glauben, wen sie da vor sich hatte. »Robert Rossmaul? Bist du das wirklich?« Natürlich war er das. Er hatte seinen Namen nur etwas geändert in Roberto Ross. Gewachsen war er seit der Schulzeit kaum noch. Seine Locken lagen kurz und frisch gewaschen in Form, so etwa wie die Perücke von Atze Schröder, nur in schwarz. Genau wie der Komiker trug Robby eine getönte *Ray-Ban*-Brille. Man konnte ihm den Starpianisten jedenfalls abkaufen.

Robby blickte sie einen Moment an und schwieg. Schließlich schob er mit beiden Händen die Vanillekipferl-Tüten zusammen, umfasste den Großteil davon und

88

warf das Gebäck achtlos hinter ihren Tisch. Dann verteilte er seine CDs neu und ließ lediglich an einer Ecke drei Gebäcktüten stehen. »Ist ja kein Vanillekipferl-Blues, den ich hier als Starpianist zum Besten gebe, gute Frau. Nun sehen Sie mal zu, dass Sie die klassische Musik an den Mann bringen. Die Plätzchen können sich die Leute selbst backen.«

Steffi sog laut hörbar die Luft ein. Was bildete sich der Knallkopf ein? War ihm das Geklimper zu Kopf gestiegen? Kam an wie Graf Koks, sagte einer alten Schulfreundin nicht einmal guten Tag und meckerte nur. Aber die große Fresse hatte er ja früher schon. »Wenn du meinst, Robert Rossmaul«, sagte sie jedoch nur.

Er runzelte die Stirn. »Ich denke, Sie verwechseln mich. Wir sind uns nie begegnet!«

Sie verschränkte die Arme vor der Brust. »Wir waren in einer Klasse in der Realschule. Das musst du noch wissen. Bei der Abschlussfahrt nach Berlin waren wir zusammen. Du hast mich sogar geküsst, obwohl ich mich ja schon ein bisschen geekelt hab damals. Bei den vielen Pickeln, die du hattest, und den fettigen langen Haaren.«

»Jetzt reicht es aber! Sie irren sich! Ich hatte nie Pickel und bin auch nicht hier zur Schule gegangen! Außerdem stehe ich nicht auf fette Weiber.« Er drehte sich um und ging auf Hans Seibel zu, der ungeduldig auf ihn wartete.

Steffi starrte den beiden Männern fassungslos nach. Wie frech war das denn? Gut, vielleicht war bei ihr in den letzten Jahrzehnten etwas Speck hängengeblieben. Aber fett war sie nicht! Und eines stand fest, sie würde sich kein Bein ausreißen, um seine Musik zu verkaufen. Sie drehte sich um, bückte sich und hob die Gebäcktüten wieder auf, die sie dann zwischen und auf den CDs verteilte. »Arm-

89

leuchter«, murmelte sie kopfschüttelnd, während der Pianist oben im Förderturm die ersten Klänge von *Oh, du Fröhliche* anschlug. »So ein arroganter Fatzke!«

Robby Großmaul hatten ihn die Schulkameraden einst genannt, weil er schon damals eine große Klappe gehabt hatte. Steffi hatte ihn trotzdem gemocht. Sie hatte genau wie Robby nie richtig Anschluss zum Klassenverband gefunden. Vielleicht, weil sie pummeliger als die anderen Mädchen war und sich dafür geschämt hatte.

»Was für ein furchtbares Geklimper!«, murrte sie nun, als Robby das Weihnachtslied *Vom Himmel hoch, da komm ich her* auf seine eigene Art interpretierte. Steffi bereute, ihre Kopfhörer zu Hause liegen gelassen zu haben. Sie hatte nichts gegen klassische Musik, mochte es sogar, wenn Popmusik mit Geigen- oder Klaviereinspielungen gemixt wurde. Aber das, was von da oben zu ihr herunter schallte, war grausam. Reine Qual. Sie setzte sich auf ihren Klappstuhl, begann zu summen und hielt sich die Ohren zu.

Etwa 15 Minuten später betraten einige der Besucher die Halle. Steffi nahm die Hände rasch von den Ohren und stand auf. Zwei Ehepaare und drei Frauen steuerten trotz anhaltendem Klavierspiels zielstrebig auf den Ausgang zu.

»Warten Sie!«, rief Steffi. »Ich habe hier fantastische Vanillekipferl. Die schmecken einfach nur top!«

»Sorry«, rief ihr eine ältere Frau zu, »aber das Geklimper halte ich keine Minute länger aus. Was Herr Seibel sich dabei nur gedacht hat? Wo hat er den Pianisten aufgegabelt? Auf dem Schrottplatz?«

Weitere Menschen kamen in die Halle geströmt, teils kopfschüttelnd, teils mit entsetzten oder verärgerten

Gesichtszügen. Niemand nahm von Steffis Verkaufsstand Notiz. Sie schienen nur möglichst schnell dem Förderturm und dem schrecklichen Klavierspiel entkommen zu wollen. Die Leute liefen in Scharen an ihr vorbei, während von oben noch die Klänge von *Stille Nacht, heilige Nacht* zu hören waren. Niemand der Flüchtenden achtete auf Steffi. Sie verkaufte keine einzige Tüte ihrer leckeren Vanillekipferl. Als die Halle sich leerte, ließ sie sich enttäuscht auf ihren Klappstuhl fallen.

»Jetzt hören Sie endlich auf!«, brüllte Hans Seibel oben laut. »Ihr Publikum ist aus dem Turm getürmt! Wie konnten Sie mich nur so blamieren?«

»Das liegt am Klavier, ich bin einen Flügel gewohnt!«

»Das Klavier ist gerade gestimmt worden. Stehen Sie mal auf«, forderte Seibel. Kurz darauf spielte er *Alle Jahre wieder,* und es klang wesentlich professioneller. Warum hatte er nicht selbst gespielt? Die Musik verstummte abrupt. Man hörte den Klavierdeckel knallen. »Am Klavier liegt es jedenfalls nicht!«

»Geben Sie mir mein Honorar, dann bin ich sofort weg. 3.000 Euro waren ausgemacht«, forderte Roberto Ross.

»Keinen Cent werde ich Ihnen zahlen«, ertönte wieder die Stimme von Seibel. »Vermutlich muss ich sämtliche Eintrittsgelder zurückzahlen, bei der Vorstellung, die Sie hier abgeliefert haben. Ich frage mich, wie viel Technik nötig war, dass Sie diese CD herausbringen konnten. Da klingt Ihr Klavierspiel nämlich fantastisch. Oder hat jemand anderes gespielt? Das ist Betrug, Herr Ross!«

Es folgte ein lautes Rumsen und Poltern. Ob die beiden sich prügelten? Sollte Steffi nachschauen? Ob Robby sich auf den alten Seibel stürzte, damit er die Gage rausrückte? Steffi stand auf und schlich durch die Halle. Oben waren jetzt Schritte zu hören. Jemand schien die Treppe weiter hinaufzulaufen. Sie schüttelte den Kopf. »Sollen sie doch machen, was sie wollen!«, murmelte sie, ging zurück zu ihrem Tisch, bückte sich nach ihrem Weidenkorb und begann, die Vanillekipferl hineinzupacken. »Die ganze Arbeit völlig umsonst«, maulte sie und verfluchte Robby Rossmaul. Dennoch stapelte sie seine CDs, legte sie in die dafür vorgesehene Box und klappte auch den Tisch zusammen.

Eigentlich müsste sie den Seibel wieder mitnehmen. Immerhin waren sie auch gemeinsam hergekommen. Sollte sie warten? Sie zögerte. Schließlich seufzte sie ergeben, stellte den Korb wieder ab und ging durch die Halle zur Treppe. Sie erklomm Stufe für Stufe. Trotz ihrer Fülle besaß sie eine gute Kondition. Die Frucht ihrer wöchentlichen Besuche im Fitnessstudio. Endlich erreichte Steffi die *6 Meter Ebene*. Die Stuhlreihen waren leer. Das Piano stand verwaist an seinem Platz. Von Seibel und Ross keine Spur. Sie ging wieder zur Treppe und blickte hinauf. Da niemand durch die Halle gegangen war, mussten sich die beiden weiter oben befinden. Was machten sie da? Vom Balkon aus das abendliche Bönen bewundern oder was? »Was soll's«, murrte Steffi und wollte gerade weiter hinaufsteigen, als die Stufen zu vibrieren begannen. Sie stockte und starrte erneut nach oben. Da kam jemand heruntergelaufen! Bald erkannte sie eine schlanke Gestalt mit dunklen Jeans, Sneakers und Sweatshirt, dessen Kapuze den Großteil des Gesichts verdeckte. Seibel war es nicht, der war zu alt, und ob Robby sich so schnell hätte umziehen können?

Steffi wurde zur Seite gestoßen, dann rannte der Typ die Treppe weiter hinunter.

92

»Hey!«, beschwerte sie sich, nahm jedoch sofort die Verfolgung auf. Bei den vielen Treppenwindungen wurde ihr fast schwindelig. Endlich unten angekommen folgte sie dem Flüchtenden durch die Halle ins Freie. Er rannte auf den Biker-Park zu, der hinter dem Förderturm lag. Hier waren für Jugendliche einige Mulden, Hügel und Rampen aufgebaut worden, wo sie mit ihren BMX-Rädern und Mountainbikes Kunststücke trainieren konnten. Laternen erhellten an diesem trüben Dezembertag bereits die gepflasterten Wege, die durch den Park führten. Steffi folgte dem Flüchtenden und erreichte bald die Einfahrt zum Förderturm, wo ein großes Holzkreuz und ein auf dem Boden gemaltes buntes Zeichen auf den Platz des Weltjugendtags hinwiesen, den Jugendliche verschiedener Nationen vor über 15 Jahren gestaltet hatten. Rosenbüsche grenzten das Areal ein.

»Jetzt bleiben Sie stehen, verdammt noch mal!«, rief Steffi, als der Typ mit dem Kapuzenshirt bereits die Straße an der Bahnlinie überquerte und gegenüber in das Naturschutzgebiet eintauchte. Sie legte noch einen Zahn zu und holte tatsächlich auf. Dem Bürschchen würde sie es zeigen! An der Brücke, die über die Seseke führte, bekam sie seine Kapuze zu fassen und riss sie ihm sogleich vom Kopf. »Was soll der Scheiß?«, keuchte sie.

Ein Mann mit kurzen dunklen Haaren stand vor ihr. Er mochte etwa zehn Zentimeter größer sein als sie selbst. Sein Alter ließ sich nur vage schätzen, denn eine hässliche Narbe zog sich von seiner Stirn über die rechte Wange bis fast zum Kinn. Er mochte aber höchstens fünf Jahre älter als Steffi sein, also etwa Ende 40.

»Warum sind Sie abgehauen?«, fragte Steffi atemlos, während der Klang eines Martinshorns sich näherte.

93

Der Mann schwieg. Er machte einen traurigen Eindruck, obwohl man das in der Abenddämmerung auch falsch deuten konnte.

»Kommen Sie!«, sagte Steffi und griff fest an seinen Oberarm. »Wir gehen zurück.

Wenige Minuten später erreichten sie wieder den Förderturm. Zwei Polizeiwagen mit blinkendem Blaulicht tauchten den Platz in zuckende Schatten. Steffi schob den Kapuzenmann in die Halle des Turms. Sie sah Hans Seibel resigniert auf ihrem Klappstuhl sitzen. Neben ihm stand ein Polizeibeamter, der Steffi wieder hinausbugsieren wollte, aber Seibel hielt ihn zurück.

»Frau Vogel kann bezeugen, dass ich Roberto Ross nicht gestoßen habe. Das können Sie doch, Frau Vogel, oder? Ich musste die Polizei rufen, der selbst ernannte Künstler hat sich vom Balkon gestürzt.«

»Wie?«, rief Steffi verdattert. »Gestoßen? Gestürzt? Was ist mit dem Robby?« Ihr Herz begann zu rasen.

»Der muss gesprungen sein! Vielleicht hat er sich geschämt für seine desolate Leistung!«, fuhr Seibel fort. »Die Polizei glaubt aber, ich hätte ihn oben vom Balkon des Turms gestoßen. Da sind schon einige Beschwerden bei der Polizei eingegangen wegen der schrecklichen Musik heute Nachmittag. Deswegen bringe ich aber doch keinen um. Ich weiß gar nicht, was der da oben auf dem Balkon gemacht hat. Ich hab ihn überall gesucht und bin die Treppe hinaufgestiegen. Die Tür zum Balkon stand auf. Und da hab ich ihn dann unten liegen sehen. Das sind ja bestimmt 50 Meter bis zum Vordach.« Er schlug die Hände vors Gesicht und schluchzte.

»Meine Kollegen sichern gerade den Balkon«, sagte der Polizeibeamte, »man wird die Wahrheit herausfin-

94

den. Können Sie bezeugen, dass Herr Seibel den Pianisten nicht gestoßen hat?«

»Nee«, sagte Steffi mit einem bedauernden Blick zu Hans Seibel. »Ich habe ja diesen Kerl hier verfolgt. Der ist wie von der Tarantel gestochen die Treppe von ganz oben runtergerannt. Vielleicht hat er ja den Robby ins Jenseits geschubst.«

»Ich sage gar nichts«, erwiderte das Narbengesicht und riss sich mit einem Ruck von Steffis los. Dann stürmte er durch die Halle auf die Treppe des Förderturms zu und nahm zwei Stufen auf einmal.

»Der will auch springen!«, schrie Steffi und rannte hinterher. Bereits an der zweiten Treppenbiegung kam sie ins Stolpern und fiel auf die Knie. Die Schritte des Flüchtenden hallten laut durch den Turm. Steffi rappelte sich wieder auf und hetzte weiter nach oben. Der Uniformierte und Seibel folgten ihr. Steffi erreichte die *6 Meter Ebene* als Erste und blieb keuchend stehen.

Narbengesicht drehte ihr den Rücken zu. Er saß am Klavier, hob die Hände und begann zu spielen. *Oh du Fröhliche!*

Steffi lauschte fasziniert. Seibel und der Polizist stellten sich neben sie. Alle drei erlagen den Klängen, die durch den Turm flogen wie anmutige Schmetterlinge im Sommerwind. Steffi hielt unwillkürlich die Luft an. Dieses wie Seide fließende Spiel musste jeden Kulturbanausen betören. Als der letzte Anschlag verklungen war, ruhten die Hände des Pianisten weiterhin auf den Tasten. Die folgende Stille im Turm schien greifbar. Steffi räusperte sich, dann sagte sie: »Sie hätten heute Abend spielen sollen. Das war fantastisch!«

Narbengesicht nahm die Hände vom Klavier, stand langsam auf und drehte sich um. »Wollen Sie so jemanden am Klavier sitzen sehen?«, fragte er und deutet auf seine lange Narbe. »Vor zwei Jahren hat mich nach einem Konzert ein weiblicher Fan mit dem Messer angegriffen. Die Frau war psychisch krank. Mein Glück, dass sie mein Auge verfehlt hat. Es folgten Wochen im Krankenhaus, danach Reha. Auf die Bühne habe ich mich nie wieder getraut.«

Hans Seibel trat einen Schritt vor. »Das ist Ihr Klavierspiel auf den CDs von Roberto Ross, richtig? Sie haben die Musik aufgenommen. Ich war lange Musiklehrer, ich erkenne Ihren Spielfluss.«

Der Mann mit der Narbe nickte stumm.

»Aber wie können Sie da Ihre Musik an so ein Nulltalent wie den Robby abtreten?«, fragte Steffi entsetzt. »Das musste doch auffallen!«

»Ich lebe in Wien. Man kennt mich hier nicht. Dadurch, dass ich nicht mehr auftreten kann, entgeht mir eine Menge Gage. Herr Ross sollte Playback spielen, meine Musik hätte im Hintergrund laufen sollen. Die Gage und den Erlös des CD-Verkaufs wollten wir uns teilen. Ich konnte ja nicht ahnen, dass Herr Seibel auf Livemusik besteht und dass Herr Ross sich darauf einlässt.«

»Verstehe«, meinte Steffi. »Aber wieso sind Sie hier?«

»Ich wollte mir das Experiment selbst ansehen und überlegen, ob es sich lohnt, es zu wiederholen.«

»Na, ist ja wohl mächtig inne Hose gegangen, ne?« Steffi fühlte so etwas wie Mitleid mit dem Pianisten. Für den Mord hatte sie jedoch kein Verständnis »Aber warum musste Robby sterben? Da hätte sich doch 'ne andere Lösung gefunden.«

Der Pianist verschränkte seine Finger und bog sie so heftig nach außen, dass sie knackten. Einen Moment sah es aus als wolle er schweigen. Dann holte er tief Luft und

96

spie seine Worte aus wie verdorbenes Fleisch: »Diese Psychopathin hat mir die Chance genommen, je wieder auf der Bühne zu spielen. Das ist schrecklich. Aber Roberto Ross hat meine Musik in den Dreck gezogen. Er hat sich eingebildet, ein Starpianist zu sein, dabei taugt er kaum zum Straßenmusikanten. So ein Stümper hat das Recht zu leben verspielt. Im wahrsten Sinne des Wortes. Ich habe ihn zur Rede gestellt, da ist er geflüchtet. Auf dem Balkon kam es zum Streit. Dabei habe ich ihn schließlich über die Brüstung gestoßen.«

Steffi schwieg betroffen. Was musste der Mann für einen Hass gefühlt haben bei dem Geklimper von Robby? Sie sah traurig, wie der Polizist ihm Handschellen anlegte und ihn abführte. »Tja, Herr Seibel, dann machen wir zwei uns jetzt mal auf den Heimweg, was? Ich hätte da noch jede Menge Vanillekipferl als Nervennahrung, was meinen Sie?«

»Klingt nach einem soliden Plan«, erwiderte ihr Nachbar. »Ich habe noch einen erstklassigen Rotwein daheim. Aber eines müssen Sie mir versprechen … keine klassische Musik heute Abend. Davon habe ich erst einmal genug.«

»Ich auch«, stöhnte Steffi und hakte sich bei ihrem Nachbarn ein. »Ich hab da 'ne alte CD von Mick Jagger, der kann auch Weihnachten.«

»Kenn ich. *Lonely without you, this Christmas*«, murmelte Seibel. »Der Lieblingssong meiner verstorbenen Frau … Also genau das Richtige.«

Rezept: Vanillekipferl

Zutaten:
  250 g Mehl
  210 g Butter
  100 g gemahlene Mandeln
  80 g Zucker
  4 P. Vanillezucker
  1 Packung Puderzucker zum Wenden

Mehl, Butter, Mandeln, Zucker, 2 P. Vanillezucker zu einem Teig verkneten und in den Kühlschrank stellen. Puderzucker mit 2 P. Vanillezucker in einer verschließbaren Dose vermischen. So kann man Reste des Zuckers auch später noch verwenden. Den Teig zu länglichen Rollen von ca. 1 ½ cm Durchmesser verarbeiten. Davon jeweils 4 cm Stücke abschneiden und zu Kipferl formen. Diese auf ein mit Backpapier ausgelegtes Backblech legen und bei 175 Grad Umluft ca. 10 bis 15 Min. backen. Kipferl kurz abkühlen lassen (etwa 3 Min.) Dann in die vorbereitete Puderzuckermischung legen und wenden.

98

DREI ENGEL FÜR CHARLOTTE

Marzipanbratapfel mit Vanillesoße
in Hirschberg
Anke Kemper

Charlottes Finger zitterten wie Espenlaub. »Ruhig, ganz ruhig«, sagte sie immer wieder und versuchte, sich eine Zigarette anzuzünden. Der Aschenbecher quoll mittlerweile über, der riesige Arbeitstisch war übersät mit Zeitungen, Pinseln und Farben, Stiften, die kreuz und quer durcheinanderlagen, und einem Stapel unbezahlter Rechnungen. Mittendrin das verstaubte Bild, das ihr Familie Hauptmann aus Hirschberg vor gut einer halben Stunde vorbeigebracht hatte. Sie waren ganz glücklich über den Kellerfund gewesen und hofften nun, dass Charlotte es säubern und restaurieren konnte. Charlotte wühlte in der Schublade ihres Arbeitstisches und fand schließlich ein anderes Feuerzeug. Als sie endlich den ersten Zug ihrer Zigarette nahm, lehnte sie sich zurück und schaute auf das verstaubte Bild, das nichts anderes darstellte als die Ikone *Die drei Engel der Dreifaltigkeit.* Und Charlotte war sich sicher, dass sie das verschollene Original vor sich hatte. Und sie war sich auch sicher, dass Familie Hauptmann nicht wusste, was sie da im Keller hinter einem alten Einbauschrank ausgegraben hatte. Ob sie das sauber machen könne? Aber ja. Ob sie die abgeplatzten Ecken nachbessern könne? Kein Problem. Und ob sie es dann neu rahmen könne? Selbstverständlich. Jetzt saß Charlotte Graf vor dem Kunstwerk des russischen Malers Andrei Rubljow aus dem Jahre 1411 und konnte kaum gerade atmen. Dass das Meisterwerk als verschollen galt, war in der Kunstwelt bekannt. Dass es in einem Keller in einem kleinen Fachwerkhaus in Hirschberg gelegen hatte, wusste sie erst jetzt. Und sie war offensichtlich die Einzige. Denn Familie Hauptmann hielt das Bild für einen üblichen Keller- oder Dachbodenfund, den man beim Ausmisten von Omas altem Haus halt so fand. »Das macht sich gut über unserer Kommode im Flur, da ist viel Platz«, hatte Frau Hauptmann strahlend gesagt und direkt gefragt, was denn die Wiederherstellung inklusive Rahmung kosten würde. Der Preis war schnell ausgehandelt, und Charlotte hatte um Zeit gebeten, da die Restauration aufwändig sei und sie die passenden Farben dazu erst besorgen müsse. Sie konnte versprechen, dass Familie Hauptmann ihr Bild voraussichtlich Ende März erhalten würde. Eher schaffe sie es nicht. Das war teils gelogen, aber Charlotte brauchte Zeit. Zeit zum Nachdenken. Zeit, um Pläne zu schmieden und alte Kontakte wieder zu aktivieren. Zeit für die ersten Schritte Richtung Reichtum oder Knast.

Charlotte hatte den halben Tag damit verbracht, in ihrer Werkstatt aufzuräumen, vor allem den Arbeitstisch zu säubern und die Rechnungen nach Dringlichkeit zu sortieren. Bald würde sie alle Rechnungen auf einmal zahlen können, schoss es ihr durch den Kopf. Auf ihre Pinnwand in der Küche hatte sie bereits Zettel geklebt, was sie als Nächstes für Anschaffungen tätigen wollte. Ein neuer Kühlschrank war am dringlichsten. Der alte Caddy vor

100

der Tür, mit dem sie Ware auslieferte oder abholte, hatte noch ein halbes Jahr TÜV, danach musste ein neuer her, das stand schon mal fest. Es folgten Kleinigkeiten wie neue Winterschuhe, zwei Pullover und eine warme Winterjacke. An so etwas wie Urlaub hatte sie schon Jahre nicht mehr gedacht und sich daran gewöhnt, den kleinen Laden im Zentrum von Hirschberg ganzjährig geöffnet zu haben. Charlotte wusste, dass es jetzt vor Weihnachten einige Neurahmungen geben würde. Viele ihrer Kunden aus dem Sauerland und darüber hinaus nutzten die Weihnachtszeit, um neue Bilder zu erwerben – entweder für sich oder um sie zu verschenken – und brauchten dann meist Charlottes Fachwissen und den passenden Rahmen dazu. Die Weihnachtszeit war immer die Zeit mit dem größten Umsatz, aber dieses Mal hoffte sie, dass es ruhig bleiben würde. Sie hatte etwas anderes vor.

Charlotte konnte bei solch stupiden Arbeiten, wie Werkstatt aufräumen, am besten nachdenken. Seit sie das wertvolle großformatige Gemälde auf dem Tisch liegen hatte, hatte sie kaum geschlafen. Sie war ihre Kontaktliste durchgegangen und war zu dem Schluss gekommen, dass sie die Fälschung selbst vornehmen konnte. Familie Hauptmann hatte kein Fachwissen und würde sicherlich nichts bemerken. Sie hatten ein verstaubtes, teils zerkratztes Gemälde abgegeben und bekamen ein strahlend sauberes, farbintensives neues zurück. Mehr nicht. Charlotte wollte kein Risiko eingehen und jemanden einweihen, der ihr später gefährlich werden konnte. Die Struktur der Oberfläche, die Patina und die Gewissheit, dass es sich nicht um synthetische Farbstoffe handelte, gaben ihr dahingehend Recht, dass das Gemälde vor dem 18. Jahrhundert angefertigt worden sein musste. Ihr Instinkt für die Echtheit eines Gemäldes hatte sie noch nie verlassen. Erst wenn sie es dem Hehler übergab, würde dieser weitere Tests durchführen und das Bild vermutlich auch röntgen, bevor er einen Kundenkontakt herstellte.

Als die Glocke an der Ladentür bimmelte, legte Charlotte vorsichtig ein Leinentuch über das wertvolle Gemälde, bevor sie von ihrer Werkstatt in den Geschäftsraum hinüberging.

»Guten Morgen, mein Kind«, sagte Frau Lauterbach. Ihre Nachbarin mit dem Handarbeitsladen nur zwei Häuser weiter hatte einen Kuchen auf die Ladentheke platziert. »Ich kann mir vorstellen, dass du mal wieder keine Zeit zum Essen hast, da dachte ich, ich bringe dir einen Napfkuchen vorbei.«

Charlotte rang sich ein Lächeln ab. Sie mochte die alte Dame sehr, aber sie vergaß es jedes Mal, wenn Charlotte ihr sagte, dass sie nicht so gerne Süßes aß. Ein Leberwurstbrot wäre ihr jetzt lieber, dachte sie. »Das ist aber sehr nett von Ihnen, vielen Dank«, sagte Charlotte freundlich. Der Kuchen duftete herrlich, und sie war sich sicher, dass sich Schuster Wrede am Ende der Straße und Metzger Kaulmann direkt nebenan sehr über den Kuchen freuen würden.

»Ich habe für die beiden Witwer hier in der Straße auch einen gebacken, die bringe ich ihnen gleich«, sagte Frau Lauterbach, und damit meinte sie Wrede und Kaulmann.

Charlotte lächelte, bedankte sich noch einmal und hoffte, das Gespräch war damit beendet.

»Kind, du musst mehr auf dich achten. Du siehst nicht gut aus«, führte Frau Lauterbach das Gespräch fort.

»Ich habe in dieser Zeit immer viel zu tun«, antwortete Charlotte. »Im neuen Jahr gönne ich mir mal einen Urlaub.«

»Na, das hört sich doch prima an«, meinte Frau Lauterbach erfreut und stützte sich mit beiden Armen auf der Ladentheke ab. Die Unterhaltung schien also immer noch nicht beendet, dachte Charlotte und überlegte, wie sie die alte Dame freundlich, aber bestimmt daran erinnern könnte, dass sie jetzt wirklich zu arbeiten hatte.

»Weißt du, mein Karl hat immer gesagt: Das Leben ist zu kurz, um es nicht zu leben. Ich habe lange nicht verstanden, was er damit gemeint hat, bis er mit knapp 60 Jahren an einem blöden Herzinfarkt gestorben ist. Genau in dem Jahr, wo wir den Laden schließen wollten, um mit dem Wohnmobil durch Europa zu fahren.«

»Ja«, sagte Charlotte, »ich weiß, und das tut mir auch sehr leid.«

»Das muss es nicht, Liebes. Da warst du ja noch ganz jung«, fuhr die alte Dame fort. »Aber eines habe ich nie vergessen: Dein Vater, der hat mir so geholfen. Ich hatte ja keine Ahnung von diesem ganzen finanziellen Kram und der Steuer und so. Wenn der nicht gewesen wäre ...«

Charlotte erinnerte sich noch gut daran. Ihr Vater war immer sehr hilfsbereit und äußerst beliebt gewesen. Er hatte seine einzige Tochter auf Händen getragen und alles für sie Menschenmögliche getan. Charlotte verspürte Scham, als sie an ihren Vater dachte. Er war ein großartiger Kunstexperte und Restaurator gewesen und in ganz Deutschland für sein Können bekannt. Charlotte hatte sehr viel von ihm gelernt und war sich als Kind schon sicher gewesen, dass sie diesen Beruf ergreifen würde. Nach ihrem Kunststudium und ihrer Ausbildung in Rom bei dem bekannten Restaurator Marcello Esposito hatte sie ihrem stolzen Vater verkündet, dass sie genug gereist und gelernt hatte und jetzt bei ihm einsteigen wollte.

»Ich muss dann mal weiter, der nächste Kuchen muss aus dem Ofen«, unterbrach Frau Lauterbach Charlottes Gedanken. »Und denk immer daran: Das Leben ist zu kurz, für was auch immer.« Mit diesen Worten drehte sich Frau Lauterbach auf dem Absatz um und verließ den Laden.

Charlotte blieb noch eine Weile an der Ladentheke stehen. Die Erinnerungen an ihren Vater hatten sie für einen Moment überwältigt. Sie wusste genau, was er gemacht hätte, wenn ihm ein so wertvolles Gemälde unter die Finger gekommen wäre. Aber er hatte auch nicht einen Haufen Schulden am Hals gehabt. »Scheiß Kuchen«, sagte Charlotte, nahm ihn und ging damit zurück in ihre Werkstatt. Keine zehn Minuten später bimmelte die Ladenglocke erneut. Bevor Charlotte das Gemälde wieder mit dem Leinentuch überdecken konnte, brüllte Werner Lichte: »Die Post ist da!«

»Einfach auf die Theke legen, danke«, brüllte Charlotte zurück.

»Ist ein Einschreiben dabei!«

Charlotte seufzte. Das bedeutete nichts Gutes. Eine letzte Mahnung, oder der Gerichtsvollzieher kündigte sich bereits an. Charlotte verließ den geschützten Raum ihrer kleinen Werkstatt und ging nach vorne, wo Werner Lichte mit einem Brief wedelte.

»Charlotte, weißt du was«, begann der Postbote, »ich habe es dir schon einmal gesagt: Wenn du Hilfe brauchst, dann melde dich. Ich meine es ernst.«

»Wieso, was meinst du, Onkel Werner?« Charlotte nannte Werner Lichte, den besten Freund ihres verstorbenen Vaters, Onkel Werner, seit sie Kind war, und das tat sie immer noch.

»Dein Vater wird mir in meinen übelsten Albträumen erscheinen und mir die Leviten lesen, wenn ich dir nicht aus der Patsche helfe.«

Charlotte antwortete nicht. Ihr war klar, dass sie Onkel Werner nichts vormachen konnte. Er brachte ihr täglich die Post und wusste auch, was er da meistens ablieferte. Außerdem hatte er sie schon vor einem halben Jahr darauf aufmerksam gemacht, dass ihr Caddy einen neuen Auspuff brauchte, und sie gelöchert, wann sie damit das letzte Mal in der Werkstatt gewesen war, um die Karre mal durchzuchecken. Jetzt stützte sich Werner Lichte mit beiden Armen auf der Verkaufstheke ab, wie es noch vor wenigen Minuten Frau Lauterbach gemacht hatte, und sah Charlotte durchdringend an.

»Also, mein Mädchen, noch einmal: Inge und ich haben keine Kinder, nur ein paar überflüssige Verwandte. Du bist unsere Erbin, wenn wir mal nicht mehr sind.«

Charlotte schluckte, das wollte sie jetzt nicht schon wieder hören.

»Und ob wir dir jetzt schon einen Teil geben und du damit deine Schulden zahlen kannst, oder du bekommst es nach unserem Tod, ist doch egal. Inge und ich brauchen eh nicht viel«, fuhr er wissend fort. »Ich habe deinem Vater alles zu verdanken. Nicht nur, dass ich meine Inge durch ihn kennengelernt habe, er hat mich auch damals von einer, sagen wir mal, wackeligen Bahn weggeholt in ein ehrenwertes Leben. Wer weiß, wo ich sonst gelandet wäre.«

Charlotte kannte die Geschichte nur zu gut. Und wieder kamen ihr Vater und seine Hilfsbereitschaft und Liebe anderen Menschen gegenüber ins Spiel. Charlotte wandte sich kurz ab, um eine Träne wegzuwischen. Sie hasste es, Schwäche zu zeigen. Onkel Werner platzierte das elektronische Empfangsbestätigungsgerät auf der Ladentheke neben dem Brief und nickte Charlotte zu.

»Du unterschreibst mir das eben, und ich nehme den Brief mit und erledige das.«

»Das geht doch nicht«, antwortete Charlotte beschämt.

»Das geht sehr wohl. Los!« Onkel Werner duldete kein Nein.

Charlotte unterschrieb mit zittriger Hand. Sie konnte Werner Lichte nichts vormachen. Er und seine Frau Inge kannten Charlotte schon viele Jahre. Der Postbote packte das Gerät und den Brief ein und nickte Charlotte lächelnd zu.

»Am Sonntag kommst du zum Essen und wir reden erst mal 'ne Runde«, sagte er zum Abschied und verließ das Geschäft.

Charlotte hatte lange vor dem wertvollen Gemälde gesessen und es hier und dort vorsichtig gereinigt. Sie war emotional nicht in der Lage, heute an dem Bild weiterzuarbeiten. Es war, als würde ihr Vater hinter ihr stehen und ihr bei der Arbeit zusehen, ihr Tipps geben, sie aufmuntern und stundenlang über die alten Meister berichten, so wie er es bereits getan hatte, als sie noch ein Kind war und ihm staunend bei der Arbeit zugesehen hatte. Meist hatte sie einen heißen Kakao dabei getrunken und Schokoladenkuchen gegessen. Charlotte brach sich ein großes Stück von dem Napfkuchen von Frau Lauterbach ab und begann zu essen. Lecker, staunte sie. Sehr lecker. Sie schloss die Augen, während sie das saftige Stück Kuchen genoss und an alte Zeiten dachte. An ihren Vater, an Onkel Werner und Tante Inge und auch an Frau Lauterbach, denen sie allen viel zu verdanken hatte. Ich brauche dringend eine Pause, schoss es ihr durch den Kopf.

Charlotte zögerte nicht lange. Sie verdeckte das Bild mit dem Leinentuch, knipste die Lampe am Arbeitstisch aus und ging hinüber in den Verkaufsladen. Sie nahm den Schlüssel und den letzten Zwanzigeuroschein aus der Kasse, drehte das Schild an der Ladentür auf »geschlossen« um und sperrte den Laden ab. Kurz verharrte sie am Schaufenster und blickte auf die kleinen Buden des malerischen Weihnachtsmarktes auf dem historischen Kirchplatz. Wie lange war es schon her, dass sie die Weihnachtszeit genutzt hatte, um sich mit Freunden hier zu treffen und über den Weihnachtsmarkt zu schlendern, einen Glühwein zu trinken und einfach Spaß zu haben? Der Ort Hirschberg war bekannt für seine schönen Fachwerkhäuser und den romantischen Weihnachtsmarkt, wie die Einheimischen stolz sagten. Der kleine Ortsteil lag nur 15 Kilometer von der Stadt Warstein entfernt auf 430 Höhenmeter im Naturpark Arnsberger Wald. Charlotte war hier aufgewachsen und hatte zusammen mit ihren Freunden die Ortschaft und die Wälder als *Räuber und Gendarm* durchquert. Was ist bloß mit mir geschehen, dachte Charlotte und ging schnurstracks zu der Hütte mit den leckeren Bratäpfeln. Während sie den Duft von gebackenem Boskop einsog, berührte sie in ihrer Hosentasche den Geldschein. In ihrem Kopf ratterte es. Acht Euro für einen Bratapfel, blieben zwölf Euro für den Rest der Woche. Heute war Dienstag. In ihrem Kühlschrank standen noch zwei Becher Naturjoghurt, eine Packung Milch und drei Eier. Sie hatte den Kuchen von Frau Lauterbach, und am Sonntag war sie bei Werner und Inge zum Essen eingeladen. Auf Zigaretten musste sie die nächste Zeit verzichten. Für morgen hatte sich ein Kunde angemeldet, der ihr ein Bild zum Rahmen geben wollte. Das Geld bekam sie dann frühestens Ende der nächsten Woche. Erlös vielleicht 100 Euro.

»Mit Vanilleeis oder Marzipan oder beidem, oder doch lieber Vanillesoße?« Der Verkäufer sah Charlotte auffordernd an.

Charlotte nahm den Zwanzigeuroschein aus ihrer Tasche und wog ihn wie ein Stück Gold in ihrer Hand. Das war Wahnsinn. So viel Geld für einen blöden Bratapfel, dachte sie und schüttelte langsam den Kopf. Der Verkäufer lächelte sie an und zeigte mit einer tropfenden Soßenkelle auf ein Schild neben der Preisliste. Charlotte schluckte, als sie es las.

»Wenn Sie kein Geld haben, sagen Sie mir Bescheid. Dann gibt es einen leckeren Bratapfel gratis!«, stand dort in roten Lettern.

»Also?«, fragte der Mann freundlich. »Lieber Eis oder Soße?«

Als Charlotte eine Stunde später wieder in ihrer Werkstatt saß, fühlte es sich an, als hätte sie mit ihrem Vater gesprochen. Der freundliche Mann an der Bratapfel-Bude hatte Charlotte durchschaut. Er hatte ihr den leckeren Apfel mit Marzipanfüllung und Vanillesoße zubereitet und ihr erklärt, warum er mache, was er mache. Charlotte hatte schon von vielen Würstchen- oder Pizzaverkäufern gehört, die völlig kostenlos ihre Ware an mittellose Menschen verschenkten. Aber einen Bratapfel? »Zu Weihnachten darf es auch mal etwas Besonderes sein«, hatte er ihr erklärt. Zum Abschied hatte der Mann etwas gesagt, das bei ihr eine Welle tiefer Dankbarkeit ausgelöst hatte: »Nütze deine Talente und mache immer das Beste daraus, für dich und für andere.« Es kam ihr vor wie ein Weihnachtsmärchen, und einmal mehr wurde sie an ihren Vater erinnert. Mit

108

Tränen in den Augen schaute sich Charlotte das berühmte Gemälde der *Drei Engel der Dreifaltigkeit* an und wusste ganz genau, was jetzt zu tun war.

Der Laden brummte. Und das auch nach Weihnachten. Neben den Restaurationsarbeiten wurde Charlotte von Kunstsammlern deutschlandweit um ihre Expertise gebeten. Der kleine Ort Hirschberg war durch das verschollene und wiedergefundene Gemälde des russischen Künstlers weltberühmt geworden. Die Presse überschlug sich, und Familie Hauptmann war glücklich, dass sie das Werk gefunden hatten, und gaben der Polizei, der Presse und dem Fernsehen umfangreich Auskunft. Charlotte hatten sie einen Teil des Finderlohnes versprochen. Ihr war es egal. Bis eine Summe festgelegt werden konnte, welche die Russen als Finderlohn zahlen sollten, würde einige Zeit vergehen. Sie war nur froh, dass sie rechtzeitig die Kurve gekriegt hatte, und das auch nur mit Hilfe ihrer drei ganz persönlichen Engel, die ihr den Weg gewiesen hatten, ohne es zu wissen. Das Schönste aber war, was Onkel Werner zu ihr gesagt hatte: »Dein Vater wäre so stolz auf dich!«

(Hinweis: Die berühmte Dreifaltigkeitsikone hängt in der staatlichen Tretjakow-Galerie in Moskau. Der hier genannte Kunstraub ist von der Autorin frei erfunden)

Rezept:
Marzipan-Bratapfel
mit Vanillesoße

Zutaten:
1 EL Rosinen
100 g Marzipanrohmasse
3 EL gehackte Mandeln
4 Äpfel (Boskop)
4 EL Zitronensaft
1/8 L Apfelsaft
1 Pck. Vanillesoßenpulver für ½ l Milch
2 EL Zucker
½ L Milch
weitere Rosinen und Mandeln für die Deko

Das Marzipan in Stücke schneiden. Die Rosinen und die Mandeln damit verkneten. Die Masse in vier Stücke teilen und in 1 cm dicke Rollen formen.

Von den Äpfeln einen Deckel abschneiden. Das Kerngehäuse ausstechen. Je eine Marzipanrolle in die entstandenen Löcher stopfen.

In eine flache Auflaufform setzen, mit Zitronen- und Apfelsaft beträufeln und 25 Minuten bei 200 °C im Backofen braten.

Das Soßenpulver mit Zucker und 3 EL Milch verrühren. Die restliche Milch aufkochen und Soßenpulver hinzufügen, unter Rühren aufkochen. Die Soße über die Bratäpfel gießen, mit Rosinen und Mandeln bestreuen.

ALLE JAHRE WIEDER KOMMT DER GÄNSEDIEB

Gans in Fröndenberg
Astrid Plötner

Der Bauernhof von Thorsten Bartholdi lag nahe der alten B1 und gehörte zur Stadt Fröndenberg. Die Felder des Hofs befanden sich östlich der Bundesstraße und zogen sich hinauf bis zum Dorf Frömern. Wenn Thorsten aus der westlichen Dachluke seines Hauses schaute, konnte er den kupfernen Kirchturm der Stadtkirche von Unna sehen. In den warmen Monaten verkaufte seine Familie an der B1 frisches Obst und Gemüse an Autofahrer. Im Winter lief das Geschäft über den Hofladen, und sie besserten ihren Verdienst mit dem Verkauf von Gänsen aus eigener Zucht auf.

Thorsten stand jetzt hinter dem Wohnhaus und trat den Spaten mit Wucht in die Erde. Er legte seine über Jahre aufgestaute Wut in jeden Tritt, bevor er den lehmigen Boden mit Schwung über seine Schulter schmiss. Das Loch, das er aushob, war inzwischen gut einen Meter 50 tief, verlief in einer Länge von circa zwei Metern quer über den Weg zur Gänsescheune und maß in der Breite etwa 80 Zentimeter.

»Was, um Himmels willen, machst du da, Papa?« Melina, die 25-jährige Tochter von Thorsten, kam von der Haustür her zu ihm gelaufen. »Was soll das werden?«

»Ich werde das nicht länger hinnehmen«, murrte Thorsten und stützte sich völlig verschwitzt und außer Atem auf den Griff des Spatens. »In diesem Jahr erwische ich ihn. Da kannst du Gift drauf nehmen.«

Melina verschränkte die Arme vor der Brust und schüttelte missbilligend den Kopf. »Du meinst den Gänsedieb? Dafür legst du dich so ins Zeug? Du hast sie doch nicht mehr alle! Der ist nicht so dämlich und stolpert in dein selbst gemachtes Grab.«

»Lass mich mal machen. Ich habe noch andere Überraschungen für den Kerl parat.« Der Lehm schmatzte, als Thorsten den Spaten erneut in den Boden sausen ließ. Aus den Augenwinkeln sah er, wie Melina sich immer noch kopfschüttelnd umdrehte und zurück zum Haus ging. Sie war für den Hofladen verantwortlich, den sie allein führte, seit ihre Mutter die Familie Richtung Bayern verlassen hatte. Melinas älterer Bruder, Felix, und Thorsten kümmerten sich um die Landwirtschaft. Jetzt, zur Weihnachtszeit gab es auf den Feldern nicht viel zu tun. Deshalb hielten sie nebenbei Gänse, die sie in der Adventszeit auf Bestellung schlachteten. Und von diesen Gänsen wurde ihnen seit einigen Jahren, immer in der Nacht vom 22. auf den 23. Dezember, die prächtigste geklaut. »In diesem Jahr nicht«, brummte Thorsten laut und schmiss die nächste Lehmladung über seine Schulter. Als das Loch etwa einen Meter 80 tief war, kletterte er heraus und begutachtete sein Werk. Darin würde er den Gänsedieb fangen. Thorsten ahnte, wer hinter dem Diebstahl steckte, aber bislang hatte er dem Wirt vom *Dorfkrug* nichts beweisen können.

Nachdem Thorsten den ausgehobenen Erdhaufen mit dem Traktor hinter die Scheune gefahren hatte, warf er ein paar Meter Stacheldraht in die Grube, damit der Dieb

113

nicht so schnell wieder herauskam. Dann rollte er über dem Loch eine Bahn mit Kunstrasen aus. Zuletzt spannte er kurz vor der selbst gebauten Falle einen dünnen Draht über den Weg. Die Enden befestigte er am Zaun, der die Wiesen eingrenzte, wo die Gänse sich tagsüber aufhielten. Thorsten drehte sich um und warf einen prüfenden Blick zum Haus. Die neu installierte Kamera unter der Dachrinne fing sowohl die Fallgrube als auch das Scheunentor ein. Denn sollte der Dieb irgendwie an der Grube vorbeikommen, würde er beim Anfassen der Scheunenklinke einen ordentlichen Stromschlag erhalten. Thorsten hatte sich im Internet informiert. Die meisten User des Forums *Technik und Wissenschaft* hatten ihn wegen seiner Frage für bekloppt gehalten. »Du solltest lieber dein Hirn unter Strom stellen!«, hatte ihm *Scientist* geantwortet. »Spielst du Kevin allein zu Haus?«, hatte *Schraube* gewitzelt und noch »Leidest an Verfolgungswahn, was?«, hinzugefügt. Der beste Tipp, den Thorsten bekommen hatte, kam von User *Pablo Escobar*. Er solle die Klinke mit dem Draht eines Elektrozauns umwickeln. Das hatte Thorsten getan. Er musste nur noch Saft draufgeben. Und sollte der Gänsedieb es dennoch schaffen, das Scheunentor zu öffnen, würde er im Inneren der Scheune mit einer Ladung Kuhdung geduscht werden. Den hatte Thorsten sich von seinem Nachbarn besorgt. Er rieb sich zufrieden die Hände. Sein Bauch kribbelte voller Vorfreude. Heute war sein Tag! Diesem elenden Dieb würde er es zeigen!

Am Abend setzte er sich an seinen Computer. Die neue Kamera war eine Bombeninvestition! Mit ultrahoher Auflösung, Zoomfunktion und 50 Meter Nachtsicht. Zudem ließ sie sich fernsteuern. Wenn er das Objektiv Richtung Scheune richtete, war das Bild zwar nicht mehr ganz so

114

scharf, aber einen Einbrecher würde er erkennen. Thorsten starrte fasziniert auf den Bildschirm, schwenkte von der Falle zur Scheune und zurück. Vom Wohnzimmer her hörte er den Fernseher laufen. Melina und Felix schauten irgendeine *Netflix*-Serie. Nach Pseudocrime stand ihm nicht der Sinn, deshalb schaltete er übers Internet den lokalen Radiosender *Antenne Unna* ein. Gerade brachten sie die 22-Uhr-Nachrichten. Hauptthema war immer noch die Entführung der Bürgermeisterin von Fröndenberg, die beim morgendlichen Jogging durch ein Waldstück in der Nähe des alten Bismarckturms in einen dunklen Van gezerrt worden war. Inzwischen lag der Stadt eine Lösegeldforderung von 100.000 Euro vor. Laut einer unbestätigten Quelle sollte die Geldübergabe am heutigen Abend stattfinden.

Thorsten stellte das Radio wieder ab. Seine Konzentration richtete sich nicht auf einen Entführer, sondern auf einen heimtückischen Gänsedieb. Auf dem Bildschirm seines Computers zeigte sich jedoch keine Regung. Gegen 23.30 Uhr hörte er, wie im Wohnzimmer der Fernseher ausgeschaltet wurde. Kurz darauf stiegen Melina und Felix die Treppe ins Obergeschoss hoch und riefen ihm durch die Tür »Gute Nacht, Papa!« zu. Obwohl er es nicht hören sollte, vernahm Thorsten noch Melinas Worte an ihren Bruder:

»Ich wette, der hängt jetzt die ganze Nacht vorm Bildschirm! Unglaublich, dass er über 1.000 Euro für diese scheiß Kamera ausgegeben hat! Dafür hätte man zig Gänse kaufen können.«

»Lass ihn doch!«, antwortete Felix und schlug seine Zimmertür zu.

Es wurde ruhig im Haus. Thorsten starrte weiterhin auf den Bildschirm. Er hatte das Licht gelöscht und die

115

Fensterläden geschlossen, sodass es von draußen so aussehen musste, als sei Familie Bartholdi längst eingeschlafen. Gegen 1 Uhr wurden ihm die Lider schwer. So stand er auf, machte mehrere Kniebeugen, ließ den Bildschirm dabei aber nicht aus den Augen. Danach schüttete er sich aus seiner Thermoskanne schwarzen starken Kaffee in eine Tasse und trank sie in einem Zug aus, um wieder wach zu werden. Um exakt 1.24 Uhr sah er schließlich eine Gestalt über den Weg zur Gänsescheune huschen. Sportliche Figur, dunkel gekleidet mit Kapuze auf dem Kopf und Rucksack auf dem Rücken. Definitiv nicht der Wirt vom *Dorfkrug*. Der schob einen dicken Bierbauch vor sich her, war klein und hatte mit dem weißen Bart und seiner roten Mütze auffallende Ähnlichkeit mit Papa Schlumpf. Thorsten hielt die Luft an, während er die Szene auf dem Bildschirm verfolgte. Der Eindringling näherte sich dem gespannten Draht. Noch fünf Meter, vier … drei … zwei … eins.

Er blieb mit dem Fuß am Draht hängen, stolperte, verlor das Gleichgewicht, versuchte, sich im Fall mit den Händen abzufedern, aber der Kunstrasen gab natürlich nach. Im Nu verschwand er kopfüber in der Grube. Thorsten griff nach Hausschlüssel und Taschenlampe und rannte durch den Flur zur Hintertür heraus, erreichte Sekunden später den Weg zum Gänsestall. Der Kunstrasen musste den Stacheldraht unter sich begraben haben, denn der Eindringling zog sich bereits wieder aus der Grube. Er war mit der Leichtigkeit eines Extremsportlers sofort auf den Füßen und rannte Richtung Scheune. Thorsten nahm Fahrt auf. Mit einem Riesensatz sprang er über Draht und Grube. Die Kapuzengestalt hatte inzwischen die Scheune erreicht und fasste an die Klinke. Der Körper zuckte. Ein lautes Fluchen entfleuchte der Kehle des Mannes. Ein junger

116

Bursche, wie Thorsten im Schein seiner Lampe erkannte, höchstens Mitte 20. Da das Scheunentor nicht zugesperrt war, riss der Mann die Tür auf und verschwand in der Scheune. Thorsten hatte das Tor nun ebenfalls erreicht. Er hörte das laute Platschen, als die Gülle in einem großen Schwall aus der Tonne schwappte. Er beleuchtete den Eingang und sah eine Sumpfgestalt.

»Was soll die Scheiße?«, fluchte der Mann. Sein ganzer Körper war mit Kuhdung bedeckt. Der Rucksack ebenfalls.

»Mir klaut man keine Gänse!«, meinte Thorsten trocken und konnte sich dabei ein breites Grinsen nicht verkneifen. »Also raus mit der Sprache! Wer bist du? Wie heißt du? Wer hat dich geschickt?«

Als Antwort verschränkte der mutmaßliche Gänsedieb lediglich die Arme vor der Brust.

Thorstens Aufmerksamkeit wurde kurz abgelenkt, als sich auf der B1 mehrere Einsatzwagen der Polizei mit Blaulicht und eingeschaltetem Martinshorn näherten. Ob Melina oder Felix die Polizei informiert hatten? Waren sie wach geworden? Minuten später kamen mehrere Polizeibeamte mit Taschenlampen auf die Scheune zu. Auf Thorstens Warnung hin beachteten sie Draht und Grube, ehe sie auf ihn und seinen Gefangenen zutraten. Der Wortführer – in Zivil, drahtig, etwa ein Meter 85 groß, Mitte 40, mit kurzem dunklem Haar – stellte sich als Kriminalhauptkommissar Björn Walz vor, woraufhin Thorsten ihm die Geschehnisse der letzten halben Stunde schilderte.

»Sie wollten einen Gänsedieb fangen?«, fragte Walz überrascht.

Thorsten nickte mit rausgestreckter Brust. Am liebsten hätte er sich selbst auf die Schulter geklopft. »Ist mir ja gelungen.«

»Ich fürchte, Sie irren sich, Herr Bartholdi«, erwiderte Walz. »Wir sind dem Signal eines Senders gefolgt, der sich im Rucksack Ihres Opfers befindet. Sie haben gewiss von der Entführung der Bürgermeisterin gehört? Der Mann dort hat das Lösegeld auf seinem Rücken und sollte inzwischen eigentlich längst die Frau Bürgermeisterin freigelassen haben.«

Thorsten klappte der Mund auf. Das war doch nicht möglich! Wenn das Gülleopfer tatsächlich ein Entführer war, was, um Himmels willen, hatte der dann auf seinem Grundstück verloren? »Der alte Schuppen!«, fiel es ihm plötzlich ein. »Hinten am abgestoppelten Kartoffelfeld. Der steht seit Jahrzehnten leer! Wenn er die Bürgermeisterin dort eingesperrt hat, da hört sie niemand schreien.«

Walz trat auf den stinkenden Entführer zu. »Ist das so?«

Die Stinkbombe nickte nur und wirkte wie ein resignierter Moorgeist.

»Sie haben den Schuppen doch sicherlich versperrt. Also her mit dem Schlüssel! Und den Rucksack mit dem Lösegeld geben Sie mir auch!« Er nahm beides mit spitzen Fingern entgegen und gab es an einen Uniformierten weiter. »Kümmern Sie sich mit den Kollegen um die Bürgermeisterin!« An Thorsten gewandt fuhr er fort: »Haben Sie einen Schlauch? Können Sie dem die Gülle abspritzen? Der Gestank bringt einen ja um.«

Thorsten nickte, schloss den Schlauch an und zitierte den Entführer aus der Scheune. Dieser ließ die Dusche wehrlos über sich ergehen. Da er nach der Prozedur zitterte wie eine Waschmaschine im Schleudergang, schob er ihn zurück in die Gänsescheune und reichte ihm einen alten Arbeitsoverall von Felix. »Zieh den an, dann wird

118

dir wärmer. Dabei kannst du mir erklären, wie man auf die irre Idee kommt, die Bürgermeisterin zu entführen. Und wieso bist du nicht sofort zum Schuppen gelaufen?«

Der junge Mann zog sich die nassen Sachen vom Leib. »Wollte erst das Geld hier in Ruhe zählen, bevor ich die Bürgermeisterin freilasse. Die blöde Kuh hat mir den Umgang mit ihrer Tochter verboten. Dabei lieben wir uns. Die hat sogar gedroht, meinem Vater den *Dorfkrug* zu schließen, wenn ich mich daran nicht halte.«

Thorsten schüttelte verständnislos den Kopf. Auf was für Ideen die heutige Jugend so kam. Unglaublich! Er übergab den Jungen an Björn Walz. Kurz darauf kamen dessen Kollegen mit der befreiten Bürgermeisterin auf den Hof. Außer einer Unterkühlung und einer Menge Wut im Bauch hatte sie scheinbar keinen Schaden genommen.

»Ja«, meinte Björn Walz zum Abschied. »Vielen Dank für die tatkräftige Unterstützung. Mit Ihrer Hilfe haben wir den Entführer geschnappt. Deshalb steht Ihnen natürlich die ausgesetzte Belohnung in Höhe von 5.000 Euro zu.« Er klopfte Thorsten wohlwollend auf die Schulter und wandte sich ab. »Schöne Feiertage wünsche ich Ihnen, Herr Bartholdi!«

Thorsten schaute den blinkenden Blaulichtern auf der B1 nach, die allmählich von der Dunkelheit verschluckt wurden. Trotz der Aussicht auf die saftige Belohnung fühlte er sich nicht befriedigt. Denn durch den Aufmarsch der Polizei hatte der Gänsedieb sicherlich das Weite gesucht. Ob er am nächsten Tag wiederkommen würde? Seufzend verschloss Thorsten das Scheunentor und betrat danach müde das Haus. Verwundert sah er, dass er von Melina erwartet wurde.

»Glückwunsch«, sagte sie abschätzig, im Flur stehend. »Da hat sich der Aufwand mit der Falle ja gelohnt. Immerhin kassierst du dafür jetzt 5.000 Euro.«

Sie hatte also am Fenster gestanden, alles beobachtet und gelauscht. Thorsten hob resigniert die Schultern. »Hat leider den falschen getroffen«, murmelte er. »Ob du's glaubst oder nicht, der Gänsedieb wäre mir lieber gewesen.«

»Dann hätte ich also in deine Falle tappen sollen?«, fragte Melina.

Thorsten stutzte einen Moment. »Spinnst du? Du klaust uns doch nicht selbst die prächtigste Gans!« Er starrte sie verblüfft an, erwartete ihr augenblickliches Veto.

»Und wenn es so wäre?«

Thorsten war müde. Ihm fehlte der Sinn für Wortspielereien. »Du willst mir also sagen, dass du in den letzten Jahren eine Gans geklaut hast. Wieso solltest du das machen?«

Melina nahm ihren Vater an die Hand und zog ihn ins Wohnzimmer. Dort schubste sie ihn auf die Couch und setzte sich neben ihn. »Felix und ich haben jedes Jahr eine Gans mit nach Bayern genommen, wenn wir Mama besucht haben. Sie hat sich immer riesig gefreut.«

Thorsten schnappte nach Luft und rückte von seiner Tochter ab. »Seid ihr bekloppt? Wie könnt ihr mir das antun? Ihr wisst doch genau …«

»Jetzt hör mir mal zu, Papa. Ich bin diese Heimlichtuerei leid.« Sie erzählte Thorsten vom Brustkrebs ihrer Mutter, wegen dem sie nach Bayern geflüchtet war, weil sie die Familie nicht damit belasten wollte. Man hatte ihr eine Brust abgenommen, sie hatte Chemo über sich ergehen lassen, ihre Haare verloren. Sie hatte sich unendlich geschämt und nicht mehr als Frau gefühlt. Inzwischen hatte sie den Krebs besiegt, die Haare waren wieder gewachsen, den-

120

noch traute sie sich nicht nach Hause, obwohl sie maßloses Heimweh hatte.

Thorsten saß ein mächtiger Kloß im Hals, als er die Geschichte seiner Ehefrau hörte. »Mensch, ihr hättet mit mir reden müssen!«, murmelte er ergriffen. »Viel früher!« Aber natürlich kannte er auch den Dickkopf seiner Frau, die ihren Kindern das Versprechen abgenommen hatte, über ihren Zustand zu schweigen.

»Was wirst du jetzt tun?«, fragte Melina. »Du kennst die Gänsediebe. Welche Strafe haben sie zu erwarten?«

Thorsten räusperte sich und suchte nach den richtigen Worten. Endlich sagte er: »Ich werde bei der Bande einsteigen. Wenn sie das nächste Mal zuschlagen und die prächtigste Gans nach Bayern bringen, werde ich sie begleiten.« Und dabei freute er sich schon auf den Gänsebraten, den seine Frau so lecker zubereiten konnte, und den er mindestens genauso vermisste wie sie selbst an seiner Seite und das Essen mit der gesamten Familie am ersten Weihnachtstag.

Rezept: Gänsebraten

Zutaten:
- 1 Gans ca. 3 bis 4 kg
- 2 TL Salz
- 1 TL Pfeffer,
- 1 EL Beifuß
- 700 ml Geflügelbrühe
- 2 EL Speisestärke
- 2 Bund Petersilie

Gans von innen und außen gut waschen und trocken tupfen. Von innen und außen nun mit Salz, Pfeffer und Beifuß einreiben. Petersilie waschen, trocknen und in die Gans legen, Hals mit Küchengarn zunähen. Gans mit der Brust nach unten in Bräter legen und klare Geflügelbrühe untergießen. Im vorgeheizten Backofen bei 160 Grad 3 bis 4 Stunden garen (je nach Größe der Gans). Dabei mehrfach wenden und mit Brühe übergießen. Eventuell mit Gabel einstechen, damit Fett ausbraten kann. Nach der Garzeit die Gans aus Bräter nehmen und auf dem Backblech etwa 20 Minuten bei 230 Grad knusprig braten, mindestens einmal wenden. Bratensaft aufkochen, mit Salz und Pfeffer abschmecken und nach Bedarf binden.

122

LEICHENFLEDDERER IN ROCK UND BLUSE

Milchreis mit beschwipsten Kirschen in Langscheid
Anke Kemper

Rolf Baumgart wechselte nervös von einem Fuß auf den anderen. Es herrschten arktische Temperaturen, der Wind pfiff ihm durch das struppige Haar, die Hände hatte er tief in den Taschen seines Parkas vergraben. Am liebsten würde er schon reingehen, aber er musste sicher sein, dass sein Kumpel Bernie auch an der richtigen Tür klingelte. Wie er ihn kannte, würde Bernie einfach die Hupe betätigen, wenn er den Hügel hinauffuhr und ihn nicht sofort entdeckte. Unnötiges Aufsehen wollte er an einem friedlichen Sonntagmorgen nicht erregen. Rolf hüpfte auf der Stelle und warf immer mal einen Blick zum Haus seiner Tanten. Die Jalousien waren heruntergezogen, und es wirkte eher unwirtlich und verlassen. Rolf hatte hier in Langscheid an der Sorpe viel Zeit seiner Kindheit verbracht. Vor allem in den Jahren, als sich seine Eltern getrennt hatten, wurde er häufig zu Tante Rosa und Tante Hilde abgeschoben. Rolf hatte die Zeit sehr genossen. Die Tanten ließen ihm einige Freiheiten, die er zu Hause nie gekannt hatte, und verwöhnten ihn, wo sie nur konnten. Manchmal war auch Onkel Ferdi aus Sundern vorbeigekommen, um mit ihm ein Baumhaus zu bauen oder Fahrradtouren rund um den Sorpesee zu machen. Das lag schon 30 Jahre zurück. In Langscheid hatte sich seitdem viel verändert, und der Tourismus hatte sich für viele Einheimische zur guten Einnahmequelle entwickelt. Auch die beiden Tanten hatten zeitweise Zimmer vermietet. Vor ein paar Jahren hatte Onkel Ferdi seine Wohnung aufgegeben und war dann zu seinen Schwestern gezogen. Seitdem gab es auch keine Feriengäste mehr in diesem Haus. Rolf hatte sich oft gefragt, ob das gut ging mit den Dreien, da sie allesamt ziemliche Hitzköpfe waren.

Endlich. Bernies klappriger Bulli ächzte langsam die Brunnenstraße hinauf. Der Beat aus den Autoboxen hallte dumpf in den friedlichen Sonntagmorgen. Total unauffällig, aber egal, er war endlich da. Bernie hielt am Straßenrand und kurbelte die Scheibe hinunter. »Ich bin da.«

»Ich sehe es. Und wenn man es nicht sieht, hört man es! Können wir jetzt? Ich habe mir den Arsch abgefroren«, zischte Rolf seinem Kumpel entgegen.

»Ist ja gut.« Bernie kurbelte die Scheibe wieder hoch und kroch umständlich auf den Beifahrersitz. Dann griff er nach seinem Rucksack und schnallte ihn sich auf den Rücken. Umständlicher ging es nicht, dachte Rolf und fragte sich, ob es eine gute Idee gewesen war, Bernie um Hilfe zu bitten. Endlich öffnete er die Beifahrertür und kam auf den Bürgersteig. »Die andere Tür funktioniert nicht mehr, aber ansonsten ein tolles Auto.«

»Super!«, erwiderte Rolf und ging voraus, den Gartenweg zu Nummer 17 hinauf. Hier hatte sich nichts verändert. Rolf war schon fast ein halbes Jahr nicht mehr hier

124

gewesen, aber die fürchterlichen Gartenzwerge im Vorgarten grinsten noch genauso blöd wie im Sommer. Rolf musste dreimal klingeln, bevor er hörte, dass sich im Haus etwas rührte.

»Wohl ein bisschen schwerhörig, die Damen. Mann, ist das kalt heute!« Bernie wedelte wild mit den Armen, als könne er die Kälte damit vertreiben. Seine viel zu kurze Jeansjacke lupfte über den Hosenbund und zeigte eine Speckrolle. Endlich öffnete sich die schwere Eichentür.

»Hallo, Tante Hilde. Da sind wir. Das ist mein Freund Bernd Ross oder einfach Bernie …«

Die Alte ließ ihn nicht ausreden. »Wo bleibt ihr denn so lange? Kann man sich auf euch denn gar nicht mehr verlassen? Los, reinkommen!« Hilde zog Rolf am Revers hinein. Bernie folgte freiwillig. Mit der war sicher nicht gut Kirschen essen.

Der Geruch, der ihnen im Hausflur entgegenschlug, war bestialisch. Undefinierbar, aber bestialisch. Bernie zog sofort den Rolli seines Pullovers über Mund und Nase. Er sah, dass Rolf die Farbe wechselte und unüberhörbar nach Luft schnappte. Überall hingen Lavendelsäckchen an den Türklinken und an Bilderhaken. Dazu kam, dass es eisig kalt war. Hilde hatte eine Sprühflasche mit irgendeinem süßlichen Raumduft in der Hand und sprühte ihnen den Weg frei Richtung Küche. »Hier rein.« Resolut öffnete sie die Tür.

»Hallo, Tante Rosa.« hustete Rolf. »Das ist …« Er stockte.

Tante Rosa saß am Küchentisch und wärmte ihre Hände an einem Kaffeebecher. Auf einem Stuhl in der Ecke saß Onkel Ferdi. Oder das, was man noch von ihm erkennen konnte. Er war komplett in Cellophanfolie eingewickelt und auf dem Stuhl festgebunden. Um seine Schultern und auf dem Schoß befanden sich Wolldecken, die mit Klebeband um ihn gewickelt waren. Um den Hals trug er ein Lavendelsäckchen. Sein Gesicht konnte man unter der Folie nur erahnen. Es war ineinander gefallen, weiß oder auch gelb. Vielleicht auch grau. Irgendwas dazwischen. Toter ging nicht mehr. Rolf verschlug es die Sprache.

»Ach du Scheiße!«, hörte er Bernie ausrufen. »Ist der echt?«

Hilde schloss hinter den beiden die Küchentür.

»Hallo, Jungs«, meldete sich jetzt Tante Rosa erfreut. »Setzt euch doch. Für euch ist auch noch Kaffee da.«

»Boah, geht gar nicht. Ich warte draußen«, rief Bernie.

»Was ist das denn für ein Weichei! Hast du noch nie 'ne Leiche gesehen?« Tante Hilde hielt Bernie an der viel zu kurzen Jacke fest und deutete ihm, sich zu setzen. Rolf blieb mitten im Raum wie angewurzelt stehen und sah sich um. Die Jalousien in der kleinen Küche waren heruntergezogen, die Fenster verschlossen und die Fugen mit Klebeband zugeklebt. Auch hier war es eiskalt. Erst jetzt fiel ihm auf, dass seine beiden Tanten Mäntel, Mützen und sogar Handschuhe trugen. Auf dem Küchentisch standen noch die Reste vom Frühstück. Rolf wurde speiübel bei dem Gedanken, in diesem Mief etwas zu essen. Er wusste nicht mal, ob der Gestank von der Leiche kam oder das Ergebnis tagelangen nicht Lüftens war.

»So, Junge. Ich schulde dir wohl eine Erklärung. Die Kurzfassung dürfte reichen.« Hilde lehnte sich an die Küchentür. Den Küchenbesen zu ihrer Verteidigung in der rechten Hand, die Sprühflasche in der Linken. Hier kam keiner mehr raus. »Dein Onkel Ferdi ist am 15.11. plötzlich und unerwartet verstorben«, begann sie.

126

»Am 15.11? Das ... das ist fast zwei Monate her ... ihr ... also ...«

»Bleib ruhig, Junge«, unterbrach Hilde. »Eigentlich wollten wir auch erst nur noch den November abwarten, bevor wir es melden ... wegen der Rente. Du weißt ja, der Ferdi hat immer gut verdient. Seine Rente war unser aller Auskommen. Und überhaupt: So ein Abschied, nach so vielen Jahren des Zusammenseins, das ist auch nicht so einfach. So von heute auf morgen. Das kannst du mir wohl glauben.«

»Aber das geht doch nicht ... das ist doch ...«

»Lass deine Tante jetzt mal ausreden«, fiel ihm Rosa ins Wort und klapperte ungeduldig mit ihrer Tasse auf dem Holztisch.

»Also«, fuhr Hilde fort. »Der November lief dann ganz gut, und da es ja Winter war, dachten wir, wir könnten auf jeden Fall noch bis Weihnachten damit warten.«

»Weihnachten hat es so schön geschneit. Und wir haben dann noch einmal alle zusammen gefeiert«, meldete sich Rosa zu Wort. Sie verstummte jäh, als ihr der tadelnde Blick ihrer Schwester entgegenflog.

»Himmel noch mal, ich glaube es einfach nicht.« Rolf sah, dass Bernie zusammengekauert am Tisch saß, den Kragen des Rollkragenpullovers mittlerweile bis über die Augen gezogen.

»Und der Dezember lief auch so gut, da dachten wir, wir warten wenigstens noch bis Neujahr. Tja ... und dann haben wir uns nicht mehr getraut. Er sah auch auf einmal nicht mehr so aus wie unser Ferdi. Irgendwie seltsam.«

»Und er roch auch nicht mehr so gut«, wandte Rosa ein.

Wie auf Kommando sprühte Hilde eine Ladung Raumduft Richtung Ferdi. Bernie jammerte unverständliches

Zeugs in seinen Polyamidkragen, und Rosa schlürfte laut ihren Kaffee. Ein Albtraum.

»Du meinst, ihr habt wegen der Rente ... das ... das ist ... Ihr könnt doch nicht fast zwei Monate neben einer Leiche leben! Das gibt es doch gar nicht! Wisst ihr eigentlich, wie es hier stinkt? Und wann habt ihr das letzte Mal geheizt? Draußen sind es mindestens minus acht Grad.« Rolf ließ sich fassungslos auf einen Stuhl fallen.

»Möchtest du vielleicht doch einen Kaffee, Junge? Der hält dich warm.«

Rolf und Bernie hatten ihren Schock und die Kälte mit einem großen Glas selbst gemachtem Kirschlikör fürs Erste ausschalten können. Tante Rosa hatte sogar vorgeschlagen, den beiden einen Milchreis mit beschwipsten Kirschen zu kochen. Den hatte Rolf schon als Kind hin und wieder zum Nachtisch bekommen, wenn er artig war. Den Tanten war nicht bewusst gewesen, dass sie dem Jungen Alkohol gaben. Außerdem schlief er danach immer so gut. Rolf wurde an seine Kindheit und sein Leben mit den beiden Tanten und Onkel Ferdi erinnert. Er musste ihnen irgendwie in dieser völlig verrückten Situation helfen, anders ging es nicht. Sie hatten sonst niemanden, der ihnen zur Seite stand. Sein Vater hatte sich damals aus dem Staub gemacht und auch den Kontakt zu seinen Schwestern und seinem Bruder abgebrochen. Rolf hatte nie den Eindruck gehabt, dass die drei nicht allein zurechtkamen. Bei seinem letzten Besuch im Sommer hatten sie noch alle fröhlich im Garten beisammengesessen, gegrillt, Bier getrunken und von alten Zeiten berichtet. Sie schafften es immer, Rolfs Vater nicht ins Gespräch zu bringen. So, als hätte es ihren jüngsten Bruder nie gegeben. Und nichts hatte darauf hingedeutet, dass sie nicht zurechtkamen und er sich um die Alten hätte kümmern müssen. Jetzt plagte ihn das schlechte Gewissen. Wie schnell sich doch alles ändern konnte.

Rolf vermied es, Bernie anzusehen. Er hatte ihm von einem einfachen Job erzählt. Eine Gefälligkeit, die er für seine Tanten erledigen sollte und für die es gutes Geld gab. Das Einzige, was Bernie mitbringen musste, waren Werkzeug, Eimer und Beton, Schaufel und Spitzhacke. Ein leckendes Rohr im Keller, hatte Tante Hilde am Telefon gesagt. Keine große Sache, aber er solle Hilfe mitbringen. Jetzt schleppten die beiden das müffelnde Paket Onkel Ferdi die steile Kellertreppe hinunter. »Super. Ich bin erst seit acht Monaten wieder draußen, wusstest du das?« Bernie hatte mittlerweile den Rollkragen wieder an Ort und Stelle.

»Weiß ich, und seit zwei Wochen mal wieder arbeitslos. Du brauchst das Geld doch auch. Pass auf, sein Kopf!«

»Der ist doch tot, und schon ziemlich lange, nur mal so am Rande. Der merkt gar nix mehr. Im Gegensatz zu mir. Ich hoffe, es gibt Erschwerniszulage.«

»Wenn du jetzt nicht vorsichtiger mit dem Transport bist, gibt es gar nix.«

Im Keller roch es muffig, aber alles war tausendmal besser als der Gestank im Erdgeschoss. Es dauerte noch eine Weile und etliche Flüche, ehe sie für Onkel Ferdi den richtigen Platz gefunden hatten. Der einzige Vorteil dieser Aktion war, dass ihnen jetzt endlich warm wurde. »Wo ist denn jetzt das leckende Rohr?«, wollte Bernie wissen.

»Es gibt kein leckendes Rohr!«, schnauzte Rolf zurück. »Bist du eigentlich wirklich so blöd?«

»Ich glaube nicht, dass du in der Position bist, mich anzukeifen!«

Bernie hatte völlig recht. Rolf hatte ihn da in eine ziemlich blöde Lage gebracht. Aber es gab jetzt kein Zurück mehr, und die Kohle stimmte auch. Rolf nahm sich vor, dass er Bernie auf jeden Fall auf ein Bier einladen würde, wenn alles erledigt war. Die ganze Angelegenheit dauerte fast zwei Stunden. Fußboden aufstemmen, Loch buddeln, Onkel Ferdi rein, ein wenig Schutt wieder drauf, Beton anrühren, Beton auf Onkel Ferdi, fertig. Rolf hoffte, dass die beiden Alten in der Zwischenzeit kräftig durchgelüftet hatten. Und er hoffte noch mehr, dass der Lärm des Meißelhammers und der Spitzhacke nicht irgendwelche neugierigen Nachbarn an diesem Sonntagmorgen hinterm Ofen hervorgeholt hatte. »Mach es gut, Onkel Ferdi. Ich wünsche dir eine gute Reise.«

»Was quatscht du denn jetzt mit dem? Der ist schon ziemlich lange auf seiner Reise und nicht mehr auf Empfang.«

»Ich hatte immerhin seit 40 Jahren eine persönliche Beziehung zu dieser Leiche. Das wird ja wohl noch erlaubt sein«, schnauzte Rolf zurück.

Bernie packte lautstark seine Utensilien zusammen. »Dann lass dir ruhig Zeit mit deiner persönlichen Leiche. Ich warte im Auto. Und bring das Geld mit! Und denk an die Erschwerniszulage.« Wütend stampfte er mit seinem schweren Gepäck die Holzstiegen hoch.

Rolf blickte sich noch einmal um. Die beiden Eimer mit dem restlichen Schutt würde er ein anderes Mal holen. Das störte jetzt keinen. Wer wusste schon, ob in dieses Kellerloch überhaupt jemals jemand hinunterkommen würde. Rolf schauderte bei dem Gedanken, dass er der einzige Verwandte der beiden schrulligen Alten war und wahrscheinlich das Haus erben würde. Samt Onkel Ferdi. Den würde er jetzt nicht mehr los. Das war die Strafe. Rolf lief

130

es kalt den Rücken herunter. Das hatte Onkel Ferdi nicht verdient. In einem kalten muffigen Keller ohne anständige Beerdigung. Auf was hatte er sich da bloß eingelassen? Das Haus verkaufen konnte er mit der Leiche im Keller auch nicht. Irgendwann würde Onkel Ferdi bei Umbauarbeiten ausgegraben. Das Haus war zwar alt und renovierungsbedürftig, hatte aber eine Toplage am Sorpesee, würde auch ohne Makler ruckzuck verkauft werden und für Rolf einen Batzen Geld einbringen. Rolf seufzte: Wenn das liebe Geld nicht immer wäre, hätte er sich nie auf diesen Deal eingelassen. Das hatte er nun davon. Er glaubte auch nicht daran, dass Rosa und Hilde auf Dauer in der Lage waren, die Abwesenheit von Onkel Ferdi den Nachbarn und Freunden gegenüber zu vertuschen und irgendwelche Geschichten zu erfinden. Dafür waren sie dann doch nicht mehr fit genug im Kopf. Was habe ich hier bloß gemacht, dachte Rolf und trat resigniert gegen einen Eimer. Das Klingeln an der Haustür riss ihn jäh aus seinen Gedanken. Was hatte Bernie denn jetzt vergessen? Rolf rannte die Holzstiegen hinauf. Oben stank es noch genauso wie vorher, und die Lavendelsäckchen hingen auch noch überall herum. Hier hatte sich nichts geändert. Angewidert riss er die Tür auf.

»Guten Tag. Sind Sie Herr Baumgart?« Eine junge Polizistin sah Rolf auffordernd an.

»Ich ... ja. Was ... ist denn los?«, wollte Rolf wissen.

»Nun, eigentlich wurden wir wegen Ruhestörung gerufen. Und dann fanden wir hier den Bulli von Herrn Bernd Ross. Sie sind befreundet mit Herrn Ross?«

Rolf schluckte. »Ja. Wir hatten ... hier zu tun. Er hat mir geholfen.« Rolf konnte einen weiteren Polizisten auf der Straße sehen, der sich Bernies Werkzeuge genauer ansah und Fotos machte. Bernie saß auf der Rückbank des Polizeiautos und winkte Rolf zu. Ein paar Nachbarn standen vor ihren Häusern oder hingen hinter den Fensterscheiben und sahen zu, was sich in der Brunnenstraße Nummer 17 tat.

»Das hat er uns auch so mitgeteilt«, fuhr die Polizistin schließlich fort. »Sein ehemaliger Chef hatte einige Werkzeuge als gestohlen gemeldet. Die da.« Sie zeigte auf ihren fotografierenden Kollegen. »Er behauptet, er hätte sie sich ausgeliehen. Dabei arbeitet er schon einige Zeit gar nicht mehr bei diesem Bauunternehmen.«

Rolf war stinksauer. Dieser Vollpfosten! Konnte er nicht einmal seine Finger bei sich behalten? Seine anfänglichen Bedenken, Bernie in dieses spezielle *Projekt Rohrbruch* einzubeziehen, hatten sich bestätigt. Die Polizistin war einen Schritt nähergetreten und streckte ihre Nase Richtung Flur. »Was riecht denn hier so?«, wollte sie wissen und verzog das Gesicht.

»Meine beiden Tanten … ehm … sie lüften leider viel zu selten.« Rolf spürte, wie ihm die Röte ins Gesicht schoss. Hoffentlich blieben die beiden in ihrer Küche sitzen. Die konnte er jetzt hier nicht gebrauchen. Zu spät. Die Küchentür ging auf, und Hilde und Rosa schlurften den Flur entlang Richtung Haustür. Hilde fand zuerst die Sprache wieder, als sie die Lage durchschaut hatte und dem winkenden Bernie einen Vogel zeigte.

»Ich wusste es, als er die Schwelle betrat: Der Junge taugt nix. Gar nix! Nehmen Sie den bloß mit!«, sagte sie zu der verdutzten Polizistin.

In Rolfs Kopf schlugen die Gedanken Purzelbäume. Was hatte er zu verlieren? So schlimm konnte die Strafe für seine »Hilfeleistung« doch gar nicht sein. Er war nicht

132

vorbestraft so wie Bernie. Und er konnte auch nicht wissen, dass Bernie die Werkzeuge illegal »ausgeliehen« hatte. Er hatte nur seinen alten tüdeligen Tanten aus der Patsche helfen wollen. Rolf seufzte. Er hatte keine Wahl. »Ich glaube, wir sollten draußen weiterreden«, sagte er schließlich und schloss hinter sich und der Polizistin die Haustür.

»Wann ist der Beton denn hart?«, hörte er Rosa hinter der verschlossenen Tür rufen. »Rolf, es gibt zur Feier des Tages Milchreis mit beschwipsten Kirschen für dich«, fügte sie noch hinzu.

»Die jungen Leute von heute haben weder Haare auf den Zähnen noch Mumm inne Knochen.« Hilde nahm Rosa am Arm und schob sie wieder Richtung Küche. »Komm, wir machen es uns jetzt so richtig gemütlich. Die Küche wird mittlerweile schön muckelig warm sein. Haben wir noch Kaffee in der Kanne?«

»Ich koche uns frischen. Was meinst du, können wir uns zur Feier des Tages ein Likörchen zum Kaffee gönnen?«

»Sogar zwei, meine Liebe. Trinken wir auf unseren Ferdi.«

»Und auf unseren lieben Rolf, ein guter Junge.«

»Ja, das ist er. Nur bei der Wahl seiner Freunde hat er kein gutes Händchen.«

»Wie gut, dass er uns hat.«

Rezept:
Milchreis mit beschwipsten Kirschen

Zutaten für den Kirschlikör:
  300 g Kirschen (frische oder tiefgefroren)
  1 l Alkohol
  300 g Zucker

Kirschen entkernen. Den Zucker mit den Kirschen in Gläser geben. Mit Alkohol aufgießen und gut verschließen. Die Gläser für ca. 3 Monate im Dunkeln lagern und regelmäßig schütteln. Den Likör erst trinken und die Kirschen erst essen, wenn sich der Zucker vollständig aufgelöst hat.

Zutaten für den Milchreis:
  1 l Vollmilch, zimmerwarm
  250 g Milchreis
  4 EL Zucker
  1 EL Butter
  1 Päckchen Vanillezucker

In einem großen Topf die Butter schmelzen, anschließend den Rundkornreis kurz in der Butter anschwitzen. Nun die zimmerwarme Vollmilch sowie 4 EL Zucker und 1 Päckchen Vanillezucker hinzugeben. Alles unter vorsichtigem Rühren mit dem Holzkochlöffel einmal auf-kochen lassen und dabei aufpassen, dass sich nichts am Topfboden ansetzt.

Temperatur zurückschalten – die Milch sollte noch leicht weiterköcheln. Den Milchreis im geschlossenen Topf circa 30 Minuten ziehen lassen. Ggf. nach ca. 15 Minuten umrüh-ren.

Nach 30 Minuten ist der Reis servierfertig, er kann warm und kalt gegessen werden.

ENDLICH ZUR RUHR GEKOMMEN

Kartoffelsalat mit Würstchen in Holzwickede
Astrid Plötner

Benno hatte es nicht leicht gehabt im Leben. Seine Mutter war bei seiner Geburt gestorben, sein Vater mit der Erziehung völlig überfordert gewesen. Deshalb hatte sein alter Herr auch nicht verhindern können, dass Benno an die falschen Freunde geriet und er mit gerade 17 Jahren wegen schweren Raubes im Bau landete. Okay, der Jugendknast war erträglich gewesen. Und weil er nur das Fluchtauto gefahren hatte, hatte der Richter auch mehrere Augen zugedrückt, ihm nur sechs Monate aufgebrummt und den Rest der Strafe zur Bewährung ausgesetzt. Das war jetzt über fünf Jahre her. Nach dem Knast hatte Benno sich mit Nebenjobs durchgeschlagen. Ohne abgeschlossene Ausbildung und mit seiner Vorstrafe waren seine Möglichkeiten begrenzt gewesen. Bis er irgendwann bei Antiquitäten-Rudi gelandet war. Rudi war ein prima Kerl und völlig unvoreingenommen. »Mach deinen Job und dreh hier kein krummes Ding«, hatte er gesagt, »dann kannste mir helfen, und ein Zimmer hab ich auch für dich. Bezahlen tu ich dich stundenweise.«

Der Antiquitätenladen lag in Hengsen am Rande der Gemeinde Holzwickede unweit der Ruhr. Ein umgebautes altes Bauernhaus, einsam gelegen inmitten von Feldern. Benno arbeitete nun schon seit zwei Jahren für Antiquitäten-Rudi. Der Laden lief nicht schlecht. Rudi hatte einen Vertrag mit einer Reisegesellschaft, betrieb nebenbei ein Café, und manchmal fanden die Touristen hier Schätze, auf deren Transport sie nicht vorbereitet waren. Genau aus diesem Grund arbeitete Benno jetzt als Fahrer. Er beförderte alte Kommoden, antike Vasen, Skulpturen, Büsten, Gemälde, einmal hatte er sogar einen Schrein bis nach Hamburg gebracht. Der Job bei Rudi brachte zwar nicht viel Geld ein, war für einen Ex-Knacki aber nicht die schlechteste Arbeit. Heute sollte Benno eine antike Wanduhr nach Bochum befördern.

»Nimm deine eigene Karre für die Fahrt. Den Transporter brauch ich für was anderes«, bestimmte Rudi, während er den Kartoffelsalat für die Reisegesellschaft durchmischte.

Benno blickte zu seinem Chef auf. Der war mit knapp zwei Metern fast einen Kopf größer und wirkte wie ein bulliger Riese auf ihn. Er blickte ihn verstört an. Hatte er richtig verstanden? Er sollte mit seinem alten Mercedes eine Uhr nach Bochum bringen? Er wagte nicht zu widersprechen, spürte aber gleichzeitig, wie ihm der Angstschweiß ausbrach und dass sein Gesicht anlief wie eine rote Tomate. »Äh, ich verstehe nicht Chef, ich … äh …«, stotterte er.

»Du fährst mit deinem Auto, Junge! Die alte Karre, die ich für dich bezahlt habe, damit du flexibel bist. Kriegst das Spritgeld auch ersetzt, keine Bange!«

»Der Mercedes ist uralt, Rudi. Der verreckt mir auf dem Weg nach Bochum. Der muss dringend in die Werkstatt, aber dafür fehlt mir die Kohle. Ich nehme einfach deinen Privatwagen. Bin auch vorsichtig, versprochen.« Benno lief aus dem Antiquitätenladen, ging auf den schwarzen 5er BMW zu, den Rudi nur selten nutzte, und wollte den Kofferraumdeckel öffnen. Aber Rudi hatte ihn bereits eingeholt. »Finger wech, verdammt.« Seine Augen funkelten böse. »Die Batterie ist platt. Bis Bochum wird der alte Daimler schon nicht verrecken. Also mach keinen Stress!«

Benno schaute Rudi irritiert an. »Ich hab den Motor vom BMW doch gestern Abend noch gehört. Da bin ich aber so was von sicher.«

»Nix da. Du vertust dich, Junge. Hast bestimmt den Transporter gehört. Der BMW ist platt, sach ich. Da kann man nix machen. Und gezz beeil dich, die Wanduhr soll 'n Weihnachtsgeschenk für so 'n alten Knacker sein! Bezahlt ist schon.«

Benno nickte zögernd. Er war nicht blöd und konnte sehr wohl einen Dieselmotor von einem Benziner unterscheiden. Rudi verhielt sich merkwürdig. Ob es mit dem Streit zu tun hatte, den Benno am letzten Abend gehört hatte? Rudi hatte geschrien, danach schallte eine schrille Frauenstimme durch den Hof. Benno hatte neugierig aus dem Fenster seines Zimmers geschaut, aber niemanden gesehen. Er hatte das Fenster geschlossen und war kurz darauf eingeschlafen.

Jetzt zuckte er nur ratlos die Schultern, öffnete den Kofferraum seines klapprigen Mercedes, legte eine Decke hinein und hievte danach die große Wanduhr darauf. Gerade als er vom Hof fahren wollte, setzte sich ein Reisebus in die Einfahrt.

»Och nee, gezz schon?«, stöhnte Rudi. »Die sind ja überpünktlich. So 'n Scheiß, ich hab noch gar nicht die

138

Würstchen auf 'm Herd. Und die Weihnachtsdeko is auch noch nicht auf 'm Tisch. Na, wenigstens ist der Kartoffelsalat fertig. Wo bleibt denn die Aushilfe?« Er quälte sich ein Lächeln ab und begrüßte den Reiseleiter.

Benno fragte, ob er helfen solle, aber der Chef winkte ab. So wartete er nur, bis der Bus auf den Hof gefahren war, dann lenkte er den Uralt-Mercedes Richtung Bochum.

Die Hinfahrt verlief reibungslos. Die Kundin – eine ältere Dame Mitte 70 – zeigte sich hocherfreut und gab Benno 50 Euro voller Dankbarkeit dafür, dass er ihr die schwere Uhr hinauf in den zweiten Stock geschleppt hatte. Die Wanduhr sollte ein Weihnachtsgeschenk für ihren Mann sein, der ein leidenschaftlicher Sammler und gerade unterwegs war, um einen Weihnachtsbaum für den Heiligen Abend zu besorgen.

Vor der Rückfahrt tankte Benno den Mercedes voll. Die Quittung konnte mal schön der Chef bezahlen. Auf der A44 geriet er in einen Stau, was die alte Karre mit seltsamen Motorgeräuschen quittierte. Kurz hinter der Abfahrt Unna, als er über den Hillering Richtung Hengsen fuhr, sah Benno erste Rauchwolken aus der Motorhaube aufsteigen. Warum hatte Rudi ihm nicht den BMW überlassen? Glaubte er, Benno würde ihn klauen? Fluchend lenkte er den Mercedes wenig später an den Straßenrand. Da er keine Ahnung hatte, an wen er sich ohne Kohle mit dem kaputten Auto wenden sollte, bewältigte er den Rest des Weges zu Fuß. Gut drei Stunden nach seiner Abfahrt erreichte er den Hof. Die Weihnachtsbeleuchtung im Innenhof strahlte bereits. Auch die hohe Tanne, die Rudi aufgestellt und mit roten Kugeln geschmückt hatte. Benno fand seinen Chef ins Heck des BMW gebeugt vor. Dabei schimpfte er laut.

»Du dummes Arschgesicht! Aufgetakelte Schnepfe und dämliche Sumpfkuh! Gezz hast du endlich gekricht, was du verdienst. Blöde Zicke. Hast mir das Leben schwer gemacht und machst mir gezz immer noch Stress. Wehr dich nicht so, verdammt! Hat eh keinen Zweck mehr.« Er beugte sich tiefer ins Wageninnere und schob darin etwas herum, wobei sein Kopf hochrot angelaufen war.

Benno trat neben Rudi. Er sah eine Teppichrolle, aus der zwei Füße lugten. »Bin wieder da«, sagte er lakonisch. »Soll ich helfen?«

Rudi schnellte zurück, stieß dabei mit dem Kopf an den Rahmen des Kofferraums und fluchte. »Verdammt! Was machst du denn schon hier? Hab deine Knatterkiste gar nicht gehört.« Er drehte sich mit dem Rücken zum Kofferraum, um ihm die Sicht zu versperren, dabei rieb er sich mit dem Handrücken den Schweiß von der Stirn.

»Der Motor ist kaputt. Hab ja gesagt, die Karre taugt nicht für die Fahrt bis nach Bochum«, erwiderte Benno und schielte seitlich an Rudi vorbei. »Wer ist 'n das da im Teppich? Deine Frau?«

Rudi riss die Augen erschrocken auf, blieb aber stumm.

»Ich habe die Alte heute Nacht keifen hören. Klang ziemlich böse, die Hexe«, meinte Benno.

Rudi seufzte. »Die alte Zimtzicke! Die gönnt mir nicht das Schwarze unterm Fingernagel.« Dann erzählte er, dass seine Ex-Frau Susanne seit Jahren in den Vereinigten Staaten bei einem reichen Amerikaner lebe. Möglicherweise habe der ihr nun den Geldhahn zugedreht, denn sie sei eigens in den von ihr sonst verhassten Ruhrpott gereist, um von Rudi ihren Anteil am Bauernhof zu fordern. »Ist das nicht frech? Könnte mich drüber totlachen, wenn's nicht zum Heulen wäre.«

140

»Da hast du sie ermordet«, stellte Benno nüchtern fest. »Und jetzt?«

»Ja, was gezz? Wir haben uns gezofft. Nur 'n kleiner Schups, da isse mit 'm Kopp auf die Kante von dem großen Blumenkübel geknallt. Dann hat sie keinen Mucks mehr gemacht.« Rudi wirkte zerknirscht, als täte es ihm leid, für den Tod seiner Susanne verantwortlich zu sein. Er erklärte, er habe sie gestern nur in den Kofferraum geschoben und mit einer Decke verhüllt. Als er sie heute mühevoll in den Teppich gerollt habe, habe sie nicht mehr ins Auto gepasst.

»Konntest doch den Transporter nehmen«, wandte Benno ein.

Rudi hob die Schultern. »Nee. Da ist schon der Sekretär drin. Den musste aber nur bis nach Unna-Mühlhausen bringen.«

»Und jetzt?«, wiederholte Benno.

»Wie gezz?«, meinte Rudi und setzte sich niedergeschlagen auf die Kante des Kofferraums.

»Ich meine, was hast du mit der Teppichrolle vor?«

»Da muss ich wohl gezz die Polizei rufen. Dann geh ich innen Bau, und du bist deinen Job los.« Rudi seufzte.

Benno schüttelte den Kopf. »Nix da, Polizei. Ich helfe dir. Die Alte hat gekeift wie eine irre Hexe, kein Wunder, dass du durchgedreht bist. Am besten schmeißen wir sie bei der Brücke mit den silbernen Zeichen in die Ruhr.«

Rudi blickte überrascht. »Schoofs Brücke? Gute Idee, Junge. Die Ruhr ist schon so manchem zum Verhängnis geworden. Aber wieso tust du mir helfen?«

Benno lächelte. »Hast mir ja auch 'ne Chance gegeben, obwohl ich im Knast gesessen hab.« Er schob seinen Chef beiseite und fasste mit der Hand in die Teppichrolle. Die Leichenstarre schien voll ausgeprägt, deshalb sah das

Bündel so unförmig aus. »Geh mal ums Auto, Chef, und zieh, ich schiebe hier. Dann kriegen wir die Klappe zu.«

»Also gut«, sagte Rudi mit neu erwachter Energie. »Versenken wir die Alte inner Ruhr.« Er öffnete die Beifahrertür und zog die Teppichrolle über den heruntergeklappten Beifahrersitz. Kurz darauf ließ der Kofferraum sich schließen. »Dann man los, ne.«

Benno setzte sich hinter Rudi auf die Rückbank und schnallte sich an. »Bin bereit!«, sagte er und grinste.

Rudi startete den Motor. Unterwegs erzählte er, dass die Bezeichnung »Schoofs Brücke« aus einer Zeit kam, als es dort an der Ruhrstraße noch überhaupt keine Brücke gab. »Da hatte die Ruhr noch 'ne Furt, so 'ne flache Stelle im Fluss, wo du bei Niedrigwasser rüber laufen kannst. Sobald die Ruhr mehr Wasser führte, kam der Fährmann ins Spiel. Der hieß damals Anfang des 20. Jahrhunderts Schoof und stammte aus einer alten Handwerkerfamilie in Hengsen. Hatte inner Nähe 'nen Gasthof, und Bootsverleiher war er auch. Allein deswegen hatte der ja Interesse daran, die Leute trocken ans andere Ufer zu bringen.«

Benno hörte vom Rücksitz fasziniert zu. »Ich dachte, die heißt Sieben-Zeichen-Brücke. Nach den Elementen Wasser, Erde, Luft, Tag, Nacht und allen Dingen, die dazwischenliegen. Steht auf 'm Schild an der Brücke, wo die silbernen Zeichen auf beiden Seiten an den Pfählen aus 'm Gras ragen.«

Rudi winkte ab. »So 'n Quatsch. Da will sich nur so 'n Kunstfuzzi wichtigmachen. Das ist und bleibt Schoofs Brücke.«

Benno nickte. Der Leichengestank brachte ihn fast zum Würgen. Er ließ das Seitenfenster herunter und hielt seine

142

Nase hinaus. Dabei blickte er über die Felder, die langsam in der Abenddämmerung mit dem Horizont verschmolzen. Kurz darauf erreichten sie ihr Ziel. Rudi lenkte den Wagen mitten auf die einspurige Brücke und stieg aus. Um diese Zeit war hier niemand mehr unterwegs. Schoofs Brücke lag einsam und verlassen da. Weit entfernt sah man auf einem Hügel lediglich einen alleinstehenden Bauernhof, in dessen Fenstern leuchtende Sterne hingen.

»Das ist 'n guter Platz für die olle Schreckschraube«, murmelte Rudi und starrte bereits hinab auf den breiten Fluss. »Gezz steig endlich aus und pack mit an!«

Benno öffnete die Wagentür und ging zum Heck des BMW. Der Chef hatte die Teppichrolle bereits so weit rausgezogen, dass er nur noch das Ende packen musste. Gemeinsam schleppten sie die Ex zum Brückengeländer. Benno betete, dass nicht jetzt gerade ein Auto kommen würde. Aber sie blieben ungestört. Sie hievten die Rolle über die Brüstung und hörten den Körper samt Teppich im fließenden Wasser aufklatschen. Völlig außer Atem beobachteten sie, wie der Fluss sein Opfer mit sich riss. Der Teppich trieb wie ein herrenloses Kanu mitten auf dem Wasser und entschwand erst in der fernen Flussbiegung ihren Augen.

»Gezz isse wech«, meinte Rudi. »Hoffentlich treibt se noch 'ne Weile inner Ruhr. Wär blöd, wenn se hier gleich umme Ecke ans Ufer treiben tut. Aber so leicht wird man sowieso nicht rauskriegen, wer das ist. Hab ihr die Papiere abgenommen. Und sie ist ja schon ewig nicht in Deutschland gewesen. Die kennt hier keiner mehr.« Er drehte sich ab, steckte die Hände in die Hosentaschen und schlenderte zufrieden zu seinem BMW. »Komm, Junge, darauf trinken wir einen.«

»Klar, Chef«, sagte Benno und setzte sich wieder auf den Beifahrersitz.

Als Rudi den BMW wenig später auf den Hof des Antiquitätenladens lenkte, sahen sie einen Mann, der gerade aus einem Taxi stieg. Er kam direkt auf sie zu.

»Sie müssen der Ex-Mann von Susanne sein«, begann er mit leicht amerikanischem Akzent, und Benno sah, wie Rudi im Licht der Scheinwerfer blass wurde. »Richten Sie ihr bitte aus«, fuhr der gut gekleidete Amerikaner fort, »dass sie keinerlei Ansprüche auf irgendetwas hat.« Er holte einen großen braunen Umschlag aus einem Aktenkoffer. »Ich möchte diese Frau nie wiedersehen. Hier sind 100.000 Dollar Abfindung. Das ist mehr als großzügig. Sorgen Sie dafür, dass dieses Weibsstück mich in Ruhe lässt. Sie ist doch wieder bei Ihnen untergekrochen, richtig?«

Rudi starrte den Amerikaner mit offenem Mund an. Bevor er etwas Falsches sagen konnte, sprang Benno aus dem Auto und griff nach dem Umschlag. »Ja, Susanne ist hier. Soll ich sie holen?«

»Bloß nicht!«, wehrte der Mann panisch ab und flüchtete in das Taxi. »Sie halten mir das Weib vom Leib, verstanden?«

»Ehrenwort«, nickte Benno, schob die Autotür zu und winkte, als das Taxi vom Hof fuhr. »Teilen wir?« Er wedelte mit dem Geldumschlag.

Endlich fand auch Rudi die Kraft, den BMW zu verlassen. »Klar«, grinste er. »Das läuft ja besser, als ich dachte. Die olle Schreckschraube wird wohl so schnell keiner vermissen.«

Benno grinste ebenfalls. Er würde seinen Anteil nutzen, um den Mercedes wieder in Schuss zu bringen. Vielleicht konnte er sich mit dem Rest in Rudis Laden einkaufen.

Ein Leben als selbstständiger Antiquitätenhändler könnte ihm durchaus gefallen.

»Bist schon 'n prima Kerl«, sagte Rudi und legte einen Arm um Bennos Schultern. »Wir kippen uns gezz 'n paar Kurze hinter die Binde, das hamwe uns verdient. Und morgen, da tu ich dich einladen. Meine Schwester kommt mit der Familie zu Besuch. Da gibt's Spezial-Kartoffelsalat mit Würstkes. Ist Tradition an Heilig Abend bei uns. Das Rezept ist vonnem Vatter. Mit Fisch drinne. Da wirste dir die Finger nach lecken.«

Rezept: Kartoffelsalat

Zutaten:
  500 g Pellkartoffeln
  1 kleines Glas Salatmayonnaise
  4 Matjesfilets
  1 Apfel
  4 Gewürzgurken
  eingelegte Selleriescheiben nach Geschmack
  1 Zwiebel
  Salz, Pfeffer

Pellkartoffeln abpellen und in Scheiben schneiden. Matjes, Zwiebel, Apfel und Sellerie in Würfel schneiden. Alle Zutaten vorsichtig mit Mayonnaise und etwas Gurkenwasser vermischen, mit Salz und Pfeffer würzen und mindestens zwei Stunden ziehen lassen. Dazu schmecken Wiener Würstchen.

146

ZIMMER FREI

Hirschbraten in Freienohl
Anke Kemper

Hetti legte das Telefon zurück auf das Sideboard und zog den Gürtel ihrer Strickweste fester. Sie fröstelte. Jetzt war es also geklärt. Alle Punkte besprochen. Der Plan stand. Bedächtig schlurfte sie in ihre kleine Küche und schaltete das Licht an. Die Wintersonne warf nur noch ein sanftes Licht durch das kleine Küchenfenster. Schon bald würde sie hinter dem Mühlenberg verschwinden und die Winterlandschaft vor ihrem Haus in Dunkelheit hüllen. Aus dem Eckfenster der Küche hatte sie einen großartigen Blick auf den Küppel, wo der neu errichtete Küppelturm majestätisch über ihrem Heimatort Freienohl thronte. Hetti war stolz darauf, dass sie es in ihrem Alter immer noch schaffte, den Weg von ihrem kleinen Häuschen unterhalb des Mühlenberges hinauf über den steilen Küppelweg bis hin zum Aussichtsturm zu wandern. Fast täglich nahm die 76-Jährige ihre Walkingstöcke und machte sich bei jedem Wetter auf den Weg in die umliegenden Wälder. Nicht auszudenken, wenn sie hier eines Tages nicht mehr wohnen durfte, dachte sie und fröstelte erneut. Sie schloss kurz die Augen, atmete tief durch, rückte ihre Brille zurecht und ließ den Blick über die Arbeitsplatte schweifen. Die Zutaten standen bereit, das Rezept lag auf dem Küchentisch. Hetti hatte es 100 Mal gelesen, und doch wollte sie keinen Fehler machen. Bedächtig zog sie die Einweghandschuhe über und nahm den Hirschbraten aus der Marinade. Vorsichtig roch sie daran. Kein Unterschied. Die Zwiebeln, Sellerie, Petersilienwurzel, die Gewürze und der gute Rotwein übertünchten alles, was nicht dort hineingehörte. Fast perfekt, dachte sie, wickelte den Braten in ein sauberes Küchentuch und goss die Marinade in den Abfluss. Es musste einfach funktionieren. Sie hatte nur diese eine Chance. Ein letzter Blick auf die Küchenuhr, dann krempelte sie ihre Ärmel hoch, stellte Herd und Backofen an und begann mit dem Kochen.

Annas Blick schweifte über die beiden Stofftaschen und den großen Rucksack. Viel würde sie nicht mitnehmen. Sie hatte schon seit Wochen ihre kleine Wohnung nach und nach aufgelöst, Möbel verkauft und Kleidung, Dekoartikel und alles, was sich im Laufe eines Lebens so ansammelte, verschenkt. Nur drei Umzugskisten hatte sie bereits vorgeschickt mit ihren Wintersachen und mit Dingen, die sie und Hetti noch gut gebrauchen konnten. In ihrem Alter einen Neuanfang zu wagen, fühlte sich erstaunlich gut an. Zumal sie sich die Wohnung in der Innenstadt mit ihrer kleinen Rente nicht mehr leisten konnte. Und das Schönste daran: Es ging zurück in ihren Geburtsort Freienohl im nördlichen Sauerland. Sie wusste, dass sie die richtige Entscheidung getroffen hatte. Anna und Hetti waren seit der Schulzeit befreundet gewesen. Obwohl sie nur 40 Minuten Bahnfahrt voneinander entfernt wohnten, hatten sie sich aus den Augen verloren. Bei einem Konzertbesuch in Dortmund hatten sie sich zufällig wieder getroffen, und die alte Freundschaft wurde neu geweckt. Jetzt würden sie also zusammenziehen. Anna seufzte. Aber zunächst musste der Plan aufgehen.

Günter Maas schloss die Haustür sorgsam hinter sich, stellte seine Aktentasche neben die Garderobe, zog seinen grauen Kaschmirmantel aus und hängte ihn fein säuberlich auf einen Bügel. Dann öffnete er seine Schnürsenkel, streifte die Schuhe ab und schlüpfte in seine blank polierten Hausslipper. Schon im Flur schlug ihm der Geruch des köstlichen Hirschbratens entgegen. Er hatte sich sein Lieblingsessen zum Abschied vor seinem Urlaub gewünscht. Und die Alte machte es. Am liebsten hätte er sich wohlwollend auf die Schulter geklopft. Mit seiner Zimmerwahl in dem kleinen Ort Freienohl, einem Stadtteil von Meschede, hatte er einen Sechser im Lotto gezogen. Für das tägliche Leben brauchte er nicht viel. Ein möbliertes Zimmer mit Bad, und die Alte kochte für ihn, machte sauber und wusch seine Wäsche. Die Lage direkt am Bahnhof war ideal. Er hatte einen kurzen Weg zur Arbeit bei der Stadtverwaltung in Meschede, und an den Wochenenden war er ruckzuck zum Wandern im Schmallenberger Land, am Rothaarsteig oder in Willingen. Einfach perfekt. Aber das Beste war, dass er seiner einfältigen Vermieterin bereits nach einem Monat seines Einzuges einen Vertrag untergejubelt hatte, in welchem er als Alleinerbe des schönen Hauses vorgesehen war. Sein Versprechen, dass er sich um das Haus, den Garten und seine Besitzerin kümmern würde bis zu ihrem Tode, hatte er ihr noch nicht einmal schriftlich gegeben. Er hatte seinen Charme spielen lassen, und Hetti hatte ihm aus der Hand gefressen. Günter betrachtete sich wohlwollend in dem Garderobenspiegel und zog die Krawatte fest. »Du bist ein schlauer Fuchs«, sagte er zu sich und betrat das Esszimmer.

Hetti überflog noch einmal das Rezept. Sie hatte an alles gedacht. Den Hirschbraten hatte sie schon viele Jahre nicht mehr zubereitet. Wozu auch? Für sich selbst kochte sie längst nicht so aufwändig, außerdem waren die Zutaten viel zu teuer. Als ihr Untermieter seinen Wunsch vor drei Wochen geäußert hatte, war sie den Tränen nah gewesen. Aber dann war ihr schnell klargeworden, dass dies ihre Chance war, ihn endlich loszuwerden. Schon im Spätsommer hatte sie Blüten und Blätter des blauen Eisenhutes gesammelt und getrocknet und sie nun unter die Marinade gemischt, in welcher der Braten zwei Tage eingelegt wurde, um schön zart zu werden und die Essenz der Marinade aufzunehmen. Wenn das nicht reichte, würde es wahrscheinlich die Soße schaffen. Anstatt der Preiselbeeren hatte Hetti die Früchte der Tollkirsche zerhackt und mit Preiselbeersaft untergemischt. Auch diese hatte sie in kluger Voraussicht von ihrer Hecke abgepflückt und portionsweise eingefroren. Nach dem Pürieren und der Zugabe des Wildfonds sah die Soße aus wie jede andere auch. Hetti schmunzelte bei dem Gedanken, dass sie schon im Spätsommer über todbringende Pflanzen nachgedacht hatte, die sich im Wald oder in ihrem Garten fanden. Ganz unauffällig und in kleinsten Mengen hatte sie davon in ihrem Vorrat gesammelt und getrocknet oder eingefroren. Hetti hoffte, dass die Tollkirsche halbwegs geschmacksneutral war, sonst wäre alles umsonst gewesen. Nicht auszudenken, was er mit ihr machen würde, sollte er etwas bemerken, bevor das Gift seine Wirkung tat. Im Esszimmer nebenan wurde der Stuhl geräuschvoll zurückgezogen. Er war da.

Günter Maas setzte sich an den Tisch und begutachtete als Erstes die Tischdecke und die Stoffserviette. Alles war frisch, darüber musste er also dieses Mal nicht mit ihr diskutieren. Erst letzte Woche hatte sie das Tischtuch einfach umgedreht, um den Kaffeefleck vom Frühstück zu verdecken. Als ob er so etwas nicht bemerken würde! Günter strich mit spitzen Fingern das Tischtuch glatt und nahm das Besteck in die Hand. Kein Löffel, es gab also keine Vorsuppe. Sehr nachlässig, dachte er. Aber da sie sein Lieblingsessen gekocht hatte, wollte er es mal ausnahmsweise durchgehen lassen. Die Tannenzweige des Adventgestecks hatte sie ausgewechselt, nichts nadelte, alles war frisch, und die Kerzen brannten bereits. Sein Glas hatte keine Wasserflecke, die eine Karaffe war mit prickelndem Wasser gefüllt, die andere mit seinem Lieblingswein. Da gab es keine Einwände. Günter goss sich ein Glas Wein ein, roch daran und lehnte sich zufrieden zurück, während er sich prüfend im Zimmer umsah. Was war denn das? Ruckartig stellte er das Glas zurück, nahm ein kleines Notizbuch aus seiner Jackettasche und schrieb: »Fenster putzen«, mit drei Ausrufezeichen. Dass er das nicht schon eher bemerkt hatte. Sein Blick wanderte weiter durch den Raum. Das alte Familienfoto neben der Küchentür hing schief, das Telefon auf dem Sideboard stand nicht an dem üblichen Platz. War da ein Spinnenweben an der Lampe über dem Klavier? Nervös kritzelte er in seinem Notizbuch. Die Liste würde lang, diese Nachlässigkeiten so kurz vor Weihnachten mussten nun wirklich nicht sein. Vorgestern hatte er drei Umzugskisten im Keller entdeckt, in welchem seine Vermieterin Kleidung für die Diakonie sammelte, statt den Plunder sofort in die dafür vorgesehenen Container zu bringen, die es selbst in diesem kleinen Ort mehrfach gab. So etwas konnte Günter nicht ausstehen. Was wegkonnte, musste auch sofort weg und nicht erst noch gesammelt werden. Hetti würde während seiner zweiwöchigen Abwesenheit genug Zeit haben, um alles in Ordnung zu bringen. Hoffentlich suchte sie einen guten Weihnachtsbaum aus und nahm nicht irgendeine krumme Fichte, die keiner wollte und die sie billig ergattern konnte. Noch bevor er nach weiteren Mängeln suchen konnte, öffnete sich die Küchentür.

Anna saß im Seitenschiff und blickte sich um. Es war eiskalt. Ihr Atem hinterließ kleine Nebelwolken. Sie liebte die Stadtkirche, auch weil sie fußläufig von ihrer Wohnung entfernt lag. Sie hatte eine Kerze angezündet und sich demütig in die Bank gekniet. Ihr war klar, für was sie da gerade betete, und hoffte, dass der Herrgott ihr und Hetti in ihrer verhängnisvollen Notlage vergeben würde. Lange hatte sie mit ihrer Freundin gesprochen und nach einer Lösung gesucht. Sich einen Anwalt zu nehmen, um aus dem Vertrag herauszukommen und den verhassten Untermieter loszuwerden, konnten sich beide nicht leisten, und es würde unter Umständen Jahre dauern, bis sie Erfolg hatten. Kostbare Zeit, die sie in ihrem Alter nicht mehr hatten. Ihn einfach bitten zu gehen, hätte nicht funktioniert. Er hätte sie nur hämisch angelächelt, und die gemeine Prozedur, die Hetti mit ihm täglich durchlebte, würde noch schlimmer für sie werden. Oft genug hatte sie von Mietnomaden gehört, die sich in Wohnungen breitmachten, alles zumüllten und dann irgendwann bei Nacht und Nebel weiterzogen. Ungestraft. Bei ihm würde es anders sein, aber viel schlimmer. Die einzige Möglichkeit wäre gewesen, dass Hetti kapitulierte und ausgezogen wäre, um ihre Ruhe vor ihm zu haben. Aus ihrem schmucken kleinen Haus. Ihrem Elternhaus, in dem sie geboren und aufgewachsen war und ihr ganzes Leben verbracht hatte. Ihr Zufluchtsort, ihre

152

Heimat. Nein, das war keine Lösung. Nicht für sie. Anna war sich klar, dass sie genauso beteiligt war. Sie wusste von dem Plan, hatte ihre Freundin mental unterstützt. Wenn alles klappte, musste sie helfen, die Leiche zu beseitigen. Das hatte sie Hetti versprochen und sie würde es tun. Es gab keinen anderen Weg. Anna sah auf ihre Armbanduhr. Es wurde Zeit.

»Guten Abend, Herr Maas. Hatten Sie einen schönen Tag?« Hetti strahlte ihren Untermieter an und hoffte, dass er ihre Nervosität nicht bemerkte.

»Wir müssen etwas besprechen«, sagte Günter und tippte auf sein Notizbuch.

»Aber wir wollen doch das köstliche Essen nicht kalt werden lassen. Reden können wir später«, antwortete Hetti und platzierte die Fleischplatte und die Sauciere vor ihm. Dann ging sie zurück in die Küche und holte die Schüsseln mit Knödeln und Rotkohl. »Bitte schön. Lassen Sie es sich schmecken. Wann fahren Sie denn morgen in den Urlaub?«, wollte sie wissen.

Günter antwortete nicht. Er sah über den Tisch und rieb sich die Hände. »Haben Sie sich an das Rezept gehalten?«, fragte er skeptisch.

»Selbstverständlich.«

»Haben Sie auch mit diesem Wein hier gekocht, den ich trinke? Sie wissen ja, wie wichtig die Soße bei diesem Gericht ist.«

»Alles so, wie es sich für einen echten Sauerländer Hirschbraten gehört.«

»Und das Fleisch ist nicht aus dem Supermarkt?«

»„Aber nein. Direkt beim Jäger bestellt und abgeholt.«

»Gut, gut. Danke, ich brauche Sie nicht mehr.« Sein

Notizbuch mit all den Nichtigkeiten hatte Günter vorerst vergessen. Genüsslich schaufelte er sich Knödel, Rotkohl und Fleisch auf seinen Teller, dann kippte er reichlich Soße darüber, während Hetti langsam den Raum verließ.

Anna hatte den Rucksack auf ihrem Schoß, die Stofftaschen auf dem Sitz neben sich platziert. Ihre Stirn ruhte an der kühlen Fensterscheibe. In ihrem Kopf überschlugen sich die Gedanken. Hoffentlich haben wir nichts übersehen, dachte sie zum 100. Mal. Immer wieder waren die beiden Frauen ihren perfiden Plan durchgegangen. Die nächsten zwei Wochen würde Günter Maas niemand vermissen. Hetti hatte ihren verhassten Untermieter in der letzten Zeit genauestens beobachtet und an Anna haarklein berichtet, damit sie bloß keinen Fehler machten. Er hatte nur seine Arbeit und sein Hobby, das Wandern. Er hatte keine Familie, traf sich nicht mit Freunden, nicht mit Kollegen und war in keinem Verein. Ein Einzelgänger. Wen wunderte es. Penetrant achtete er darauf, dass alles um ihn herum in Ordnung war und erledigt wurde. Das war seine Passion, sonst nichts. Unauffällig wie ein Holzwurm und genauso lästig. Er besaß kein Smartphone, keinen Computer, nicht mal ein Auto. Die Hotels und Pensionen, die er für seine Wanderrouten benötigte, buchte er immer erst vor Ort, so dass niemand nachfragen würde, wo er blieb. Die wenigen Strecken außerhalb der Wanderwege, die er nicht laufen wollte, würde er mit dem Bus oder der Bahn zurücklegen. Auch hier hatte er nichts im Voraus gebucht. Schon wegen des unbeständigen Wetters wollte er sich nicht festlegen. Keine Daten, keine Spur hatte er für seinen geplanten Urlaub hinterlassen. Eine perfekte Voraussetzung für ihren Plan. Und sie hatten genug Zeit, um ihn zu beseiti-

154

gen. Das Einfachste wäre, ihn zu zerstückeln und nach und nach in der Ruhr zu versenken, die nur wenige Meter vor Hettis Haus vorbeifloss. Das kalte, aber trockene Winterwetter würde sie dabei unterstützen. Wie auch immer sie seine Leiche beseitigen würden, sie hatten Zeit. Sie würden ihn draußen im Schuppen lagern und dann entscheiden, was zu tun sei. Ob in einem Stück oder klein gehackt. In den vergangenen zwei Wochen hatte es viel geregnet, und die Ruhr führte Hochwasser. Das würde die Umsetzung ihres Planes vereinfachen. Sie hatten schon befürchtet, dass Herr Maas seine Wandertour ins Hochsauerland absagen würde. Aber auch hier hatten die beiden Frauen das Glück auf ihrer Seite, als das Wetter umschlug und die Wintersonne lockte. Abrupt wurde Anna aus ihren Gedanken gerissen, als der Zug hielt. Sie war am Ziel.

Hetti saß am Küchentisch und wartete. Neben ihr lag ein scharfes Filetiermesser, mit dem sie eben noch das Fleisch geschnitten hatte. Sie hoffte, dass sie es nicht benutzen musste, aber sie würde es tun, wenn es sich nicht vermeiden ließ. Ihn zu vergiften und das Geschehen aus der Ferne zu beobachten, erschien ihr sicher. Dass sie vielleicht selbst Hand anlegen musste, wenn der Plan nicht aufging, wie sie es sich vorgestellt hatten, daran wollte sie nicht mal denken. Jetzt hieß es: warten. Ihr Herz pochte schnell und laut. Die Zeit schien stillzustehen. Hetti lenkte sich mit den Gedanken ab, dass sie bald mit ihrer besten Freundin zusammenleben würde. Sie würden gemeinsam den Haushalt bestreiten, Ausflüge und Wanderungen unternehmen und hin und wieder mit dem Zug nach Dortmund fahren, um ein Konzert zu besuchen. Bitte, lass es so sein, betete sie und lauschte weiter gebannt. Endlich. Zunächst lautstarker Protest, dann wurde der Stuhl geräuschvoll zurückgezogen, Geschirr fiel zu Boden. Husten, Keuchen, Spucken, dann der dumpfe Aufprall seines Körpers, noch einmal Röcheln. Endlich Stille.

Hetti wusste nicht, wie lange sie regungslos in ihrer kleinen Küche gesessen und in die Stille gelauscht hatte. Das Ticken der Küchenuhr hatte eine beruhigende Wirkung auf sie gehabt. Irgendwann hatte sie sich einen Ruck gegeben und war ins Esszimmer hinübergegangen. Da lag er. In seinem Erbrochenen. Die Augen weit aufgerissen. Es war geschafft. Der Plan war aufgegangen. Hetti zitterte am ganzen Körper, als sie begann, den Tisch abzuräumen und die Reste des Essens zu entsorgen. Dann drehte sie widerwillig seinen Körper zur Seite, sammelte das zerbrochene Geschirr auf und wischte um ihn herum den Boden sauber. Wie gut, dass er ein relativ kleiner, drahtiger Mann war, vielleicht nur 70 Kilogramm schwer. Das würden sie beide schaffen, auf welchem Weg auch immer sie ihn beseitigen würden. Hetti erschrak, als die Türglocke ertönte. Obwohl sie wusste, wer das war, klopfte ihr Herz bis zum Hals. Vorsichtig schlich sie durch den Flur und lugte durch den Spion der Haustür.

»Da bin ich«, sagte Anna, als Hetti öffnete, und lächelte ihre Freundin an.

»Wie schön«, antwortete Hetti. »Du kommst gerade richtig. Es ist ein Zimmer frei geworden.«

156

Rezept: Wildbraten (Reh- oder Hirschbraten, Wildschwein) in Rotwein-Preiselbeersoße

Zutaten:
1 kg Wildfleisch am Stück (Reh, Hirsch oder Wild-
schwein)
1 Zwiebel
diverses Wurzelgemüse
Wildgewürz
¼ l Rotwein (trocken)
0,4 l Wildfond
Piment
1 Nelke, Wacholderbeeren, Lorbeer, Thymian, Salz,
Pfeffer
1 Glas Preiselbeeren

Fleisch waschen, trockentupfen, mit Wildgewürz einreiben und einziehen lassen. Mit Salz und Pfeffer würzen,
Zwiebeln schälen, Wurzelgemüse putzen – alles würfeln.

Fett in einem großen Topf bzw. Bräter erhitzen. Fleisch
bei starker Hitze von allen Seiten anbraten, rausnehmen.
Zwiebel und Wurzelgemüse im Bratfett kurz andünsten,

mit Rotwein und Wildfond ablöschen. Aufkochen lassen. Nelke (zerstoßen), Piment hinzugeben sowie je nach Geschmack weitere Gewürze und Kräuter. 2 – 3 Esslöffel (je nach Geschmack) von den Preiselbeeren hinzugeben. Hitze reduzieren, Fleisch wieder in die Soße legen. Den Bräter bei 200 Grad für circa 120 Minuten in den Backofen. Fleisch rausnehmen und Soße passieren, noch einmal abschmecken und aufkochen lassen. Ggfs. Soße binden.

Hierzu passen Knödel, Kartoffeln oder auch Schupfnudeln mit Rotkohl.

Anmerkung: Bratenstücke muss man nicht vorher einlegen, kann man aber tun, damit das Fleisch noch zarter wird. Eingelegt wird in eine Marinade aus Rotwein, Wurzelgemüse und Gewürzen – circa 24 Stunden

DIE WICHTEL-TÄUSCHUNG

Nussecken in Unna
Astrid Plötner

Die Fußgängerzone in Unnas Innenstadt quoll aus allen Nähten, und vor jedem Stand des Weihnachtsmarkts drängten sich die Menschen. Jonas Siemers war voller Vorfreude auf das heutige Weihnachtswichteln im Bowling-Center. Er benötigte nur noch ein schönes Wichtelgeschenk, das jeder Mitarbeiter des Supermarkts mitbringen sollte. Jonas freute sich besonders auf Kollegin Vanessa Schlüter, die er sehr mochte, die aber leider mit ihrem Freund Kevin zusammenlebte. Jonas kannte den Typen nur flüchtig, aber Vanessa hatte kein gutes Haar an ihm gelassen und angedeutet, dass ihm auch schon mal die Hand ausrutsche. Jonas hatte Vanessa getröstet, dabei waren sie sich nähergekommen. Er hatte ihr vom plötzlichen Verlust seiner Eltern durch einen Autounfall erzählt, vom Haus, das er geerbt hatte, vom Schmuck seiner Mutter und der Münzsammlung seines Vaters. Vanessa war sehr interessiert gewesen, hatte sich an ihn geschmiegt und gehaucht, dass sie sich wünsche, den Mut aufbringen zu können, sich von Kevin zu trennen. Bislang war sie noch nicht so weit, aber vielleicht würde sich das ja am heutigen Abend beim Bowling und Wichteln ändern. Denn sie hatte ihm gestern auf dem Parkplatz des Supermarkts, in dem sie beide arbeiteten, hoch und heilig versprochen, zur Weihnachtsfeier zu kommen. Durch die herabgelassene Scheibe seines Autos hatte sie ihm sogar einen Kuss auf die Stirn gehaucht. »Ich freu mich auf dich!«, hörte er jetzt noch ihre rauchige Stimme. »Vielleicht haben wir ja mal einen Moment für uns.« Noch immer konnte Jonas sein Glück kaum fassen. So ein Rasseweib! Und sie stand auf ihn!

Also schob er sich weiter über den Weihnachtsmarkt, wobei seine schwere Bowlingkugel, die er im Rucksack trug, ziemlich auf den Rücken drückte. Von der Stadtkirche intonierten die Turmbläser gerade das Weihnachtslied *Oh, du fröhliche* in den frühen Abend. Jonas ließ sich von der festlichen Stimmung einfangen. Von den mit Tannenzweigen und Lichtern geschmückten Buden und vom Duft nach Bratwurst und gebrannten Mandeln, der in der Luft hing. Er erreichte den Marktplatz. Auf der Bühne vorm *Café Extrablatt* war ein Kasperltheater aufgebaut. Die Kinderschar davor juchzte laut. »Po-li-zei! Po-li-zei! Po-li-zei!«, schrien sie enthusiastisch, um dem Kasperl zu helfen, der gerade den bösen Räuber überwältigt hatte.

Hier auf dem Markt gab es überwiegend Buden mit Leckereien und Glühwein. Ihm fiel der beleuchtete Weihnachtsbaum mitten auf dem Platz auf. Er bildete das Zentrum strahlender Girlanden, die sich wie das Dach eines Zeltes in alle Richtungen über den Platz spannten. Er blieb vor einer kleinen Hütte stehen, in der Gebäck angeboten wurde. Eine alte Frau mit weißem Haar, karierter Bluse und weißer Schürze verkaufte Selbstgebackenes für den guten Zweck. Er trat auf sie zu und begutachtete die Leckereien.

»Wie wäre es mit einer Mammuttüte Nussecken, junger Mann?«, fragte die Alte. »Ist ein uraltes Familienrezept und kostet nur 29,90 Euro.« Sie hielt eine Klarsichttüte mit etwa 20 Ecken hoch. »Der Erlös geht an das Kinderhospiz«, fügte sie hinzu. »Ich mach das hier ehrenamtlich.«

Jonas schluckte. Das Wichtelgeschenk sollte nur zwischen 15 und 20 Euro kosten. Die Kirchturmuhr schlug 18 Uhr, wo er zum Wichteln schon im Bowling-Center hätte sein sollen. Er brauchte ein Geschenk, und zwar sofort. »Gibt's keine kleinere Tüte?«

Die Alte schüttelte den Kopf. »Alles ausverkauft.«

Er zahlte stumm, drängte zwischen den Weihnachtsmarktbesuchern bis zum Seniorentreff *Fässchen* und blieb an der Straßenkreuzung dahinter wie angewurzelt stehen. Schräg gegenüber, direkt vorm Eingang zum Bowling-Center, stand Kevin und rauchte eine Zigarette. Hatte er Vanessa zum Wichteln gebracht? Wieso verschwand er dann nicht wieder? Jonas überlegte fieberhaft, wie er an ihm vorbeikommen sollte. Im selben Moment blickte Kevin ihn an.

»Hab ich's doch gewusst!«, brüllte er, warf seine Zigarette auf den Boden und trat sie aus. »Die Schlampe hat mich angelogen. Sie hat behauptet, du kämst nicht zur Weihnachtsfeier. Ich lass mich nicht verarschen, kapiert?« Er kam mit großen Schritten auf Jonas zu. Sein Gesicht wirkte entschlossen. Vermutlich juckten ihm schon die Finger, die er zur Faust geballt hatte.

Jonas zögerte keine Sekunde und rannte durch verwinkelte Gassen bis zur Eselsbrücke, die zum Bornekamp führte, einem Naherholungsgebiet in Unna. Jonas krampfte seine Hände fest um die Tüte mit den Nussecken, der schwere Rucksack wippte auf seinem Rücken und bremste seinen Lauf. Die Schritte in seinem Rücken kamen näher. Als Jonas die Brücke erreichte, spürte er die Vibration des Brückenbelags unter seinen Füßen. Hinter ihm donnerten Kevins Schritte. Jonas keuchte, presste die Zähne aufeinander und lief weiter. Am Freibad entlang, links zum freigelegten Bachlauf des Kortelbachs, der jetzt im Dezember einiges an Wasser führte.

»Bleib stehen, du Scheißkerl!«, brüllte Kevin hinter ihm.

Jonas dachte nicht daran. Er rannte an den seltsamen Kunstwerken aus den 80er-Jahren vorbei, von denen eines aussah wie eine geteilte Leiter, das nächste wie ein gigantischer Teekessel und das dritte wie eine kopflose Giraffe. Am Ende des Wegs bog er nach rechts ab, lief unter einer Brücke durch und danach erneut am Kortelbach entlang. Hier wurde der Weg nicht von Laternen erhellt, und er stolperte in die Dunkelheit. Er keuchte und schwitzte, hätte den schweren Rucksack am liebsten von sich geschmissen. Er erreichte den neu angelegten Ententeich, der seit seiner Sanierung nie richtig dicht geworden war und immer wieder Wasser verlor. Auch hier ragte eine dieser merkwürdigen Skulpturen in den Himmel. Auf Jonas wirkte sie wie eine gigantische Vogelscheuche aus Metall. Seine Atemwege brannten, lange würde er nicht mehr durchhalten. Plötzlich spürte er eine Hand an seinem Rucksack. Im selben Moment wurde er zurückgerissen und bekam einen harten Schlag seitlich an den Kopf, der ihn zu Boden schmiss. Die Tüte mit den Nussecken flog aus seiner Hand und landete im Gras.

»Du mieser Wichser!«, hörte er im Aufprall Kevins Stimme. »Du spannst mir meine Freundin nicht aus!«

Jonas sah Kevin über sich. Der hielt die Hand zur Faust geballt, holte aus und traf seinen Unterleib. Eine abstoßende Whiskeyfahne wehte ihm entgegen. Blitzschnell rollte Jonas sich zur Seite, und versuchte aufzustehen, doch der Rucksack hielt ihn am Boden. Er musste die Gurte abstreifen, es gelang ihm jedoch nicht. Kevins Hand klammerte sich wie ein Schraubstock um sein Bein und hielt ihn fest. Jonas keuchte, rutschte einen Meter über den feuchten Boden, ehe er einen Schlag in die Seite bekam. Er drehte sich um und spürte die Faust im Gesicht. Ein hässliches Knacken und ein stechender Schmerz folgten. Der Irre hatte ihm gewiss die Nase gebrochen. So schnell er konnte, robbte er zurück. Plötzlich versperrte ihm der Sockel der Vogelscheuche den weiteren Rückzug. Kevin war sofort bei ihm. Ehe er erneut zuschlagen konnte, keuchte Jonas: »Da ist nichts zwischen Vanessa und mir! Wir sind nur Kollegen.« Panisch überlegte er, wie er dem Schläger entkommen konnte. Ehe er jedoch aktiv werden konnte, packte Kevin ihn bei den Schultern und zerrte ihn auf die Beine.

»Willst du mich verarschen?« Kevins Stimme war gefährlich leise. »Ich habe doch gesehen, wie die Schlampe dich geküsst hat.«

Jonas begann zu zittern. Wie hatte er das sehen können? Er war doch erst kurz nach dem Kuss auf den Parkplatz gefahren. Oder?

»Das werde ich nicht dulden, du Arsch. Auf meine Kosten amüsiert sich niemand. Und schon gar nicht mit meiner Vanessa.« Er holte erneut aus, Jonas konnte sich gerade noch wegducken und Kevins Faust traf die Vogelscheuche. Er fluchte, rieb sich die rechte Hand und schüttelte sie danach.

Jonas ließ unbemerkt die Gurte des Rucksacks von der Schulter gleiten. Er sah nur eine einzige Chance, wie er sich wehren konnte. Er umfasste die Trageschlaufe der Tasche.

Kevin ballte erneut eine Faust und holte aus. Im letzten Moment sprang Jonas zur Seite. Kevin schlug ins Leere und strauchelte. Sein Alkoholkonsum ließ ihn auf den Ententeich zu taumeln. Sofort war Jonas hinter ihm, holte mit dem Rucksack aus und schlug ihm die Tasche mit der Bowlingkugel in den Rücken. Kevin wurde nach vorne getrieben, verlor nach wenigen Schritten gänzlich das Gleichgewicht und fiel die kleine Böschung hinab ins Wasser. Jonas hörte den Aufschlag. Er zitterte am ganzen Leib und atmete tief durch. Dieser Kampf war gewiss noch nicht zu Ende. Jonas schleppte sich zur Weggabelung, an der eine Laterne stand und hielt sich einen Augenblick daran fest.

»Die Polizei und der Rettungswagen werden gleich hier sein«, sagte da eine weibliche Stimme in seinem Rücken.

Jonas wirbelte herum. Vor ihm stand Tina, die Verkäuferin der Bäckerei im Supermarkt, in der er oft seine Pause verbrachte. In einer Hand hielt sie die teuren Nussecken, mit der anderen reichte sie ihm ein Taschentuch. Er nahm es dankbar entgegen. »Wie kommst du hierher?«

»Ich bin ja auch zum Wichteln eingeladen. Ich sah zufällig, wie der Irre dir am Bowlingcenter aufgelauert hat. Ich kam gerade vom Parkhaus und bin euch gefolgt. Als der Typ auf dich eingeschlagen hat, habe ich sofort den Notruf gewählt.«

Jonas tupfte sich vorsichtig seine Nase ab. Das weiße Tuch färbte sich im Schein der Laterne rot von seinem Blut. »Scheiße«, murmelte er und nahm gleichzeitig das Martinshorn in der Ferne wahr. Kurz darauf erreichten zwei Einsatzwagen der Polizei und ein Rettungswagen den Ententeich. Jonas wurde verarztet und vor Ort versorgt, während die Polizisten Tina befragten. Von Kevin fehlte

bislang jede Spur. Jonas verzichtete darauf, in ein Krankenhaus gebracht zu werden und beantwortete nur die drin-
gendsten Fragen der Polizei. Dann gab er Tina Bescheid,
warf sich den schweren Rucksack auf den Rücken und
schleppte sich den steilen Weg zur Martinskirche hoch.
Bald erreichte er sein kleines Einfamilienhaus, das nur
wenige Gehminuten entfernt am Kranenkamp lag.

Als er seine Haustür aufsperrte, erwartete ihn der
nächste Schock. Die Schubladen aus der Kommode im
Flur waren herausgerissen. Schals, Mützen und Haus-
schuhe, die darin verstaut gewesen waren, verteilten sich
auf dem Boden. Auch das angrenzende Wohnzimmer sah
verwüstet aus. Jonas war mit seinen Kräften am Ende. Wie
viel Pech konnte ein Mensch haben? Da wurde er zusam-
mengeschlagen, und gleichzeitig durchsuchte jemand sein
Haus. Er zog sein Handy aus der Gesäßtasche und infor-
mierte die Polizei. Der diensthabende Beamte bat ihn um
Geduld. Jonas solle in seiner Wohnung nichts verändern.
Er versprach es, schleppte sich müde die Treppe hoch und
fand auch das Schlafzimmer durchwühlt vor. Mit einem
Blick sah er, dass er bestohlen worden war. Er ließ sich
aufs Bett fallen, schloss die Augen und war im nächsten
Moment vor Erschöpfung eingeschlafen.

Es war fast Mitternacht, als es an seiner Wohnungstür
klingelte. Ein Kripobeamter stand im Eingang, im Schlepp-
tau eine Gruppe, die er als Spurensicherer vorstellte, er
selbst nannte sich Lukas Winkelmann. »Sie haben einen
Einbruch gemeldet. Meine Kollegen werden sich jetzt in
Ihrem Haus umsehen und eventuell Fingerabdrücke nehmen. Fehlt etwas? Wurden Sie bestohlen?«

Jonas nickte. »Ja. Mir wurden die Schmuckschatulle
meiner Mutter und die Münzsammlung meines Vaters

geklaut. Lag beides in meinem Schlafzimmerschrank hinter der Bettwäsche. Ich vermute, meine Arbeitskollegin Vanessa Schlüter hat mit dem Einbruch zu tun.«

Winkelmann machte sich Notizen und lauschte Jonas aufmerksam, der ihm die Geschichte von Vanessa und ihrem Freund Kevin erzählte. Wie seine Kollegin sich sein Vertrauen erschlichen und dabei Hilflosigkeit vorgespielt hatte. Winkelmann nahm das Gespräch mit seinem Smartphone auf. Jonas ließ bei seiner Schilderung kein Detail aus, auch nicht den Schlag mit seinem schweren Rucksack. »Der Kevin hätte mich totgeschlagen«, endete er. »Meine Zehn-Kilo-Bowling-Kugel hat mir das Leben gerettet. Fragen Sie Tina, die kann das bezeugen.«

Der Morgen graute schon, als Winkelmann und die Spurensicherer das Haus von Jonas endlich räumten.

Noch vor den Weihnachtsfeiertagen hatte die Polizei den Fall geklärt. Man hatte Kevin und Vanessa am nächsten Tag in ihrer gemeinsamen Wohnung festgenommen, wo man die gestohlenen Wertgegenstände von Jonas gefunden hatte.

Am ersten Weihnachtstag erwartete Jonas Besuch. Sein Haus war wieder aufgeräumt, es duftete nach Kaffee, und auf dem Tisch standen die Nussecken vom Weihnachtsmarkt. Tina, die Verkäuferin aus der Bäckerei, klingelte pünktlich um 15 Uhr. Sie hatte bei der Polizei die Angaben von Jonas bestätigt. Nach dem Vorfall am Ententeich hatte sie fast täglich angerufen und sich nach seinem Befinden erkundigt. Wegen der gebrochenen Nase und der anderen Blessuren, die Kevin ihm zugefügt hatte, war er immer noch krankgeschrieben.

»Schön hast du es hier«, meinte Tina und setzte sich an

166

den Tisch. »Jetzt erzähl mal, was bei der Sache mit Vanessa herausgekommen ist.«

Jonas goss ihnen beiden Kaffee ein und sah erfreut, wie Tina sogleich nach einer der Nussecken griff. »Tja«, begann er, »es war wohl meine eigene Blödheit. Ich hatte Vanessa erzählt, dass ich das Haus hier von meinen Eltern geerbt habe und den Schmuck meiner Mutter und Vaters wertvolle Münzsammlung. Ich wusste ja nicht, dass Vanessa wegen der Spielsucht von Kevin total verschuldet war. Jedenfalls haben die beiden beschlossen, mich zu bestehlen. Der Wichtelabend erschien ihnen als passende Gelegenheit, in mein Haus einzubrechen.«

»Das haben die beiden gestanden?«, fragte Tina überrascht.

»Ja«, bestätigte Jonas. »Aber erst, nachdem man in ihrer Wohnung den Schmuck und die Münzsammlung gefunden hat. Außerdem konnte man Fingerabdrücke hier im Haus sicherstellen, die zu Vanessa gehören. Am Wichtelabend hat sie ein Kellerfenster eingeschlagen und ist durch den Garten ins Haus gekommen. Kevin sollte mich währenddessen beschäftigen, damit ich nicht zu früh heimkehre.«

»Wie abgebrüht und schäbig!« Tina schüttelte missbilligend den Kopf. »Wieso ist dieser Kevin nicht einfach selbst in dein Haus eingebrochen, während du mit seiner Freundin beim Wichteln warst? Wäre doch viel einfacher für die beiden gewesen.«

»Das hat seine Eifersucht nicht zugelassen«, erklärte Jonas. »Er hatte wohl Angst, dass ich seiner Freundin zu nahekomme. Na ja, jetzt müssen die beiden sich vor Gericht verantworten. Die Polizei meint, mit einer Bewährungsstrafe kämen sie nicht davon.«

»Geschieht ihnen ganz recht. Ich konnte Vanessa nie

leiden. Sie hat so eine Arroganz an sich, dabei ist sie ziemlich einfältig und dumm. Aber lass uns lieber über etwas anderes reden.« Tina nahm sich noch eine der Nussecken und kaute genüsslich. »Die sind einfach köstlich. Hast du die selbst gebacken?«

Jonas schüttelte den Kopf. »Sind vom Weihnachtsmarkt.« Er griff selbst danach und probierte. Sie schmeckten tatsächlich fantastisch. Jonas blickte Tina über den Tisch hinweg an. Sie war äußerst hübsch. Ihre weichen Gesichtszüge wirkten lieb und ehrlich. Ganz das Gegenteil von Vanessa. »Im Backbuch meiner Oma habe ich ein altes Rezept für Nussecken gefunden. Hättest du Lust, das mit mir auszuprobieren? Vielleicht gleich morgen?«

Tina strahlte übers ganze Gesicht. »Da bin ich auf jeden Fall dabei!«

Anmerkung: Die kunstvollen Figuren im Bornekamp gibt es wirklich. Sie heißen »Meteora« von der Gruppe Kontaktkunst *(geteilte Leiter) und von Paul Fuchs der »Außerirdische« (Teekessel), das »Trompetentier« (kopflose Giraffe) und die »Regenfrau« (Vogelscheuche). Die in Klammern stehenden Beschreibungen sollen keineswegs abwertend sein, sondern spiegeln in der Geschichte nur die subjektive Sichtweise von Jonas wider.*

Rezept:
Nussecken

Zutaten Teig:
  225 g Mehl
  1 TL Backpulver
  100 g Zucker
  1 Pck. Vanillezucker
  1 Ei
  1 EL Wasser
  100 g weiche Butter

Zutaten Nuss-Masse:
  150 g Butter
  150 g Zucker
  2 Pck. Vanillezucker
  3 EL Wasser
  100 g gemahlene Mandeln
  200 g gemahlene Haselnüsse
  3 EL Aprikosenmarmelade

Zutaten Glasur:
  Zartbitterschokolade

Zutaten für den Teig mit Knethaken vermischen. Den
Teig auf einem gefetteten Backblech ausrollen. Butter mit
Zucker, Vanillezucker und Wasser in einem Topf zerlassen,

danach Mandeln und Haselnüsse dazugeben und etwas abkühlen lassen. Teig mit Konfitüre bestreichen, abgekühlte Nussmasse darauf verteilen. Vor den Teig geknickte Streifen aus Alufolie legen, sodass ein Rand entsteht. Nussecken bei 160 Grad Umluft etwa 25 Minuten auf mittlerer Schiene backen. Die erkalteten Nussecken in etwa 8 cm große Quadrate teilen und diese diagonal durchschneiden. Schokoglasur bei schwacher Hitze schmelzen und die Spitzen der Nussecken hineintauchen und auf Backpapier abkühlen lassen.

UND ZUM FESTE ZU VIELE GÄSTE

Sauerländer Potthucke in Winterberg
Anke Kemper

Doris hasste Weihnachten. Die schlimmste Zeit des Jahres. Für sie bedeutete das Fest der Liebe in erster Linie: Putzen, Aufräumen, Einkaufen, Kochen. Und wenn es vorbei war, hieß es: Putzen, Aufräumen, Wegräumen, Reste essen. Kein Ende in Sicht und immer das Gleiche. Fast. Doris hatte den Eindruck, jedes Jahr kam ein ungebetener Gast mehr dazu. Ihre Verwandten und deren Freunde hatten die Angewohnheit, das Weihnachtsfest und die Ferien zum Anlass zu nehmen, sie zu besuchen und sich viel zu lange bei ihr aufzuhalten. Heißt es nicht eigentlich, Besuch ist wie Fisch, nach drei Tagen stinkt er? So kam es ihr zumindest vor. Es könnte alles so schön sein. Was hatte sie sich vor knapp fünf Jahren gefreut, dass ihre Schwester ihr das schöne Fachwerkhaus, mitten in Winterberg in einer ruhigen Seitenstraße gelegen, vererbt hatte. Eine wunderbare Lage, ruhig und doch nur wenige Meter bis zu den Einkaufsmöglichkeiten in der wuseligen Innenstadt. Auch bis zum Skigebiet und Wintersportzentrum mit dem Skikarussell und den verschiedenen Pisten sowie der Rodelbahn war es nur ein Katzensprung. Und wer in Winterberg

Urlaub machte, konnte in knapp 30 Minuten in Willingen bei der Skisprungschanze und Ausflugsmöglichkeiten sein. Ein wunderschöner wertvoller Besitz an einem der begehrtesten Orte im Sauerland. Ein Schatz mit einem großen Makel, vor allem in der Winterzeit. Nicht nur, dass sie regelmäßig von wildfremden Menschen Kaufangebote erhielt, viele Touristen waren der Meinung, sie könnten einfach mal in Doris' Garten kommen, um Fotos zu schießen oder auf ihrer Bank im Vorgarten Pause machen und ihren Müll anschließend liegen lassen. In ihrer Nachbarschaft waren schon einige Wohnungen und ganze Häuser an Holländer verkauft worden, die Winterberg zur Skisaison belagerten. Aber das Städtchen war auch zu den übrigen Jahreszeiten Anziehungspunkt für Wanderer und Radfahrer. Die Wanderwege an Rothaarsteig, Ruhrquelle und Hochheide waren weit über die Grenzen des Sauerlandes bekannt.

Doris seufzte und ging zum x-ten Mal die Einkaufsliste durch. Warum tat sie sich das überhaupt an? Ausgerechnet ihr jüngster Cousin Gerold brachte seine neue Flamme mit, und die wünschte sich vegane Kost. Es hatte Doris schon gereicht, dass die Tochter ihrer Cousine Sylvia ausschließlich vegetarisch aß, der Höhepunkt war, dass diese Hipster-Freundin, die sie neuerdings mitbrachte, laktoseintolerant war. Zum Kotzen. Ich bin doch kein Hotel, dachte sie zum wiederholten Male und schleuderte den Kugelschreiber gegen den Kühlschrank. Den Einkaufszettel zerriss sie und beförderte ihn direkt in den Küchenofen. So nicht. Alles auf Anfang.

Klaus scrollte zufrieden durch die Nachrichten auf seinem Smartphone. Die *WhatsApp*-Gruppe »Weihnachten

172

bei Tante Doris« füllte sich jährlich, und es gab immer mehr schräge Ideen, wie sie der alten Dame die Hölle heiß machten, bis sie endlich aufgab. Der Vorschlag seines besten Freundes Thomas, das Hausschwein seines Cousins auszuleihen und mitzubringen, war dann aber doch eine Nummer zu viel. Es reichte schon, dass Thomas seinen Wohnwagen ganzjährig bei Doris im Garten parkte, oder Cousine Bärbel mittlerweile ihre jährliche Mädelstour mit einem feuchtfröhlichen Abstecher in Tante Doris' Gartenhütte beendete. Und nicht erst einmal hatten die Nachbarn die Polizei wegen Ruhestörung rufen müssen.

Der ursprüngliche Plan, dass Doris das Haus seiner verstorbenen Mutter an ihn, den rechtmäßigen Erben, freiwillig abgeben würde, sollte nicht darin enden, dass seine Tante einen Nervenzusammenbruch bekam oder sich mit Selbstmordgedanken trug. Klaus wollte einfach nur das, was ihm zustand. Er hatte das Testament seiner Mutter nicht anfechten können, zumal er eine beträchtliche Geldsumme und drei Wohnungen in Dortmund und Bochum geerbt hatte. Außerdem wurde bereits im Testament festgelegt, dass ihm nach dem Tod seiner Patentante Doris das Haus sowieso zugesprochen würde. Bis dahin hatte sie uneingeschränktes und alleiniges Wohnrecht. Aber darauf wollte Klaus nicht warten. Er wollte aus dem Schmuckstück mitten in Winterberg ein Luxushotel für eine kleine, aber feine Klientel erschaffen. Der Umbau würde einige Zeit und viel Geld in Anspruch nehmen, und damit wollte er jetzt beginnen. Klaus hatte für diesen genialen Plan bereits alle Hebel in Bewegung gesetzt. Von Gesprächen mit der Bank bis hin zu Aufträgen an seinen Architekten. Klaus legte das Smartphone beiseite und blickte auf die Pläne für sein Luxushotel, die in seinem Büro die Wände schmückten.

Die Entscheidung stand fest: an Heiligabend würde es Sauerländer Potthucke geben – das konnte sie gut vorbereiten, und für die Vegetarier und Veganer gab es dann Grünkohl westfälische Art. Natürlich ohne Speck, Mettwurst und Schmalz gekocht. Konnte Doris ja egal sein, ob es schmeckte oder nicht. Ihr Lieblingsneffe Klaus würde für die Getränke sorgen, seine Frau Anna den Nachtisch machen, und alle anderen Gäste würden für die darauffolgenden Tage die Einkäufe und das Kochen erledigen. Das hatte sie gerade beschlossen und darauf war sie sehr stolz. Sie würde ihren Gästen die Suppe gewaltig versalzen, aber das war ihr egal. Doris spürte, wie ihr Herz laut und schnell pochte. Diese Entscheidung würde vielleicht für Unmut ihrer Gäste sorgen, vor allem bei ihrem Patenkind Klaus, aber mit ein bisschen Glück würden sie absagen, wenn sie erfuhren, dass sie sich auch um das leibliche Wohl der gesamten Truppe kümmern mussten und nicht den ganzen Tag auf der Piste verbringen konnten. Außerdem hatte Doris schon die vage Vermutung, dass zum Worldcup der Rodler Mitte Januar oder zum Skispringen in Willingen Anfang Februar die ganze Mannschaft sie erneut belästigte. Damit musste jetzt endgültig Schluss sein. Doris goss sich einen doppelten Cognac ein. Den würde sie jetzt brauchen, um sich Mut anzutrinken, wenn sie gleich ihren Neffen anrief, um ihm diese Neuigkeiten mitzuteilen. »Ich bin die Herrin meines Hauses«, sagte sie und prostete sich mutig zu.

Klaus legte bedächtig das Smartphone auf den Küchentisch. Damit hatte er nicht gerechnet. Seine Tante Doris wollte also rebellieren. Er hatte sie noch nie so erlebt. Kaum dass er das Gespräch entgegengenommen hatte, legte seine Tante los. Sie wolle keine Geschenke, aber sie hätte eine Liste gemacht, wer für was zuständig sei. Außerdem solle jeder vorsichtshalber einen Schlafsack mitbringen, sie hätte nicht mehr genug Bettwäsche vorrätig, angeblich habe sie im Sommer tüchtig ausgemistet. Dann stöhnte sie über ihre Gicht und wie teuer doch alles geworden war, vor allem die Heizkosten fraßen sie auf, sodass sie beschlossen hatte, die oberen Räume des großen Hauses nicht mehr zu beheizen. Obendrein solle Klaus im Frühjahr doch mal zusehen, dass ein paar Dachdecker die Garage abdichteten. Sie befürchte, dass die Feuchtigkeit von der Garage in das angrenzende Wohnzimmer ziehen könne, und Klaus hatte ja schließlich ein florierendes Dachdeckerunternehmen. Dann erinnerte sie ihren Neffen erneut daran, dass sie zwar das große Haus, aber kein Geld geerbt habe und sie das mit ihrer kleinen Rente auf Dauer nicht stemmen könne. Sie hätte ihrer Schwester zwar versprechen müssen, das Anwesen nicht zu veräußern, aber wenn sie den Unterhalt nun mal nicht mehr leisten könne, dann müsse halt der nächste Erbe auch mal ran. Das Gespräch hatte sie damit beendet, dass im kommenden Jahr ein neues Hotel in der direkten Nachbarschaft eröffnen würde, dort könne er sich mit seinen Freunden demnächst einnisten, das wäre sowieso für alle einfacher, und sie würde sich dann selbstverständlich auch über seinen Besuch freuen. In ihrem Alter könne sie nicht immer für so viele Gäste auf einmal sorgen. Dafür habe sie keine Kraft mehr.

»So ein Mist!«, sagte Klaus laut und klopfte die Schnitzel platt. Beim Kochen konnte er am besten entspannen und nachdenken. Anna war noch in der Praxis und würde vor 19 Uhr nicht zu Hause sein. Mit ihr konnte er das Thema nicht besprechen. Anna mochte Tante Doris sehr und hatte kein Verständnis dafür, dass ihr Ehemann bereits Pläne für das Haus machte, obwohl Doris noch lebte. Klaus brauchte dringend einen Plan B, eine neue Strategie, wie er Doris so schnell wie möglich aus dem Haus bekam. Er hatte kein Interesse daran, erst die Garage zu flicken und in eine neue Heizung zu investieren, wenn er in naher Zukunft komplett umbauen würde, um aus dem Schmuckstück ein Luxushotel zu machen. Fakt war, er konnte von seinem Plan in diesem Jahr kaum abweichen, die Weihnachtstage bei Tante Doris zu verbringen: wie stünde er vor seinen Freunden und dem Rest der Familie da, die sich schon auf ihren Skiurlaub im Sauerland freuten? Dafür war es zu spät. Und wenn Tante Doris hoffte, er würde absagen, das konnte sie vergessen. Er würde es so machen, wie sie es wollte. Er würde sich die Garage mal anschauen und sich anhören, was sie sonst noch so für Probleme hatte, nur um den Schein zu wahren. Und dann musste er sich ein besonderes Highlight für sie einfallen lassen. Aber was? »Na warte, du bist nur die Hüterin meines Hauses. Jetzt reicht es«, sagte Klaus und stellte die Kartoffeln auf den Herd.

*

Heiligabend, 14 Uhr

Doris hatte lange mit sich gerungen. Sie wusste aus eigener Erfahrung, was eine Nussallergie bewirken konnte. Aber jetzt war ihr Neffe Klaus zu weit gegangen. Nicht nur, dass er jedes Jahr noch mehr Gäste einlud und ihre Bitte ignoriert hatte, was die Schlafsäcke betraf, dieses Mal hatte er zugelassen, dass einer seiner Freunde sein

176

Hausschwein mitgebracht hatte. Zur allgemeinen Belustigung der Gäste und zum großen Ärger der Gastgeberin. Ihr schönes Haus schien sich zur Weihnachtszeit zu einem Ort des Chaos' zu entwickeln. Damit war jetzt Schluss. Ein kleiner Schock würde ihm guttun, redete sie sich ein und rührte einen gehäuften Esslöffel Erdnusscreme, die sie vor fünf Jahren beim Einzug mit einem Geschenkkorb der Nachbarn erhalten hatte, unter die Potthucke. Doris war sich sicher, dass man in der Menge den Geschmacksunterschied zum Originalrezept nicht bemerken würde. Außerdem hatte sie unter die Mettwurst auch scharfe Chorizos gemischt, die für eine Geschmacksexplosion sorgen würden. Klaus würde auf jeden Fall davon kosten, er probierte immer alles, zumal er auf den veganen Grünkohl dankend verzichten würde. Während Doris die Kartoffeln mit Sahne und Eiern mischte und zu dem Speck und den Würstchen gab, überlegte sie angestrengt weiter: Da in diesem Gericht reichlich Sahne zugegeben wurde, konnte sie sicher sein, dass auch die junge Dame mit der Laktoseintoleranz lieber zum Grünkohl greifen würde. Die anderen kannte sie mittlerweile alle und wusste, dass sie selbst und ihr Neffe die Einzigen mit Nussallergie waren. Einen Moment schauderte ihr bei dem Gedanken, dass sie selbst jetzt auch diesen geschmacklosen Grünkohl essen musste, aber sie wusste ja, wofür sie dieses Opfer brachte. Sie verschloss das Glas mit der Erdnusscreme und wickelte es sorgfältig in Zeitungspapier, bevor es im Restmüll landete.

*

177

Heiligabend, 18 Uhr

Der Tag hatte für Klaus nicht gut angefangen. Anna hatte ihm deutlich erklärt, dass sie seine Spielchen, die er mit seiner Patentante trieb, langsam zu kindisch fand, und ihm mitgeteilt, dass sie Heiligabend lieber bei ihren Eltern verbringen wollte. Sie hatte ihm den von Doris gewünschten Pudding gemacht und war dann wütend losgefahren Richtung Köln. Sie würde vielleicht am zweiten Weihnachtstag nachkommen, hatte sie knapp zum Abschied gesagt, aber er solle nicht auf sie warten. Sie hätte schließlich Urlaub bis Silvester. Dann wies sie ihn darauf hin, dass er die Schokostreusel zur Deko für die Herrencreme erst kurz vorm Servieren draufstreuen sollte. Klaus hatte die Gelegenheit genutzt und einen Löffel Erdnusscreme sorgfältig untergerührt, die er vorher besorgt hatte, und war sich sicher, dass der Geschmack des Puddings für alle anderen nicht verräterisch war. Insgeheim hoffte er, seine Tante würde an dem allergischen Schock sterben. Seine Geduld war jetzt am Ende. Wenn sie rebellierte, na bitte, dann eben so. Aus Erfahrung wusste er, dass alle Gäste bis zum Nachtisch gut angetrunken waren und lange brauchten, um zu verstehen, was da passierte, wenn seine Tante zu ersticken drohte und sich röchelnd am Boden wand. Keiner hatte gesehen, dass er den Pudding mitgebracht hatte. Anna war weit weg und würde erst viel später von Doris' Tod erfahren. Und er würde ihr sicherlich nicht erzählen, woran sie gestorben war. Er musste nur auf der Hut sein, dass die Sanitäter, die dann irgendwann auftauchten, auf seine falsche Fährte gelenkt werden konnten. Bereits am Nachmittag, als alle angereist waren und seine Tante in der Küche werkelte, hatte er ihnen vorgelogen, Tante Doris klage

178

über Beschwerden in der Brust und fühle sich nach einer heftigen Grippe schlapp, also solle man sie bitte in Ruhe lassen. Außerdem habe er beschlossen, dass die kommenden Tage jeder mal für das Kochen zuständig sei. Alle hatten zugestimmt und auf das Wohl ihrer Gastgeberin angestoßen. Die wenigen, die schon jetzt beim Zubereiten des Essens helfen wollten, konnte Klaus abwimmeln. Tante Doris mache alles ganz in Ruhe und wie immer gerne allein, und man solle auf jeden Fall ihr Essen loben, auch wenn es mal nicht so schmecke, damit es keinen Anlass zur Aufregung für sie gab. Klaus war stolz auf seine kreativen Einfälle. Es musste einfach klappen. Alle wussten jetzt, dass es Tante Doris nicht gut ging, und in ihrem Alter konnte ja auch immer mal etwas passieren. Die 79-Jährige war zwar erstaunlich rüstig, aber das eine oder andere Wehwehchen machte sich bei ihr mittlerweile auch bemerkbar. Du bist ein schlauer Fuchs, dachte er und nippte an seinem Weinglas. Er hatte schon beim Baumschmücken dafür gesorgt, dass die Gläser seiner Gäste immer gefüllt waren, und öffnete auch jetzt vor dem Essen direkt drei Flaschen Rotwein. Gleich würde das Festtagsmenü serviert, und in spätestens zwei Stunden wäre alles erledigt und er der wahre Herr des Hauses. Was für ein Fest!

*

1. Weihnachtstag, 17 Uhr

Doris saß am Küchentisch und trank Kaffee. Sie war immer noch zu aufgewühlt, um sich auszuruhen. Die Küche sah aus wie ein Schlachtfeld, aber sie hatte darauf bestanden, dass die Gäste abreisten, ohne ihr vorher beim Aufräu-

179

men und beim Abwasch zu helfen. Es war alles so einfach gewesen. Fast wie ein gut durchdachter Mordplan in einem Film von Alfred Hitchcock. Doris konnte es immer noch nicht glauben. Sie hatte gar nicht gewusst, dass ihr Neffe Klaus unter zu hohem Blutdruck litt. Wen wunderte es auch bei seinem Lebensstil und in seinem Alter. Er hätte doch auf sich aufpassen müssen! Die Sanitäter hatten das Blutdruckmedikament in Klaus' Tasche gefunden und konnten seinen plötzlichen Tod schnell diagnostizieren. Die anderen Gäste waren zu geschockt gewesen und auch zu betrunken, um zu erklären, dass Klaus vor seinem Herzstillstand hustend und röchelnd am Boden gelegen hatte. Niemand hatte Verdacht geschöpft. Hinzu kam, dass das laktoseintolerante Hipster-Mädel einen derart hysterischen Schreikrampf bekommen hatte, dass die Sanitäter erst einmal mit ihr beschäftigt waren und sie ins Krankenhaus bringen mussten. In dem Chaos von betrunkenen und kurz vor der Ohnmacht stehenden Gästen hatte Doris unbemerkt die Schüssel mit der angereicherten Potthucke vom Tisch nehmen können und in der Kommode im Flur zwischengeparkt.

»Es war so einfach«, sagte Doris zu sich und sah sich in ihrer unordentlichen Küche um. Sie hatte ihren Neffen nur schocken wollen, seinen Tod hatte sie nicht gewünscht. Aber sie musste zugeben, dass es sich so viel besser anfühlte. Im Grunde hatte er es nur provoziert. Es musste ja irgendwann so enden. Doris lächelte. Das letzte Weihnachtsfest mit den vielen ungebetenen Gästen. Endlich war sie sie alle los. Doris atmete tief durch und griff nach der Schüssel mit dem Pudding, die niemand mehr angerührt hatte. Sie liebte Herrencreme, und Anna machte sie immer besonders gut. Sie nahm sich vor, die frischgebackene Witwe nach Klaus'

Beerdigung mal zu sich einzuladen. Anna gehörte zu den wenigen Gästen, die nie lange blieben und auch nicht lästig waren. Doris goss sich den letzten Schluck Kaffee ein, nahm sich die Schüssel Herrencreme und einen Suppenlöffel und ging hinüber ins Wohnzimmer, wo die Lichterkette am Tannenbaum seit gestern Nachmittag noch in vollem Glanz erstrahlte. Wie schön Weihnachten doch sein kann, wenn es so ruhig ist, dachte sie. Es dauerte gar nicht lange nach dem ersten Löffel Pudding, bis sich die Herrin des Hauses röchelnd auf dem Teppich wand und qualvoll starb. Ganz allein. Was für ein Fest!

Rezept: Sauerländer Potthucke

Zutaten:
  1 kg rohe Kartoffeln
  250 g gekochte Kartoffeln
  250 ml süße Sahne
  4 Eier
  100 g magerer Speck
  5 Mettwürstchen
  Salz, Pfeffer, weitere Gewürze und Kräuter nach
  Geschmack

Wer es etwas würziger und schärfer mag, nimmt anstelle
der Mettwürste spanische Chorizo.

Rohe Kartoffeln reiben, gekochte Kartoffeln stampfen, Speck
in kleine Stücke schneiden und auslassen. Speck und die in
Stücke geschnittenen Mettwürstchen in eine Auflaufform
geben. Die Kartoffelmasse mit Sahne, Eiern, Salz und Pfeffer mischen. Gewürze und Kräuter nach Geschmack dazu
und alles auf den Speck und die Mettwürstchen geben. Bei
220 Grad auf der mittleren Schiene ca. 60 Minuten backen.

DER PFANNKUCHEN-JUNKIE

Pfannkuchen in Hamm
Astrid Plötner

Ich liebe Pfannkuchen. Egal in welcher Variation, sie schmecken einfach nur fantastisch. Meine Eltern hatten vor vielen Jahren ein *Pfannkuchenhaus* in Hamm, und so durfte ich als Kind jeden Tag den betörenden Duft nach Pfannkuchen genießen. Da war für jeden Geschmack etwas dabei. Ob süß mit Rosinen, Nougatcreme, Bananen, Blaubeeren, Äpfeln, heißen Kirschen oder Ahornsirup, oder aber pikant mit Champignons, Kräuterquark, Schinken, Curryhuhn oder Hackfleischsoße, alle schmeckten köstlich. Leider wurden meine Eltern gezwungen, diese einmalige Gastronomie zu schließen. Daran trug Markus Wellendorf die Schuld. Er hat uns gedemütigt. Er hat uns das Leben schwergemacht. Er wollte uns vernichten. Nicht nur deswegen habe ich ihn in Gedanken schon Hunderte Male erschossen. Als Scharfschütze mit Präzisionsgewehr.

Heute ist es keine Vision. Ich werde ihn töten. Bereits vor dem Morgengrauen bin ich aufgebrochen, genau wie an jedem der letzten sieben Tage, wo ich ihn nur beobachtet habe. Oben auf meinem Aussichtspunkt, während ich genüsslich meinen Pfannkuchen gegessen habe. Einen von der einfachen Sorte, bestreut mit Zimt und Zucker oder bestrichen mit Marmelade, Apfelmus oder Nougatcreme.

Gesehen hat mich niemand. Aber selbst wenn sich ein Läufer, Radfahrer oder Spaziergänger so früh an einem Sonntag hierher verirren sollte, niemand wird mich in meiner Kostümierung als Weihnachtsmann erkennen. Der rote Plüschanzug ist warm und genau richtig für die eisigen Temperaturen an diesem dritten Advent. Um meine Hüfte habe ich einen breiten schwarzen Gürtel geschnürt, der das Kissen vor meinem Bauch fixiert, sodass ich dicker aussehe, als ich bin. Mein dunkles Haar verdeckt eine rote Zipfelmütze, aus der weißes Kunsthaar quillt, und an meinem Kinn hängt ein weißer Rauschebart. Sogar meine Augenfarbe Bernsteinbraun habe ich mit Kontaktlinsen in Himmelblau geändert. Mich wird niemand erkennen.

Die Stahlstufen vibrieren unter meinen schweren Springerstiefeln, als ich die Wendeltreppe zu meinem Schießpunkt hinaufsteige. In der Holzkabine, die einem Hochstand ähnelt, wie man sie aus den Wäldern kennt, packe ich mein Gewehr aus dem Jutesack. Ich schraube es zusammen und knie mich vor die Fensteröffnung oben auf dem 15 Meter hohen Aussichtsturm am Helmut-Plontke-Weg. Dann nehme ich die Umgebung durch das Zielfernrohr in Augenschein. Zu dieser frühen Stunde ist noch niemand in den Lippeauen unterwegs. Ein Blick auf die Uhr sagt mir, dass ich noch fünf Minuten Zeit habe, bis er in Erscheinung tritt. Ich lege das Gewehr beiseite und greife in den Jutesack. Die blaue Tupperdose ist aus meiner Schulzeit. Ich öffne sie, und ein Duft von Zimt steigt in meine Nase. Der Pfannkuchen schmeckt fantastisch. Drei Minuten später mache ich mich bereit.

Erneut blicke ich durch den Sucher. Vor mir der Datteln-Hamm-Kanal, hinter mir die Lippeauen, durch die sich in einiger Entfernung die Lippe schlängelt. Obwohl ich in Hamm aufgewachsen bin, erscheint mir diese Idylle unwirklich. Ich habe die Stadt grau und kalt in Erinnerung. Seit meiner Flucht aus dem Ruhrpott hat sich vieles verändert, aber es liegt mir nichts ferner, als mich erneut hier niederzulassen. Ich werde meinen Auftrag erledigen, und dann nichts wie weg.

Um keinerlei Aufmerksamkeit zu erregen, habe ich mich in keinem Hotel und auch keiner Pension eingemietet, sondern bin in eine Laube des Kleingärtnervereins im nahen Ortsteil Mark eingebrochen. Die Nächte im Schlafsack auf der Sonnenliege waren etwas ungemütlich, aber die Bezahlung meines Auftraggebers ist fürstlich. und da muss man solche Umstände eben aushalten. In der Anlage hat mich niemand bemerkt. Zu dieser Jahreszeit ist da kaum etwas los, und inzwischen habe ich das Feld bereits wieder geräumt. Mein Mietwagen steht in knapper Entfernung auf dem riesigen Parkplatz des Erlebnisbades *Maximare*. Dort habe ich mir auch ein Fahrrad geknackt, mit dem ich seither hin und her gependelt bin. Immer in meiner Kostümierung als Weihnachtsmann.

Der Geschmack des Pfannkuchens betört noch meinen Gaumen, als ich durch das Fadenkreuz des Suchers auf die Strecke des Helmut-Plontke-Wegs blicke, wo Markus Wellendorf jeden Morgen um 7 Uhr entlangjoggt. Ich habe herausgefunden, dass sein Tagesablauf minutiös geplant ist. Etwa drei Minuten werde ich ihn nah genug im Visier haben, auf seiner Laufstrecke von Hamm-Heesen Richtung Uentrop, entlang am Kanal, wo zu dieser Jahreszeit höchstens einige Frachter entlangschippern.

Endlich! Ich erkenne in der Ferne das grellgelbe Sportshirt und die dunkle hautenge Laufhose, dazu die ebenfalls gelben Sportschuhe. Jetzt gilt es, den richtigen Moment abzupassen. Gleich werde ich abdrücken. Er muss nur noch etwas näher kommen.

Ich kenne Markus schon eine Ewigkeit. Genau genommen seit der fünften Klasse. Bereits am ersten Schultag im Freiherr-vom-Stein-Gymnasium hat er an mir ein Exempel statuiert.

»Seht euch den an!«, hatte er gerufen und dabei mit ausgestrecktem Finger auf mich gezeigt.

Zugegeben, ich sah als Zehnjähriger anders aus als die Masse. Ich trug zu *Aldi*-Jeans ein gestärktes weißes Oberhemd und darüber den von Oma Hilde gestrickten Pullunder mit Rautenmuster, der über meinem Bauch ziemlich spannte.

»Das ist David Schmidt«, hatte Lotta mit ihrer glockenhellen Stimme erklärt. Wir waren bereits in der Grundschule in einer Klasse gewesen. Sie sah damals wie ein Engel aus mit ihren hüftlangen blonden Locken. »Seinen Eltern gehört das *Pfannkuchenhaus*.«

Markus war auf mich zugekommen, hatte sich lässig vor mir aufgebaut und gegrinst. Die Daumen in den Vordertaschen seiner *Lewis* eingehakt, mit weißen *Adidas*-Turnschuhen und Polohemd, auf dem ein grünes Krokodil appliziert war. »Der David!«, hatte er gerufen, wobei sein Grinsen breiter wurde. Ich hatte seinen Atem im Gesicht gespürt, so nah war er mir gekommen. »Dann hast du doch bestimmt einen Pfannkuchen in deiner Brotdose. Zeig mal her!«

Damals war ich tatsächlich so dämlich, ihm die blaue Tupperdose entgegenzuhalten, in der sich ein Pfannkuchen mit Nusscreme befand.

»Das macht dick, David«, hatte Markus in gespielter Empörung gebrüllt und sich wie ein Oberlehrer aufge-

186

führt. »Du bist fett und wirst immer fetter! Du solltest Salat essen und Sport treiben.«

Die umstehenden Mitschüler hatten gelacht und Markus sich in der Aufmerksamkeit gesonnt, dabei die Arme vor der Brust verschränkt und die Stirn krausgezogen, als denke er scharf nach. »David Schmidt klingt öde.« Nach einer kleinen Pause hatte er mit den Fingern geschnippt, als habe er einen genialen Einfall. »Pfannkuchen-Junkie! Das passt!« Er hatte sich halb totgelacht und zum Takt in die Hände geklatscht, wobei er zu einem Sprechchor anstimmte: »Pfannkuchen-Junkie! Pfannkuchen-Junkie!« Bald hatte die ganze Klasse mitgegrölt und erst aufgehört, als unser Lehrer kam und für Ruhe sorgte. Der Spitzname haftete mir von diesem Tag an, und ich hasste Markus dafür. Viel mehr aber verachtete ich mich selbst, weil ich nie den Mut aufbrachte, mich gegen seine Schikanen zu wehren.

Ich sehe ihn jetzt am Kanal, immer noch zu weit entfernt für einen gezielten Schuss. Er macht Dehnübungen und Kniebeugen. Ich gönne ihm die Galgenfrist. Sein Ende wartet in Form einer Patrone im Lauf meines Präzisionsgewehrs. Geduld gehört zu den höchsten Tugenden in meinem Job. Dennoch könnte er sich beeilen. Ich freue mich auf den nächsten Pfannkuchen mit Blaubeeren, den ich mir gestern Abend noch zubereitet habe, als Belohnung für die getane Arbeit.

Markus hat mich mit seiner Schikane nicht vom Pfannkuchen essen abbringen können. In der Schulzeit hatte ich es mir allerdings abgewöhnt, meine Leibspeise während der Pausen vor Publikum zu essen. Mein Spitzname haftete mir dennoch weiter an. Selbst beim Abiball nannten sie mich noch Pfannkuchen-Junkie, obwohl ich mir mit Krafttraining längst eine sportliche Figur zugelegt hatte.

Ich hoffte, mit dem Abitur wäre ich die Schikanen von Markus Wellendorf endlich los. Aber weit gefehlt!

Da ich nach dem Abi nicht genau wusste, wohin mein beruflicher Weg mich führen sollte, begann ich zunächst eine Ausbildung als Koch im *Pfannkuchenhaus* meiner Eltern. Deshalb behielt ich den Werdegang von Markus Wellendorf im Auge. Als er Lotta heiratete, deren Eltern Eigentümer einer Beton-Fabrik in Hamm waren, versetzte es mir einen Stich ins Herz. Seit Langem hatte ich selbst für den blonden Engel geschwärmt, mich aber nie getraut, ihr meine Gefühle zu gestehen. Den zweiten Hieb versetzte Wellendorf mir Jahre später, als ich bereits ausgelernt war und in den Betrieb meiner Eltern als Compagnon einsteigen wollte. In seiner Position als leitender Mitarbeiter der Stadt Hamm hatte Markus sich scheinbar vorgenommen, sich an meinen Eltern festzubeißen. Ob es daran lag, dass ich mich manchmal mit Lotta traf? Ich kann nicht beweisen, dass er hinter den Schikanen steckte, aber wer sonst sollte so etwas Bösartiges tun? Denn plötzlich stand fast jeden Tag ein Mitarbeiter des Ordnungsamts im *Pfannkuchenhaus*. Mal war die Treppe zur Galerie nicht gut genug gesichert und sollte erneuert werden. Dann sollte ein Schild angebracht werden, das auf den Notausgang hinwies. Ein anderes Mal war die Außenterrasse nicht als Gastronomie gekennzeichnet. Widerlich war, dass man uns vorwarf, in unserer Küche würde nicht sauber gearbeitet. Das stimmte nicht. Hygiene stand bei uns an oberster Stelle. Die stetige Präsenz der Mitarbeiter des Ordnungsamts in unserer Gaststube vergraulte uns jedenfalls die Gäste. Der Höhepunkt der Schikane war die Neueröffnung eines *Flammkuchenhauses* in unserer Straße schräg gegenüber. Dort durften auch Pfannkuchen angeboten werden. Bei uns blieben die Gäste aus, und der Konkurrenz liefen sie die Tür ein. Wir konnten diesem Gegenwind nicht lange Paroli bieten, und ein halbes Jahr später meldeten wir Konkurs an.

Meine Eltern verkauften das *Pfannkuchenhaus* in Hamm und zogen in eine Mietswohnung nach Bochum, wo Vater eine neue Arbeit als Koch in einem Hotel fand und Mutter sich als Zimmermädchen durchschlug. Ich beschloss, eine völlig andere Laufbahn einzuschlagen, und ging zum Bund. Mir gefiel das Dasein als Berufssoldat. Ich war stets konzentriert und mit vollem Einsatz bei der Sache. Nach nur drei Jahren Dienstzeit schlug mir mein Truppenleiter eine Spezialausbildung als Scharfschütze vor. Ich nahm das Angebot begeistert an. Es war das erste Mal in meinem Leben, dass mir eine Aufgabe so richtig Spaß machte. Denn bei jedem Ziel, das ich in Zukunft anvisieren würde, sah ich die Visage von Markus Wellendorf vor mir. In Gedanken erschoss ich ihn an die 100 Mal. Sein Gesicht, seine Demütigungen hatten sich unauslöschlich in mein Gehirn gebrannt, und mit jedem Schuss, den ich im Geiste auf ihn abfeuerte, fühlte ich mich besser.

Mittlerweile bin ich Anfang 40. Ich habe in den letzten Jahren oft Auslandseinsätze mit der Bundeswehr gehabt und dabei meinen Job exzellent erledigt. Ich bin einer der Besten. Aus dem Grund hat es meine Truppe schwer getroffen, als ich meinen Abschied eingereicht habe. Durch einen Kontakt im Nahen Osten hatte ich herausgefunden, dass man als Sniper sein Geld viel schneller verdienen kann. Es ist tatsächlich unglaublich, wie fieberhaft nach Scharfschützen gesucht wird, um lästige Mitmenschen ins Jenseits zu befördern. Nicht unbedingt in Deutschland. Aber durchaus im europäischen Ausland. Und mit guten Refe-

189

renzen wird man immer wieder gebucht. Ich nenne mich Mr Smith und arbeitete sauber und unkompliziert.

Hätte ich je geahnt, dass Markus mal mein Auftrag werden könnte, hätte ich die Zeit als Pfannkuchen-Junkie sicherlich leichter ertragen. Normalerweise erfahre ich in meinem Job nie, wer der Auftraggeber ist, in diesem Fall weiß ich es jedoch. Es sind Lotta und ihre Mutter. 15.000 Euro ist ihnen das Ableben von Markus wert. Warum sie ihn aus ihrem Leben verbannen wollen, weiß ich leider nicht. Aber die Frauen werden schon ihren Grund haben.

Von meinem Posten auf dem Aussichtsturm am Helmuth-Plontke-Weg behalte ich Markus weiterhin durch das Zielfernrohr meines Präzisionsgewehrs im Auge. Er hat seine Dehnübungen beendet und nähert sich in schnellem Tempo. Bald erkenne ich jedes Detail im Fadenkreuz: seine Lachfalten an den Augen, die ersten grauen Strähnen, die sich in das volle dunkle Haar mischen, und das antrainierte Sixpack, das sich durchs Sportshirt abzeichnet.

Mein Zeigefinger spannt sich um den Auslöser. Im perfekten Moment drücke ich ab, sehe kurz darauf ein winziges Loch in seiner Stirn, aus dem langsam etwas Blut sickert, dann sackt er zusammen. Niemand sonst ist auf dem Weg, der neben dem Datteln-Hamm-Kanal entlangführt. Ich lächle, schraube die Waffe auseinander und verstaue den Gewehrkoffer im Nikolaussack. Dann verlasse ich den Aussichtspunkt über die stählerne Wendeltreppe, die unter meinen schwarzen Springerstiefeln ächzt. Ich werfe mir den Sack über den Rücken und radele einhändig zum Parkplatz des *Maximare*. Meine Reisetasche habe ich bereits im Kofferraum des Mietwagens verstaut. Ich werfe das Weihnachtsmannkostüm dazu, setze mich hinters

190

Steuer und fahre los. Mein Job ist erledigt. Ich bin absolut sicher, dass mich niemand beobachtet hat, und fühle mich erleichtert. Fast so, als wäre es mir gelungen, einen bösartigen Tumor, der mir seit der Kindheit aufs Gemüt drückt, endlich los zu sein. Lotta wird in der Öffentlichkeit um ihren Ehemann trauern. Man wird ihr keine Verbindung zu meiner Agentur nachweisen können. Ich bin glücklich, summe leise einen Radiosong mit und greife in die Vorratsdose. Der Blaubeer-Pfannkuchen schmeckt fantastisch. Für den Rest des Jahres liegt kein weiterer Auftrag an. Ich freue mich auf die Weihnachtstage, auf mein Zuhause in Monaco, das ich mit Glück am späten Abend erreichen kann.

Rezept: Blaubeer-Pfannkuchen

Zutaten:
  3 EL Mehl gehäuft
  1 Ei
  100 g Blaubeeren
  1 Prise Salz
  Milch nach Bedarf, Öl zum Backen
  Zucker zum Bestreuen

Frische Blaubeeren waschen, TK Blaubeeren antauen. Mehl und Salz mit Schneebesen vermischen, langsam Milch unterrühren, aufpassen, dass sich keine Klümpchen bilden. Ist der Teig dickflüssig, das Ei unterschlagen. Teig 30 Minuten ruhen lassen. Pfanne mit etwas Öl erhitzen, Teig nochmals durchrühren, evtl. Milch zugeben. Teig in Pfanne geben und mit einem Esslöffel die Blaubeeren darauf verteilen. Bei schwacher Hitze goldbraun backen, dann mit einem Pfannenwender den Pfannkuchen wenden und durchbacken. Fertigen Pfannkuchen auf Teller gleiten lassen und mit Zucker bestreuen.

EIN TRAUM VON ACAPULCO

Cocktail Acapulco Dream in Jagdhaus
Anke Kemper

Erika Schönbrink legte den Brief mit zittrigen Händen beiseite. Mittlerweile dämmerte es, der Sturm hatte zugelegt, und die Schneeflocken tanzten wild vor dem Küchenfenster auf und ab. Erika liebte ihr kleines Häuschen in Jagdhaus. Der Ort mit nur 74 Einwohnern schien fernab der Zivilisation zu liegen und war für Urlauber ein Kleinod an Ruhe und Erholung. Das nächstgrößere Dorf Fleckenberg lag nur fünf Kilometer entfernt, und wenn sie größere Einkäufe und Besorgungen zu erledigen hatte, fuhr sie nach Schmallenberg. Alles, was sie brauchte, war einfach zu erreichen. Und doch hatte Erika gehofft, endlich einen Neuanfang mit ihrer großen Liebe fernab des Sauerlandes zu schaffen. Vor knapp einem halben Jahr hatte sie nicht einmal zu träumen gewagt, dass sie sich in ihrem Alter von 56 Jahren noch einmal verlieben würde. Sie hatte sich in ihrem einsamen Leben, das aus arbeiten, Freunde treffen, zweimal die Woche Sportstudio, fernsehen und schlafen gehen bestand, zurechtgefunden und nie erhofft, dass sich hieran jemals etwas ändern würde. Aus der Traum. Von einem Tag auf den anderen hatte sich wieder alles Richtung Einsamkeit und Langeweile geändert. Erika schnäuzte sich laut. Das konnte einfach alles nicht wahr sein. Wie stand sie jetzt da vor ihren Nachbarn, Freunden und Kollegen im Steuerbüro? Sie konnte ihre mitleidigen Blicke bereits sehen, das Getuschel hinter ihrem Rücken hören. Ein Albtraum.

»Das muss ein Irrtum sein«, sagte sie zu sich und schnäuzte sich erneut. Ihrer Schwester hatte sie noch nichts von ihrer neuen Flamme und ihren großen Plänen erzählt. Das war auch gut so. Sie würde nur wieder kritisieren: »Ich hab's dir doch gesagt. Wieso hast du damals nicht den Fred geheiratet? So ein guter Mann. Der hätte dich auf Händen getragen.« Erika konnte die Litanei schon auswendig. Ihre Schwester hatte leicht reden. Sie hatte einen gut aussehenden, erfolgreichen Mann und zwei erwachsene Kinder, die auch bereits Heiratspläne schmiedeten. Alles war perfekt in ihrer Welt.

»Überall heile Welt, nur nicht bei mir«, sagte Erika und kämpfte erneut mit den Tränen. »Das Leben ist unfair.«

Die Kerzen auf dem Adventskranz waren mittlerweile fast runtergebrannt, der Kaffee erkaltet. Vor ihr häuften sich die benutzten Papiertaschentücher. Der Stapel mit den Weihnachtskarten lag ordentlich sortiert an der Tischkante, den computergeschriebenen Brief hatte sie direkt vor sich platziert. Erika starrte ins Nichts, in ihrem Kopf hämmerte es bedrohlich, das Blut rauschte in ihren Ohren. Der Topf mit den angebrannten Kartoffeln vom Mittagessen stand in der Spüle. Das Rahmschnitzel, das sie sich für heute zubereitet und im Backofen vergessen hatte, war steinhart und direkt im Müll gelandet. Obwohl sie seit dem Frühstück nichts gegessen hatte, war ihr speiübel, wenn sie an Essen denken musste. Erika wusste nicht, wie viel Zeit mittlerweile verstrichen war, von dem Zeitpunkt, als der Postbote ihr gegen Mittag die Weihnachtspost und zwei Päckchen

194

überreicht hatte, bis zu diesem einen Moment, wo sie die ersten Zeilen des Briefes gelesen hatte. Der Brief einer ihr völlig fremden Person. Der Brief, der ihr neues, wundervolles Leben komplett auf den Kopf stellte und ad absurdum führte.

Erika hatte sich in den Schlaf geweint und unruhig hin und her gewälzt. Um 1 Uhr wachte sie auf und nahm eine Schlaftablette. Um 7 Uhr rasselte der Wecker, und sie stand etwas wackelig auf, zog eine Wolljacke über den Schlafanzug, schlüpfte in ihre Filzpantoffel und ging hinunter in die Küche. Ihr Kopf fühlte sich an wie ein leeres Fass. Erika goss sich ein Glas Mineralwasser ein und suchte in ihrer Handtasche nach *Aspirin*. Obwohl ihr Magen laut protestierte, brachte sie der Gedanke an Essen fast zum Würgen. Ihre Oma hatte immer zu ihr gesagt, am nächsten Morgen sieht die Welt wieder ganz anders aus. Erika hoffte aus tiefstem Herzen, dass diese Weisheit auch für sie stimmen würde.

Im Grunde gab es nur zwei Möglichkeiten: Entweder die Briefschreiberin hatte sich ein Lügengeflecht zurechtgebastelt, oder Rüdiger log und betrog sie nach Strich und Faden. Während sich das *Aspirin* im Wasser auflöste, nahm sie ihren Kalender, zog einen Schreibblock und einen Kugelschreiber aus der Küchenschublade und setzte sich an den Tisch. Kurz schloss sie die Augen, atmete tief durch und versuchte, sich zu erinnern. Der erste Kontakt über die Dating Plattform. Ihr erstes Kennenlernen in einem teuren italienischen Restaurant. Seine Komplimente, die vielen Geschenke, ihre gemeinsamen Ausflüge. Die wunderbaren Nächte mit ihm zusammen. Was wusste sie eigentlich über ihn? Sie hatte an seinen Lippen gehangen, ihn bewundert und nichts infrage gestellt. Das Glücksgefühl, einen solchen attraktiven und weit gereisten Mann zu treffen, hatte ihren Verstand komplett ausgeschaltet.

»Du blöde Kuh!«, schalt sie sich und ließ erneut den Tränen freien Lauf. Sie hatte ihn zwar gefragt, was er beruflich machte, wo er herkam, ob seine Eltern noch lebten, ob er Geschwister habe und wer sein Freundeskreis war. Aber hatte er tatsächlich darauf geantwortet? Meistens war er ausgewichen. Er wäre selbstständiger Finanzberater und viel im In- und Ausland unterwegs. Seine Eltern waren bereits verstorben, Geschwister habe er keine. Das war es auch schon. Nichts weiter. Erika war fast vier Monate mit einem ihr völlig Fremden zusammen auf Wolke sieben geschwebt – gesteuert von ihren Hormonen und geblendet von einer rosafarbenen Brille auf der Nase. Und das passierte ihr, einer strategisch und logisch denkenden Bilanzbuchhalterin. Vorsichtig nahm sie den Brief zur Hand und las ihn erneut. Jedes Wort der Verfasserin war ein Schlag in die Magengrube, der Schlusssatz: »Sie haben mein tiefstes Mitgefühl …«, erinnerte eher an eine Trauerkarte. Ulrike hieß sie, kein Nachname, keine Adresse oder Telefonnummer, und auch der Poststempel war verwischt. Ich kann es jetzt glauben oder nicht, dachte Erika erneut. Und wieder flossen die Tränen. Sie schämte sich. Wie hatte sie auf so etwas reinfallen können? Und warum konnte sie dieser Brief nicht einen Tag eher erreicht haben? Gestern Morgen hätte die Bank noch geöffnet gehabt und sie hätte eine Chance gesehen, ihr Geld wieder zurückzubekommen. Jetzt war Wochenende und am Montag Heiliger Abend. Keine Chance, vor Donnerstag etwas zu erreichen. Auch die Polizei würde hier nichts machen können. Sie hatte ihm das Geld freiwillig überwiesen. Den Großteil ihrer Ersparnisse. Erika wusste nicht einmal seinen richtigen

Namen. Bei ihr hieß er Rüdiger, diese Ulrike nannte ihn Richard. Doch eine Verwechslung? Vielleicht ist ja alles nur ein böser Traum, dachte Erika und malte Kringel um die Summe, die sie für ihr gemeinsames Domizil in Acapulco angezahlt hatten. Für übernächste Woche hatte sie einen Termin bei einem Makler gemacht, der ihr kleines Haus in Jagdhaus verkaufen sollte, damit sie die Restsumme für ihr neues Leben im Ausland zur Verfügung hatte. Und nach Weihnachten, wenn ihr Chef allein im Büro die Stellung hielt, hatte sie vorgehabt, ihm die Kündigung zu überbringen. Erika stöhnte auf. Das durfte alles nicht wahr sein. »So nicht«, sagte sie schließlich, faltete den Brief zusammen und verstaute ihn mit den Weihnachtskarten, dem Schreibblock und ihrem Kalender in der Küchenschublade.

Erika hatte sich rausgeputzt. So, wie sie es immer tat, wenn sie sich mit ihrem Liebsten verabredete. Obwohl sie heute wahrscheinlich den halben Tag in der Küche stehen würde, um das Festmenü vorzubereiten, wollte sie nicht, dass Rüdiger irgendeine Veränderung an ihr bemerkte. Noch nicht.

»Schatz, ich habe übrigens neue Fotos von unserer Traumwohnung erhalten. Zeige ich dir gleich«, rief er vom Wohnzimmer her.

Erika antwortete nicht. Sie wusste schon, welche Fotos er ihr zeigen würde. Sie hatte die halbe Nacht damit zugebracht, Fotos im Internet zu finden über die angeblich zu verkaufende Traumwohnung in der Nähe der berühmten Meeresklippe La Quebrada in Acapulco. Für viel Geld mieten konnte man die Wohnung zwar, aber nicht kaufen. Dann hatte sie für sich bei *Facebook* einen Account eröffnet, um weitere Recherchen über ihren Rüdiger zu starten. Ihre Nichte hatte ihr derzeit erklärt, dass sie dort

197

tolle Menschen mit gleichen Interessen und in ihrem Alter kennenlernen könne, aber Erika mochte solche Plattformen im Bereich der Sozialen Medien nicht. Sie wusste auch gar nicht, was sie aus ihrem langweiligen Leben als Buchhalterin berichten sollte. Sie hatte eine Weile nach Rüdigers Foto unter allen möglichen Namen und Gruppen gesucht, war aber nicht fündig geworden. Auch hatte sie eine E-Mail an die Dating Plattform gesendet, wo sie angemeldet war und wo sie Rüdiger kennengelernt hatte. Als Antwort hatte sie lediglich eine automatische E-Mail erhalten, dass das Büro im neuen Jahr wieder geöffnet sei und man sich dann unverzüglich um ihr Anliegen kümmern würde.

»Jetzt wird es mal eben laut«, rief Rüdiger vom Wohnzimmer her und startete die Bohrmaschine. Er war auf die absurde Idee gekommen, dass man einen so großen Weihnachtsbaum nicht einfach in einen normalen Ständer klemmen, sondern zusätzlich mit einer Schnur an einen Haken in der Decke befestigen sollte. Das alte Fachwerkhaus hatte einige freigelegte Deckenbalken, an denen man problemlos Haken befestigen konnte. Erika hatte nicht widersprochen. So, wie sie es immer tat, sagte sie zu allem, was er wollte, ja. Er durfte nichts, aber auch gar nichts merken. Nicht die kleinste Veränderung an ihr. Noch nicht. Außerdem hatte so ein Haken in der Decke auch Vorteile, und sie hoffte, dass er einen großen, stabilen, mit einer Zugkraft von bis zu 80 Kilogramm nahm. Erika schmeckte das Essen ab und nahm erneut die Tabasco-Flasche, um nachzuwürzen. Mexikanisches Essen musste scharf sein.

Der Baum sah großartig aus. Das Essen schmeckte hervorragend, die festliche Stimmung ließ keine Wünsche offen. Rüdiger hatte ihr ein Collier aus Weißgold und Perlen geschenkt. Erika hatte schon vor drei Wochen für ihn eine teure Golfausrüstung gekauft, die er für die Golfplätze entlang von Acapulcos Stränden nutzen sollte. Rüdiger freute sich wie ein Kind und ließ bereits die ersten Golfbälle durch das Wohnzimmer rollen. Erika spielte ihre Begeisterung gekonnt. Er merkte nichts. Wie ein frisch Verliebter tänzelte er euphorisch um Erika herum und machte ihr Komplimente. Nach dem Nachtisch ging sie in die Küche, um einen Cocktail zuzubereiten, *Acapulco Dream* hieß dieses exotische Getränk. Lediglich in das Glas von Rüdiger ließ sie drei pulverisierte Schlaftabletten versinken. Jetzt geht es los, dachte sie und überreichte mit einem gekonnten Lächeln das Glas.

»Für dich, Liebling. Ein *Acapulco Dream* mit ein bisschen Rum, Tequila und Ananas. Der Ananassaft macht es etwas trüb, aber sehr lecker. Lass es dir schmecken«, sagte sie und beobachtete, wie ihr vermeintlicher Liebhaber genüsslich von dem Cocktail trank.

»Sehr lecker, das können wir bald immer bekommen. Wenn ich mir vorstelle, mit dir am Strand zu liegen und den Sonnenuntergang mit einem Cocktail zu genießen – kannst du dir etwas Besseres vorstellen?«, säuselte er und nahm erneut einen großen Schluck.

»Etwas Besseres? Oh ja, das glaube ich schon. Ich denke nämlich, ich werde im Sauerland bleiben. Warum sollte ich hier alles aufgeben? Außerdem würde mir der Winter doch sehr fehlen. Und meine Freunde und Nachbarn erst, ja sogar meine Arbeitskollegen und mein Chef. Nein, das gebe ich sicherlich nicht alles auf. Und schon gar nicht für dich.«

Rüdiger sah sie verdutzt an. »Wie meinst du denn das? Es ist doch alles geplant. Die Wohnung schon angezahlt.

In einem Monat können wir auswandern. Was habe ich denn falsch gemacht? Schatz, du kannst dir ruhig Zeit lassen, um hier alles zu klären. Das hatten wir doch so vereinbart. Ich reise vor und mache es für uns richtig schön. Und du kommst nach, wenn hier alles erledigt ist, das Haus verkauft und du deinen Arbeitsplatz verlassen kannst. Das ist doch ein guter Plan.« Rüdiger wirkte nervös und nahm einen weiteren großen Zug aus seinem Glas.

Erika schüttelte langsam den Kopf. »Ich habe es mir anders überlegt, mein Plan ist ein anderer. Richard oder Rüdiger oder wie immer du heißt. Und jetzt will ich mein Geld zurück.«

Rüdiger riss die Augen weit auf, stellte sein Glas ab und versuchte aufzustehen.

»Ist dir nicht gut?«, wollte Erika wissen. »Bleib lieber sitzen, sonst fällst du gleich um. Hier trink den Rest noch aus.« Erika reichte ihm erneut das Cocktailglas.

»Was hast du da hineingetan«, stammelte Rüdiger und ließ sich zurück auf den Stuhl fallen. Die Wirkung der Schlaftabletten setzte endlich ein. Jetzt ging sie zum nächsten Schritt über.

Erika hatte Rüdigers Brieftasche und den Laptop vor sich auf dem Wohnzimmertisch liegen. Torsten Krause hieß er laut Ausweis und lebte im Duisburger Stadtteil Hochheide in einer Hochhaussiedlung. Jetzt saß er gefesselt auf dem Stuhl, um den Kopf eine Schlinge, das Ende des Seiles führte über den Eichenbalken an der Decke und schließlich in Erikas linke Hand. Die Idee mit dem Seil hatte sie gehabt, als Torsten den Haken zur Befestigung des Weihnachtsbaumes in die Decke gebohrt hatte. Aber sie wollte kein Risiko eingehen und hatte sich für den stabilen Deckenbalken für die Hebelfunktion entschieden. Mit der Schlinge um den Hals hatte sie ihn noch besser im Griff. Erika wurde ungeduldig. Vielleicht hätte es eine Schlaftablette weniger auch getan, dachte sie und ruckelte vorsichtig am Seil, bis er hustend die Augen öffnete.

»Da sind wir ja wieder«, sagte Erika. »So, Torsten. Jetzt mal Butter bei die Fische: Ich bekomme von dir meine 40.000 Euro für die Anzahlung zurück, 890 Euro für das Golfset und für vier Monate meines wertvollen Lebens hätte ich gerne Schmerzensgeld in Höhe von 20.000 Euro. Sind zusammen 60.890 Euro, runden wir das Ganze auf 61.000 auf. Ist doch eine gute Summe, oder? Dein Golfset, das Collier und alle Geschenke, die ich von dir bekommen habe, findest du bereits in deinem Auto. Deinen gepackten Koffer übrigens auch. Sollte ich etwas vergessen haben, schicke ich es dir nach. Ich habe ja jetzt deine Adresse.« Erika verspürte diabolische Freude bei dem, was sie sagte und machte. Es war ein gutes Gefühl, die Fäden buchstäblich in der Hand zu haben.

»Du spinnst ja wohl total«, protestierte Torsten.

Erika antwortete mit einem heftigen Ruck an dem Seil. Am liebsten hätte sie ihn gleich erwürgt, aber sie musste erst ihr Geld zurückhaben.

»Ich habe Zeit«, sagte sie schließlich. »Du kannst gerne die ganze Nacht hier rumhängen. Mal schauen, wie lange du das aushältst. Ich kann aber auch die Polizei rufen, und dann erklärst du denen, warum du bei mir Rüdiger heißt, bei Ulrike bist du der Richard, und bei sonst wem heißt du wieder anders. Das finden die schon raus.«

»Du hast keinen Beweis«, rief Torsten mit piepsiger Stimme und wurde gleich mit einem Ruck an der Kehle daran erinnert, dass er die schlechteren Karten hatte.

»Es ist ganz einfach: Du überweist mir jetzt das Geld und ich lasse dich gehen, oder du wirst langsam, aber sicher ersticken. Bitte vergiss nicht, wir befinden uns hier in einem Ort, wo der nächste Nachbar einige 100 Meter entfernt wohnt. Alle sitzen am Heiligen Abend in ihrer warmen Stube mit der Familie zusammen. Keiner kümmert sich um das, was draußen passiert. Wie sagtest du es so nett: Du wohnst ja am Arsch der Welt. Kann man tatsächlich so sagen. Aber ich fühle mich richtig wohl hier. Und eine Leiche verschwinden zu lassen, ist überhaupt kein Problem.«

»Das machst du sowieso nicht«, antwortete Torsten weinerlich.

»Und noch etwas, bei der Dating Plattform wirst du gesperrt, da sorge ich für, und sollte ich erfahren, dass du mit der Masche irgendwie und irgendwo weitermachst, ich werde dich finden«, fügte sie noch hinzu und bekräftigte das Gesagte mit einem erneuten heftigen Ruck an dem Seil.

Erika war hoch zufrieden. Torsten hatte ihr schließlich resigniert die Zugangsdaten seiner Bank mitgeteilt, und sie konnte problemlos die Summe auf ihr Konto überweisen. Anschließend machte sie noch eine großzügige Geldspende in seinem Namen auf das Konto der *Tafel* in Schmallenberg. Er hatte sich bereits reichlich Geld zusammen gegaunert. Das stand schon mal fest. *Finanzberater*, Erika schnaubte verächtlich. Sie blickte auf die verschneiten Dächer von Jagdhaus und dachte einen Moment an die armen Frauen, die er übers Ohr gehauen hatte. Wie viele es auch waren, sie hatten sich sicherlich auch zu Tode geschämt und niemandem etwas von der Betrügerei erzählt. Erika hatte sein Geständnis auf dem Smartphone aufgenommen, sie hatte seinen Ausweis kopiert und ihm gedroht, sie würde ernst machen, wenn er noch einmal in ihre Nähe käme. Mit dem Seil um den Hals hatte sie ihn letzte Nacht nach draußen zu seinem Auto geführt. Er hatte sich nicht gewehrt und auch nicht mehr nach ihr umgesehen, als er die Auffahrt zu ihrem Haus hinunterfuhr, wohin auch immer der Weg ihn jetzt führen würde.

Rezept:
Cocktail Acapulco Dream

Zutaten:
   3 cl Tequila
   1 cl Rum
   8 cl Ananassaft
   4 cl Grapefruitsaft

Die Zutaten mit ein paar Eiswürfeln im Shaker kräftig schütteln und anschließend in ein zur Hälfte mit Crushed Ice gefülltes Longdrinkglas füllen (vorher abseihen). Das Glas mit einer Ananasecke dekorieren und mit Trinkhalm servieren.

GEHACKT UND UM DIE ECKE GEBRACHT

Grünkohl in Schwerte
Astrid Plötner

Maren blickte entsetzt auf den Küchenboden. Jetzt lag er da. Völlig reglos und endlich still. Und um ihn herum der ganze Grünkohl. Sie zuckte zusammen, als ein metallischer Laut zu ihr drang. Das breite Küchenmesser war ihr aus der Hand gefallen und schlitterte über die Bodenfliesen. »Heiko?«, hauchte Maren zaghaft. »Heiko? Bist du tot?«

Er rührte sich nicht. Lag einfach nur da, als würde er friedlich schlafen.

Maren legte das schwere Holzbrett aus der Hand, auf dem sie bis vor Kurzem den Grünkohl geschnitten hatte. Vorsichtig trat sie einen Schritt auf ihren Ehemann zu und beugte sich über ihn. Sie rechnete jeden Moment damit, dass sein Oberkörper hochschnellen, dass seine kräftigen Hände nach ihr schnappen würden. Aber er bewegte sich nicht. Langsam, wie in Zeitlupe, ging sie neben ihm in die Hocke. Sie konnte durch den dicken Norwegerpulli, den er trug, nicht erkennen, ob seine Brust sich zum Atmen hob und senkte. Vorsichtig schob Maren ihre Hand an seinen Hals, tastete nach der Hauptschlagader. Sie fühlte nichts. »Heiko?«, sagte sie etwas lauter und rüttelte an seiner Schulter. »Sag doch mal was!« Oder schweige für immer, fügte sie hoffnungsvoll in Gedanken hinzu. Sie hielt ihre Hand über seinen leicht geöffneten Mund. Dabei spürte sie keinen Atem. Langsam setzte sie sich auf die kalten Fliesen. Irgendwann tröpfelte die Gewissheit in ihr Hirn, dass sie Heiko getötet hatte. »Was mach ich denn jetzt?«, flüsterte sie. Auf keinen Fall wollte sie wegen diesem Arsch ins Gefängnis. Die Polizei anzurufen, kam also nicht infrage. »Ich rufe Nicole an!« Ihre beste Freundin wusste in jeder Situation einen Rat. Maren rappelte sich auf, behielt Heiko dabei jedoch genau im Auge. Sie fischte ihr Smartphone aus der Gesäßtasche und hielt inne. Nein! Kein Anruf. Sie durfte keinerlei Spuren hinterlassen, die zurückverfolgt werden konnten. Das sah man doch in jedem halbwegs guten Krimi.

Rückwärts schlich Maren aus der Küche und atmete auf. Heiko rührte sich immer noch nicht. Sie schloss die Tür und stand nun im Flur des Bauernhauses. Lediglich das Licht der Tannenbaumbeleuchtung drang vom Wohnzimmer her zu ihr. Sie schnappte sich ihre Jacke und wollte nach dem Autoschlüssel greifen. Ob die Polizei das Navi auch auslesen konnte, wenn sie kein Ziel eingab? Maren hatte wenig bis überhaupt kein technisches Verständnis in diesen Dingen. Aber um jegliches Risiko zu vermeiden, würde sie lieber mit dem Rad zu Nicole fahren. Sie zog die Haustür auf und betrat den Innenhof. Der Vollmond ließ die Hauswände in einem kalkigen Licht erstrahlen. Maren lief hinüber zum Schuppen, schnappte sich ihr Fahrrad und trat kräftig in die Pedale. Für die gut zwei Kilometer von ihrem Bauernhof, der im Wannebachtal am Rande von Schwerte-Wandhofen lag, bis hin zur Innen-

206

stadt, wo Nicole direkt über einer Buchhandlung wohnte, brauchte sie genau sieben Minuten. Die Weihnachtsbeleuchtung in der Innenstadt erinnerte Maren daran, dass die Stimmung eigentlich festlich sein sollte und nicht tödlich. Sie stellte ihr Rad vor dem Schaufenster des Buchladens ab und klingelte bei Wächter. Kurz darauf summte der Türöffner.

»Maren!«, rief Nicole überrascht, als sie die Freundin auf der Treppe sah. »Was machst du denn so spät noch hier? Warum hast du nicht vorher angerufen? Du hast Glück, dass ich schon wieder zu Hause bin. Das Date heute Abend lief echt beschissen.«

»Ach ja, dein Date«, fiel es Maren ein. Nicole ging seit Wochen jeden Samstag auf Beutezug. Die Feiertage ohne festen Freund zu verbringen, war ihr ein Gräuel. »Tut mir leid für den Überfall, aber du musst mir helfen«, keuchte sie, als die Wohnungstür hinter ihr ins Schloss fiel. »Ich habe Heiko getötet!«

Nicole blickte einen Moment überrascht auf, dann sagte sie trocken: »Kann ich verstehen, bei dem Kotzbrocken. Aber Scheidung wäre auch eine Option gewesen.«

»Was mach ich denn jetzt?« Allmählich wurde sich Maren der Konsequenzen bewusst. »Die Leiche muss weg! Dringend!«

»Was ist denn eigentlich genau passiert?«, fragte Nicole und schob Maren dabei auf ihre gemütliche Couch im Wohnzimmer.

»Ich habe den ganzen Tag Grünkohl geschnitten, weil der Häcksler dafür kaputt ist«, schluchzte Maren. Nicht, dass sie in Selbstmitleid über die Küchenarbeit zerfloss oder plötzlich um ihren Mann getrauert hätte, aber die Situation wuchs ihr allmählich über den Kopf. »Heiko wollte zehn Säcke für seine Kegelbrüder haben, zur Weihnachtsfeier. Die ist doch immer am dritten Advent. Tom sollte den Kohl morgen in der Früh abholen und kochen.«

»Tom? Der Bruder von Heiko? Der süße Hobbykoch, der dich immer so anhimmelt, als wärest du die einzige Frau auf Mutter Erde? Wie oft habe ich dir gesagt, du hast dich für den falschen Löffler entschieden?«

Maren bemerkte, wie ihr das Blut ins Gesicht schoss, und ärgerte sich darüber. »So ein Quatsch! Tom ist ganz nett, ja. Wir sind schließlich alle zusammen aufgewachsen. Der *Schweinehof Löffler* liegt nun mal direkt neben meinem. Toms selbstgemachte Mettwurst ist ein Gedicht, und kochen kann er tatsächlich fantastisch.«

»Na ja, ich bleib dabei, Tom hätte viel besser zu dir gepasst. Aber deshalb wirst du Heiko ja nicht abgemurkst haben«, meinte Nicole. »Jetzt erzähl! Was ist passiert?«

Maren seufzte. »Heiko hat mich den ganzen Tag nur angemeckert. Ich soll den Grünkohl feiner schneiden. Ich soll schneller machen. Ich würde zu gar nichts taugen.«

»Und dann?«

»Als er die große Wanne, wo der fertige Grünkohl drin war, vom Tisch gerissen und auf den Boden geschüttet hat, habe ich ihm das große Schneidebrett aus Holz mit Wucht vor seine blöde Visage geknallt. Er ist rückwärts getaumelt, hat das Gleichgewicht verloren und ist mit dem Hinterkopf gegen die Kommode geknallt. Du weißt schon, die schöne Anrichte von meiner Oma mit den vielen Schnitzereien drauf. Jedenfalls ist er zu Boden gegangen und hat sich danach nicht mehr gerührt.«

Nicole nickte, als sei der Fall glasklar. »Dumm gelaufen, aber du hast recht, Heiko muss weg. Wer weiß, was die Polizei für Schlüsse ziehen würde. Und Totschlag ist kein Kavaliersdelikt.« Sie stand auf. »Komm, wir nehmen meinen Wagen und bringen ihn zum Schwerter Wald.«

Maren stand zögernd auf. »Und wenn uns jemand sieht? Und wenn ihn jemand vermisst? Was soll ich seinen Kegelbrüdern sagen?«

Nicole stand schon an der Wohnungstür. »Wer soll uns auf eurem einsam gelegenen Hof schon beobachten? Und im Wald werden wir um diese Uhrzeit auch niemandem mehr begegnen. Es ist fast Mitternacht! Wie wir Heikos Verschwinden erklären, darüber können wir uns danach den Kopf zerbrechen.«

Maren nickte wie in Trance und folgte ihrer Freundin ins Treppenhaus. Sie wusste, dass Nicole ihren schwarzen Smart meist auf dem großen Parkplatz an der Straße Im Reiche des Wassers abstellte, weil sie dort nichts zu bezahlen brauchte. Dafür nahm sie den Fußweg von zehn Minuten zu ihrer Wohnung gerne in Kauf. »Ich bin mit dem Fahrrad hier, Nicole. Wir treffen uns bei mir auf dem Hof.«

Maren hatte ihr Fahrrad gerade in den Schuppen gebracht, als Nicole bereits auf den Innenhof fuhr. Gemeinsam betraten sie das Haus. Außer dem lauten Ticken der alten Standuhr im Flur war kein Laut zu hören. Leise schlichen sie Richtung Küche. Marens Herzschlag raste. War Heiko wirklich tot gewesen? Was, wenn er nicht mehr auf den Fliesen lag? Vielleicht stand er mit seinem alten Jagdgewehr hinter der Tür und wartete nur, dass sie endlich nach Hause kam.

Nicole spürte ihr Zögern und drängte an Maren vorbei. Sie betrat die Küche und betätigte den Lichtschalter.

Maren hielt die Luft an. Sie hörte, wie die Freundin scharf einatmete.

»Meine Güte!«, rief Nicole. »Hast du nicht gesagt, du hättest ihm nur einen Schlag mit dem Schneidebrett verpasst? Kannst du dich wirklich noch an alle Einzelheiten erinnern?«

Maren schaute ihre Freundin überrascht an und trat näher. Was sie sah, raubte ihr den Atem. Heiko lag nach wie vor am Boden, allerdings in etwas anderer Haltung, oder? Seine kalten blauen Augen waren doch eben geschlossen gewesen, jetzt starrten sie leblos zur Decke. Zudem steckte das Grünkohlmesser in seiner Brust. Bis zum Anschlag. Wer, um Himmels willen, hatte das gemacht? Maren hatte doch deutlich gehört, wie es zu Boden gefallen war. Oder nicht? Sollte sie selbst zugestochen haben? Konnte sie sich vielleicht nur nicht mehr daran erinnern? Sie begann zu zittern. Ihre Knie wurden weich. Sämtliche Farbe wich aus ihrem Gesicht. »Das ist nicht möglich«, hauchte sie leise. »Das kann ich nicht gemacht haben.«

»Du standest unter Schock, Maren!«, erwiderte Nicole. »Das ist jedenfalls kein Totschlag mehr, sondern Mord. Wir müssen Heiko hier wegschaffen und danach die Spuren beseitigen. Aber in mein Auto passt er nicht.« Sie beugte sich über den Toten und zog mit einem Ruck das Messer aus seiner Brust. »Hast du einen alten Teppich?«

Maren fühlte sich immer noch wie in Trance. Sie nickte nur und drehte sich um. Dann deutete sie auf den *IKEA*-Teppich im Flur. »Den können wir nehmen, der war günstig und hat sowieso schon Flecken, weil Heiko sich nie die Schuhe ausgezogen hat, wenn er vom Feld kam.«

Mit vereinten Kräften schleiften sie den Toten in den Flur, hievten ihn auf den Teppich und rollten ihn darin ein. »Ich fahr meinen Combi dann mal vor die Tür«, ächzte Maren mit hochrotem Kopf. Sie griff nach dem Autoschlüssel, lief auf den Hof und zögerte. Würde man nachweisen können, wohin ihre letzte Fahrt mit dem Auto gegangen war? Sie musste es darauf ankommen lassen. Sie konnten Heiko schlecht bis zum Schwerter Wald schleppen. Maren setzte sich hinters Steuer, setzte den Combi rückwärts vor die Haustür und hievte Heiko samt Teppich mit Nicoles Hilfe in den Kofferraum. Sie warf noch zwei Spaten hinterher und fuhr dann los, ohne das Navi einzuschalten. Maren wählte die Route durch den Ortsteil Holzen. Nur hier und da sah man noch Sterne und Pyramiden in den Fenstern leuchten, die meisten Häuser lagen im Dunkeln. Hinter Holzen passierten sie einige Felder, kurz dahinter erreichten sie einen Parkplatz im Schwerter Wald, einem über 700 Hektar großen Naherholungsgebiet zwischen Dortmund und Schwerte. Außer Marens Combi war kein Auto in Sicht. Einige einsame Laternen warfen etwas Licht auf den Platz. Schweigend stiegen die Frauen aus und zerrten den Teppich aus dem Kofferraum. Heiko plumpste mit Wucht auf den Boden. Vor ihnen ragten hohe Bäume wie die Wächter des Waldes in den Himmel.

»Wir hätten eine Schubkarre mitnehmen sollen«, meinte Nicole. »Und an Taschenlampen haben wir auch nicht gedacht. Egal. Wir wickeln die beiden Spaten mit in die Teppichrolle und dann schaffen wir Heiko möglichst tief in den Wald hinein. Sein Grab muss mindestens zwei Meter tief sein. Nicht, dass er in den nächsten Tagen von einem frei laufenden Hund ausgebuddelt wird.«

Allzu weit schleppten die beiden Frauen den Toten dann aber doch nicht. Maren schätzte, sie waren höchstens 30 Meter vom Parkplatz entfernt, als sie die Kräfte verließen. Schweigend begannen sie, ein Grab auszuheben. Sie schnauften und schwitzten. Nach einer Stunde hatten sie eine zwei Meter lange und einen halben Meter breite Mulde von etwa 40 Zentimetern Tiefe freigelegt. »Reicht das nicht?«, stöhnte Maren und stützte sich auf den Spatenstiel. »Ich bin am Ende. Ich kann nicht mehr.«

Nicole schüttelte den Kopf. »Reiß dich zusammen und grab!«

Gegen 4 Uhr in der Früh war das Loch etwa eineinhalb Meter tief. »Das muss jetzt aber genügen!«, rief Maren und warf ihren Spaten völlig entkräftet beiseite. Sie kletterte aus der Grube und setzte sich ins feuchte Laub. Das Mondlicht floss zwischen die Bäume wie silbriges Wasser.

Nicole schüppte weiter. Eine Spatenladung nach der anderen flog über ihre Schulter. Zehn Minuten später kletterte auch sie aus dem Grab und keuchte. »Pack mal mit an! Ist schließlich dein Ehemann!« Sie griff an ein Ende der Teppichrolle und wartete, bis Maren die andere Seite anhob. »Jetzt rein mit ihm!«, forderte sie. »Eins, zwei …«

Heiko plumpste in das Erdloch. Da die Grube nach unten hin wie ein Trichter stetig enger geworden war, klemmte er auf halber Höhe fest. Maren nahm den Spaten und stieß ihn mit Wucht immer wieder auf die Teppichrolle. Endlich sank er auf den Boden. »Puh! Jetzt nur noch Erde drauf! Das schaffen wir auch noch.« Sofort begann sie, das Loch wieder zu füllen. Nicole half ihr dabei.

»So, das wäre geschafft«, erklärte die Freundin nach einer weiteren halben Stunde, als sie das Erdloch durch stetiges Stampfen gefüllt und gefestigt hatten. »Nur noch etwas Laub drauf, und dann nichts wie weg von hier. Den Schwerter Wald werde ich in Zukunft erst mal meiden.«

Maren schob mit dem Fuß Laub auf das Grab. »Ich weiß gar nicht, wie ich dir danken soll.« Sie schluckte.

»Bring mich einfach schnell nach Hause. Mein Auto hole ich morgen ab. Ich bin todmüde«, erwiderte Nicole und gähnte.

Die Leuchtziffern im Display ihres Combis zeigten bereits eine Zeit von 6.24 Uhr an, als Maren endlich auf ihren Hof fuhr. Sie spürte jeden Knochen, jede einzelne Bewegung tat höllisch weh, dennoch brachte sie die beiden Spaten zunächst in den Schuppen und spülte sie dort mit Wasser ab. Ihre Schuhe säuberte sie ebenfalls. Danach betrat sie auf Socken das Wohnhaus. Nun würde sie noch die Küche gründlich reinigen müssen. Sollte die Polizei kommen, durfte kein Blut zu finden sein. In einer Reportage hatte sie einmal gesehen, dass man auch feinste Blutpartikel mit *Luminol* sichtbar machen konnte. Sie würde also sehr gründlich sein müssen. Noch immer fragte sie sich, wie das Messer in Heikos Brust gekommen war. Hatte sie tatsächlich selbst zugestochen? Konnte man solch eine Tat verdrängen? Vergessen?

Maren betrat die Küche, schaltete den Lichtschalter ein und erschrak im selben Moment. Heiko saß am Küchentisch! Das war doch nicht möglich. Sie hatte ihn doch gerade im Schwerter Wald vergraben. »Was … was tust du hier, Heiko?« Mit einem Blick sah Maren, dass der Grünkohl vom Boden verschwunden war. Die Küche wirkte blitzblank, als sei sie gründlich geputzt worden.

»Die Tür war auf«, erklärte der Mann und drehte sich um. Maren erkannte Tom, Heikos Zwillingsbruder. »Ihr habt wohl in der Panik vergessen abzuschließen.«

»Scheiße«, murmelte Maren nur, schleppte sich kraftlos zum Tisch und ließ sich gegenüber von Tom auf einen Stuhl fallen. Es war aus. Tom hatte sie überführt. Sie würde im Knast landen. »Ich wollte das nicht«, fügte sie leise hinzu.

»Ich schon«, erwiderte Tom ebenso leise. »Ich bereue nichts.«

Maren sah ihn fragend an. »Wie meinst du das?«

Tom stützte sich mit den Unterarmen auf der Tischplatte ab und ließ die Daumen umeinander kreisen. »Ich hatte einen echt anstrengenden Tag heute, Maren. Du weißt, wann ich als Schweinebauer morgens raus muss.« Er schien ihr Nicken nicht zu registrieren, denn er starrte wie gebannt auf seine sich drehenden Daumen. »Heiko wollte, dass ich für den Kegelklub Grünkohl mit Mettwürstchen koche. Eigentlich wollte ich den Schnitt morgen … äh … heute um 11 Uhr holen. Aber dann dachte ich, wenn das Zeug schon bei mir ist, könnte ich direkt nach der Fütterung der Schweine mit dem Kochen beginnen. Zehn Säcke, das dauert ja 'ne Weile.«

»Und da hast du Heiko hier tot am Boden liegen sehen«, meinte Maren und verfluchte sich dafür, die Tür nicht abgeschlossen zu haben.

»Nein«, erwiderte Tom prompt. »Heiko hat noch gelebt, als ich in die Küche kam. Er hat mich angeschnauzt, ich solle sofort die Polizei und einen Krankenwagen rufen. Er könne sich nicht bewegen. Er drohte, dich fertigzumachen und meinte, jetzt gehöre der Bauernhof endlich ihm und du könntest im Knast verrotten.«

Maren starrte Tom verständnislos an. Sagte er das jetzt nur, um ihr die Last des Todschlags von den Schultern zu nehmen? Heiko war doch tot gewesen, hatte nicht mehr geatmet. Oder?

»Mein Zwillingsbruder wurde immer ausfallender«, fuhr Tom fort. »Er schrie, er habe dich sowieso nur gehei-

214

ratet, um mir eins auszuwischen und um an einen eigenen Hof zu kommen. Als ich reglos vor ihm stehen geblieben bin, begann er, mich zu beschimpfen. Ich sei ein Trottel, der sonst doch auch immer nach der Pfeife anderer tanze und nun solle ich mich endlich beeilen und handeln. Das habe ich dann auch gemacht.«

Maren schluckte. »Du hast nach dem Messer auf dem Boden gegriffen und zugestochen?«

Tom nickte. »Er hat es nicht anders verdient! Danach habe ich Panik gekriegt und bin nach Hause gefahren. Ich habe Mike und Ina alles erzählt, und dann sind wir zurück und haben hier saubergemacht.«

»Mike und Ina wissen auch Bescheid?« Mike war der ältere Bruder von Heiko und Tom. Er bewirtschaftete mit seiner Frau Ina und Tom den Schweinehof. »Wie haben die beiden reagiert? Haben sie die Polizei gerufen? Ich werde den Mord gestehen, Tom. Es ist alles meine Schuld. Ich habe zugestochen. Hörst du?«

»Nein«, erwiderte Tom. »Wir haben eine Lösung des Problems gefunden, und deshalb bin ich hier. Ich hoffe sehr, du machst mit.«

Maren ließ zu, dass er nach ihrer Hand griff, und hörte zu. Der Plan hatte einige Schwachstellen, aber er könnte funktionieren.

Am nächsten Tag fand das traditionelle Grünkohlessen auf dem *Schweinehof Löffler* statt. Ina hatte die große Bauernstube festlich mit Tannenzweigen geschmückt. An der Decke hing ein großer Adventskranz, an dem drei rote Kerzen brannten. Der Tisch war mit festlichem Weihnachtsgeschirr gedeckt, und im gesamten Haus duftete es nach Grünkohl und Mettwurst. Die Männer des Kegelklubs samt ihren Begleiterinnen trafen pünktlich um 19 Uhr am Abend ein. Auch Maren saß nun an der großen Tafel, neben ihr Tom, der sich als Heiko ausgab und eine Erklärung abgab.

»Meinen kleinen Zwillingsbruder muss ich für die Zukunft entschuldigen. Tom hat sich seinen Lebenstraum erfüllt und ist mit Sack und Pack nach Thailand geflogen. Er hat sich von seinem Erbteil ein Häuschen gekauft und vermutlich gleich eine Frau dazu, denn meine Maren kriegt er nicht.« Tom legte Maren den Arm um die Schultern und drückte sie an sich. Die Kegelbrüder lachten.

Maren lächelte und schmiegte sich an ihren neuen Ehemann. Gut, dass die Diskrepanzen ihrer Ehe nur der Familie und ihrer Freundin Nicole bekannt gewesen waren. Nach außen hin hatte Heiko immer den treuen und fürsorglichen Gatten gespielt. Sein wahres Gesicht kannten nur Tom, Mike, Ina und Nicole. Und die würden zu ihr halten, das wusste Maren. Sie hatte keine Probleme damit, über Nacht einen anderen Mann an ihrer Seite zu wissen. Insgeheim hatte sie sich schon oft gefragt, warum sie sich einst nicht für Tom entschieden hatte. Blieb nur das Risiko, dass man Heiko irgendwann im Schwerter Wald finden würde. Aber nein, da lag ja nicht Heiko, sondern Tom in der Grube. Und mit dem hatte Maren ja nie besonders viel zu tun gehabt.

Rezept: Grünkohl

Zutaten:
  1000 g Grünkohl tiefgefroren
  oder die entsprechende Menge frisch und abgekocht,
  1 große Zwiebel,
  Öl oder Schmalz zum Braten
  1 TL Senf
  Salz, Pfeffer
  2 TL Gemüsebrühe
  2 EL Haferflocken
  4 Mettwürstchen

Fett im Topf erhitzen und gewürfelte Zwiebeln darin anbraten. Etwas Wasser zugeben und Gemüsebrühe einrühren. Grünkohl zugeben. Mit Senf, Salz und Pfeffer würzen. Mettwürstchen in den Kohl legen und bei schwacher Hitze etwa eine halbe Stunde garen. 10 Minuten vor Ende der Garzeit Haferflocken einrühren. Eventuell mit Salz und Pfeffer nachwürzen. Dazu schmecken Salzkartoffeln. Wer mag, kann diese auch stampfen und unter den Grünkohl mischen.

HOT CHILI UND
KALTE SCHNAUZE

Kalte Schnauze in Wenholthausen
Anke Kemper

»Du hast zu feste zugeschlagen. Ich wusste es, jetzt wird er nicht mehr wach, der arme Junge.« Elfriede Mester lief nervös auf und ab, während die Männer den Teenager mit Kabelbindern fesselten und mit Elfriedes buntem Seidenschal am Stuhl festbanden.

»Quatsch«, antwortete ihr Mann Otto. »Der hat nur 'ne Beule. Wirst sehen, der wird eher wach, als uns lieb ist.«

»Wir sollten ihn knebeln«, meinte Karl Bernward.

»Nix da, ich will hören, was er zu sagen hat«, mäkelte seine Frau Soffi und legte das Strickzeug beiseite. »Wenn er meint, hier einzubrechen, dann will ich mal wissen, was er wohl glaubt, hier holen zu können.«

»Was willst du damit denn sagen?«, fragte Elfriede pikiert.

»Meine Frau ist einfach nur chronisch neugierig«, versuchte Karl zu besänftigen und holte ein gebrauchtes Taschentuch aus seiner Hosentasche, begutachtete es kurz und steckte es wieder zurück.

Jedes Jahr am zweiten Weihnachtstag trafen sich die Rentner Otto Mester, Karl Bernward, Josef Heinemann und der Doktor, der eigentlich Robert Fuchs hieß, zum Kartenspielen bei Mesters in Wenholthausen, einem Stadtteil von Eslohe. Während die Männer mit einem gemütlichen Doppelkopfspiel begannen, brutzelten die Frauen Elfriede, Soffi, Grete und Frieda etwas Leckeres in der Küche und machten nebenbei eine Wein- und Sektprobe. Nach dem gemeinsamen Essen gesellten sich die Frauen dann zu ihren Männern, Soffi strickte, Frieda und Grete spielten *Mensch-ärgere-dich-nicht,* und Elfriede bewirtete alle. Das ging jetzt schon mindestens 15 Jahre so. Seitdem die Männer pensioniert waren, hatten sich die ehemaligen Schulfreunde wieder zusammentelefoniert, um den Ruhestand gemeinsam und mit viel Spaß zu genießen. Ganzjährig traf man sich jedes Wochenende zum Wandern mit anschließendem Ausklang in einem der Restaurants in Wenholthausen oder Eslohe. Mit der Planung wechselte man sich ab, und je nach Gemüts- und Wetterlage wanderte man auf der Golddorf-Route um die Ortschaft Wenholthausen herum bis nach Eslohe oder sogar bis nach Oesterberge oder Büenfeld hinauf. Am zweiten Weihnachtstag war dann der Höhepunkt des Jahres. Nach einer fast zehn Kilometer langen Wanderung über den Sauerländer Höhenflug Rundweg Richtung Esmecke-Stausee genehmigte man sich einen ausgiebigen Umtrunk und eine Bratwurst an der Station am See. Der Stausee, der auch Einbergsee genannt wurde, war die kleinste Talsperre im Sauerland. Im Sommer tummelten sich Einheimische und Touristen dort und kühlten sich im See ab oder sie nutzten die Wanderwege in dem Naherholungsgebiet. Aber auch im Winter war der Stausee ein Anziehungspunkt für Ausflügler wie auch die vier Rentnerehepaare. Nach einer ausgiebigen Pause ging es für sie per Taxibus zu Mesters nach Hause, wo dann noch geistige Fitness durch *Poker* oder *Doppelkopf* trainiert und ausgiebig kulinarisch begleitet wurde.

Tim Erkrath traute sich nicht, die Augen zu öffnen. Er spürte, dass er gefesselt und von mehreren Menschen umgeben war. Auch wenn die Personen von den Stimmen her schon alt zu sein schienen, so waren es selbst für ihn ein paar zu viele. Er hörte ihnen zu und versuchte, sie zu lokalisieren, ohne die Augen zu öffnen. Vorsichtig bewegte er seine Hände, die man ihm hinter dem Rücken zusammengebunden hatte. Die Schlinge war zu eng, so kam er hier nicht weg. Mit irgendetwas, das fürchterlich nach Moschus roch, war sein Rumpf zusätzlich am Stuhl festgebunden. Beide Fußknöchel waren jeweils an ein Stuhlbein geschnürt. Er saß in der Falle. Aus einer blöden Mutprobe hatte sich eine mittlere Katastrophe entwickelt. Eule und Fritte hatten sich wahrscheinlich aus dem Staub gemacht, als sie gesehen hatten, dass die Alten Tim überrumpelt hatten, und lachten sich jetzt ins Fäustchen. Doktor Erkrath würde das aber nicht komisch finden. Tims Vater war ein angesehener Anwalt und hatte seinen Sprössling schon so manches Mal aus brenzlichen Situationen bei der Polizei oder der Schulleitung rausboxen müssen. Seine Drohung, dass beim nächsten Fehltritt seines Sohnes das Moped konfisziert würde, würde er jetzt in die Tat umsetzen. Tim zuckte zusammen, als ihm ein nasser, kalter Lappen auf die Stirn gelegt wurde. »Er lebt noch«, hörte er eine sanfte Stimme. »War doch klar, der tut nur so«, sagte eine andere, und im gleichen Augenblick spürte Tim einen heftigen Piks in seinem Oberarm.

»Aua, geht's noch!«, schrie Tim und schüttelte den nas-

sen Lappen ab. Neben ihm stand eine Frau mit einer Stricknadel bewaffnet.

»Wusste ich es doch«, bekräftigte Soffi und pikste erneut
mit der Nadel in Tims Oberarm.

»Gott sei Dank«, sagte Elfriede erleichtert, hob den
Lappen vom Fußboden auf und legte ihn erneut auf Tims
Stirn. »Du hast da eine ziemlich dicke Beule, das sollten
wir kühlen«, meinte sie.

»Wie wäre es, wenn Sie mich mal losbinden, aber zackzack. Alter, seid ihr echt so hobbylos? Das ist Freiheitsberaubung!«, protestierte Tim und schüttelte erneut den
Lappen von seiner Stirn.

Und schon diskutierten die Alten um die Wette:

»Sagte ich doch, wir sollten ihn knebeln.«

»Hast du das gehört: hobbylos.«

»Zackzack? Geht's noch?«

»Pah, Freiheitsberaubung. Was ist mit dem Überfall?«

»Genau, vergiss nicht das Betreten fremden Eigentums.«

»Ich bin echt froh, dass er das überlebt hat.«

»Was wolltest du hier eigentlich stehlen? Hier gibt's
nichts.«

»Wir sollten die Polizei rufen!«

»Quatsch, wir brauchen für dieses Würstchen keine
Polizei. Das erledigen wir selbst.«

Und mit einem Schlag kehrte Stille ein. Alle Blicke
richteten sich auf den Doktor, der immer noch am Tisch
saß und mit den Karten eine *Patience* legte. Tim hatte die
Augen weit aufgerissen.

»Wie meinst du das denn jetzt?« Otto hatte zuerst die
Sprache wiedergefunden. Er als Hausherr wollte natürlich wissen, was unter seinem Dach geschah.

»Na, was wohl? Mein Mann war mal Zahnarzt. Der

mag es, Menschen zu piksen«, gluckste Frieda und rieb sich die Hände.

»Piksen kann ich auch«, erwiderte Soffi und richtete ihre Stricknadel erneut auf Tims Arm.

»Aufhören bitte. Lasst mich jetzt gehen. Mein Vater ist Anwalt. Ihr kriegt mächtig Ärger, wenn er das erfährt.« Tim wippte nervös auf seinem Stuhl.

»Er erfährt ja nix«, meinte Grete und bewegte ihre rote Spielfigur über das Spielbrett. »Und raus«, lachte sie schließlich und schmiss Friedas gelbe Figur vom Brett.

»Wir werden uns erst einmal anhören, was du uns zu sagen hast«, ergriff Josef Heinemann das Wort und stellte seinen Stuhl direkt vor Tim, während Otto die Tischlampe vom Klavier nahm und dem Jungen damit ins Gesicht leuchtete.

»Das wollte ich immer schon mal machen«, sagte er und kicherte wie ein Schulmädchen.

»Das ist Folter!«, brüllte Tim.

»Du kannst ja *Amnesty International* anrufen, wenn du hier wieder rauskommen solltest.«

Und jetzt kicherten die Alten alle zusammen.

»Damit kommt ihr nicht durch, die Polizei wird jeden Moment hier auftauchen, und dann seid ihr dran. Fritte und Eule haben sicherlich schon alles veranlasst.« Tim hoffte, dass er damit recht hatte, aber so wie er seine beiden Kumpel kannte, würden sie längst zu Hause in den Betten liegen oder noch irgendwo einen Absacker nehmen. Ohne auch nur einmal daran zu denken, dass ihr Freund Hilfe brauchte.

»Wer Fritte und Eule heißt, holt sicherlich keine Polizei.« Josef klopfte sich vor Lachen auf die Schenkel.

»Fritte ist sicherlich dieser freche Rotschopf, der Sohn

von ... na, hilf mir mal ...«, jetzt pikste Soffi Elfriede in den Arm.

»Lass das!«, schimpfte Elfriede und nahm Soffi die Stricknadel aus der Hand. »Fritte heißt eigentlich Hendrik Schultenkemper, und Eule dürfte Manuel Bornemann sein, der mit den dicken Brillengläsern, ihr wisst doch.«

»Das macht Sinn.«

»Jetzt kennen wir die anderen auch.«

»Na wartet. Das hat ein Nachspiel.«

»Das einzige Nachspiel, das es geben wird, ist, dass ihr mächtig Ärger von meinem Alten kriegt, wenn ihr mich nicht sofort gehen lasst«, unterbrach Tim seine Geiselnehmer. »Und da hilft auch euer Altersschwachsinn nicht. Mein Vater durchschaut euch sofort«, fügte er noch hinzu.

»Hat der Altersschwachsinn gesagt?«, wollte Frieda wissen. »So etwas Unverschämtes hätten wir uns früher nicht erlaubt zu sagen.«

»Früher war auch mehr Lametta«, antwortete Soffi und zog Tim am Ohr, bis er winselte.

»Wie lautet denn dein Spitzname?«, versuchte Karl zu besänftigen und schob seine Frau beiseite.

»Ich schätze, der heißt Schisser«, sagte der Doktor, und alle außer Tim lachten.

»Ich heiße Spross!«, sagte Tim bedeutungsvoll, und es herrschte einen Moment Stille im Esszimmer der Mesters.

»Es ist ein Spross entsprungen ...«, begann Frieda zu singen.

»Es ist ein Ross entsprungen«, korrigierte Grete.

»Ein Ros, ein Ros ist entsprungen«, wusste der Doktor, und jetzt diskutierten wieder alle wild durcheinander. Tim schloss die Augen und überlegte, was er als Nächstes

223

machen konnte, um hier nicht zu übernachten oder noch Schlimmeres. Die Alten machten ihn wahnsinnig, aber sie waren nicht nur in der Überzahl, sondern auch im Vorteil, weil Tim handlungsunfähig an den Stuhl gefesselt war. In seiner Hosentasche hatte er nur noch ein paar Euro in Münzen, damit konnte er sie sicherlich nicht bestechen. Sein Konto hatte er erst letzte Woche für eine neue *Playstation V* geplündert. Seinen Vater konnte er auf keinen Fall fragen, und seine Mutter tat immer das, was ihr Mann sagte.

»Ich mache dir jetzt erst mal das Essen warm«, sagte die Frau mit dem nassen Lappen und ging in die Küche. Das könnte meine Chance sein, dachte Tim. Für das Essen würde man ihn losbinden, und wenn es nur eine Hand war, aber es war eine Chance.

»Der verträgt dein Chili nicht, dieser Lusche, ach nee, Spross«, bemerkte Josef, und schon ging die Diskussion der Alten von vorne los. Tim ließ die wildesten Spekulationen über sich ergehen, warum man ihn Spross nannte. Er kommentierte nichts und nutzte die Zeit, um nachzudenken. Tim hatte versucht, durchs Badezimmerfenster einzusteigen und war dort von dem Hauseigentümer, Otto Mester, erwischt worden, als der ausgerechnet im gleichen Moment zur Toilette wollte. Er hatte Tim unsanft durch das geöffnete Fenster hineingezogen und ihm direkt mit der Faust eine verpasst. Tim konnte sich nicht mehr genau daran erinnern. Aus seiner Ohnmacht erwacht war er erst wieder gefesselt auf dem Stuhl. Tim war sicher, dass man ihn nicht allein auf die Toilette gehen lassen würde, wenn er darum bat. Falls aber das Fenster noch geöffnet war, könnte er seine Begleitung überrumpeln und direkt durch das Fenster hinausspringen.

Darunter befand sich ein großer Schneehaufen von dem weggeschobenen Schnee der letzten Tage. Darauf konnte er sich abrollen und direkt weiter zum Gartentor circa 20 Meter entfernt laufen, das wahrscheinlich noch geöffnet war. Jede Sekunde zählte für seine Flucht. Er musste es einfach versuchen.

»Hier, du musst was essen«, sagte Elfriede und platzierte einen Teller mit Chili con Carne vor Tim, daneben legte sie zwei Scheiben Brot und stellte ein Glas Milch dazu. »Wenn es dir zu scharf ist, gebe ich dir einen Schluck Milch, das hilft«, fügte sie hinzu.

»Und wenn du alles brav aufisst, gibt es auch Nachtisch«, sagte der Doktor, und alle lachten.

»Würden Sie mich bitte losbinden? Ich kann selber essen«, bettelte Tim.

»Das ist nicht notwendig, ich füttere dich«, meinte Elfriede, setzte sich direkt neben Tim, legte ihm eine Serviette auf den Schoß und begann, das Essen in ihn hineinzuschaufeln.

Das Chili war höllisch scharf. Nach nur drei Löffeln bat er um einen Schluck Milch, obwohl er das Zeug hasste. Elfriede Mester fütterte ihn abwechselnd mit Brot und Chili, und Tim ließ es über sich ergehen. Die Alten feixten und hatten ihren Spaß auf Tims Kosten. Er hoffte auf ein bisschen Mitleid und dass man ihn zur Toilette begleiten würde, wenn er jetzt mitspielte und nicht über das Essen jammerte, das ein Loch in seine Kehle zu brennen schien und er am liebsten losschreien wollte.

»Ich glaube, es reicht, er ist schon ganz rot.« Der Doktor hatte seinen Platz verlassen und fühlte Tims Stirn.

»Früher gab es zu Weihnachten einen ordentlichen Braten oder einen dicken Karpfen, jetzt werden ein paar

Dosen geöffnet, einfach alles in einen Topf geschmissen und warm gemacht. Zeiten sind das«, bemerkte Frieda. Und schon bahnte sich eine Diskussion über das perfekte Menü zu Weihnachten an. Tims Wunsch, mal auf die Toilette zu gehen, wurde überhört.

»Ich hole den Nachtisch«, unterbrach Grete das allgemeine Tohuwabohu und verschwand in der Küche.

»Gleich ist es schon Mitternacht, und wir haben noch gar nicht unser Spiel gespielt«, bemerkte Frieda, und alle stimmten ihr zu.

»Dieses Mal spielen wir es aber anders«, sagte Soffi und klatschte vor Begeisterung in die Hände.

Der weitere Verlauf des Abends erschien Tim wie ein böser Traum, aus dem es kein Erwachen gab. Nachdem er mit einer Art Kekskuchen, den auch seine Oma manchmal machte, gefüttert worden war, waren Josef Heinemann und Otto Mester mit ihm zur Toilette gegangen. Für Tim gab es keine Chance zu entkommen. Der zwei Köpfe größere Josef hatte seinen rechten Arm um den Hals des Gefangenen gelegt, während Tim versuchte, sich zu erleichtern. Otto Mester hatte, mit einer Suppenkelle bewaffnet, danebengestanden. Danach war Tim wieder am Stuhl gefesselt worden, und sein Betteln, ihn doch endlich gehen zu lassen, war auf taube Ohren gestoßen. Mittlerweile war der große Esstisch leergeräumt worden, und ein Würfelbecher stand bereit. In der Mitte wurde ein Turm aus verschiedensten alkoholischen Getränken abwechselnd mit Bierdeckeln aufgestapelt. Tim kannte das Spiel *Türmchen trinken* sehr wohl und hatte die allergrößten Bedenken, dass die Alten gläserweise Hochprozentiges jetzt noch vertragen würden. Wenn sie besoffen sind, habe ich eine Chance zu flüchten, dachte er bei sich, und schon wurde der Würfelbecher geschüttelt.

»Also, neue Spielregel«, sagte Frieda. »Bei einer Sechs muss unser Gast trinken, bei einer Fünf derjenige, der sie gewürfelt hat.« Mit großem Hallo ging es los.

Tims Schädel brummte, als er am nächsten Morgen aufwachte. Er lag auf einer geblümten Couch in einem Wohnzimmer, das er nicht kannte. Seine Zunge schien betäubt von dem Chili, vielleicht auch vom *Tequila* und zwei *Doppelkorn*. An mehr erinnerte er sich nicht. Tim schloss die Augen, und für einen kurzen Moment zuckte ein Blitz gefolgt von einem heftigen Schmerz durch seinen Kopf. Bitte nicht, lass es ein Traum sein, bitte, dachte er und öffnete vorsichtig die Augen. Dann schmiss er die Wolldecke beiseite und setzte sich vorsichtig auf. Seine Hände und Füße waren nicht mehr gefesselt. Neben der Couch stand ein kleiner Tisch, darauf eine Flasche Wasser und ein Glas, ein Aspirin und der Rest des Kuchens sowie sein Smartphone. Unter dem Smartphone lag ein gefalteter Zettel. Als Tim nach dem Smartphone greifen wollte, bemerkte er, dass seine Fingernägel rot lackiert waren. »Ich bringe sie alle um«, sagte er und scrollte durch die Nachrichten. Neben den dämlichen Bemerkungen seiner Kumpel Eule und Fritte stach die seines Vaters am deutlichsten hervor: »Wenn du nicht sofort nach Hause kommst, ist dein Moped weg.« Um 1.13 Uhr hatte er diese Nachricht mit fünf Ausrufezeichen und einem zornigen Emoji an seinen Sohn geschickt. Tim lehnte sich zurück. Das war's. Der zweite Vorname seines Vaters war: Konsequent. Das Moped war definitiv weg. Tim blickte auf, als es an der Tür klopfte. Die beiden Hauseigentümer, Elfriede und Otto Mester, traten ins Wohnzimmer. »Guten Morgen, mein Junge«, begrüßte Elfriede den verdutzten Tim. »Hast du gut geschlafen?«

Tim antwortete nicht. Was ging denn jetzt hier ab?

»Mach dir keine Sorgen, wir haben deine Eltern angerufen, damit sie beruhigt sind«, sagte Otto und setzte sich zu Tim auf die Couch.

»Sie haben *was*? Meine Eltern machen mich einen Kopf kürzer, sind Sie verrückt geworden?« Tim wollte aufspringen, aber seine Beine versagten.

»Wir haben ihnen erzählt, dass du uns gestern Abend aus einer brenzligen Situation geholfen hast und anschließend mit uns gefeiert hast, stimmt's, Otto?«

»Genau. War doch noch richtig nett gestern. Wir haben dich in den höchsten Tönen gelobt. Also, wenn dein Vater da jetzt nicht mächtig stolz auf dich ist.« Otto lachte und schlug Tim heftig auf die Schulter. Tim verstand gar nichts mehr.

»Hast du schon den Zettel gelesen? Ist eine Kopie für dich. Unser gemeinsamer Vertrag.«

»Was denn für ein Vertrag?«, wollte Tim wissen und nahm den gefalteten Zettel vom Tisch.

»Wir haben gestern gemeinsam ein paar Punkte zusammengefasst, was wir uns von dir wünschen, und wann du es wie zu erledigen hast. Und zwar bei uns, beim Doktor, bei Bernwards und bei Heinemanns. Du kannst dir das zeitlich einteilen. Da wollen wir dir keinen Druck machen, du hast ja auch noch Schule«, erklärte Otto und entfaltete für Tim den Zettel. »Lies!«

Tim las. Die Liste war lang und die krakelige Schrift seine eigene. Von Schneeschieben über Blumen gießen bis hin zum Rasen mähen beinhaltete sie alles, was ein Azubi von einem Hausmeister so machte. Unten drunter standen das Datum und seine Unterschrift.

»Sie haben mich unter Alkohol gesetzt und gezwungen, das zu schreiben«, sagte Tim leise.

228

»Grete hat es mit dem Smartphone aufgenommen. Das waren alles deine glorreichen Ideen. Und du hast es auch selbst aufgeschrieben. Nach dem *Doppelkorn* mussten wir dich nicht mehr fesseln. Du wärest keine fünf Meter weit gekommen. Wenn du mir deine Nummer gibst, schickt Grete dir das Video«, sagte Otto und schlug Tim erneut auf die schmerzende Schulter. »So, und jetzt bringe ich dich nach Hause«, sagte er und stand auf.

Tim seufzte resigniert. Die Alten hatten ihn gelinkt, keine Frage. Das hatte er nun davon. Aber mit ein bisschen Glück würde er sein Moped behalten. Mit seinem Vater wollte er sich nicht anlegen, und es konnte ihm recht sein, wenn er von dem versuchten Einbruch nichts erfuhr.

»Das mit den Fingernägeln tut mir leid, ich konnte Soffi nicht mehr bremsen nach drei *Tequila*«, sagte Elfriede entschuldigend und übergab Tim eine Tupperdose. »Der Rest von der Kalten Schnauze, lass es dir schmecken«, sagte sie zum Abschied und schloss hinter Otto und Tim die Haustür.

Rezept:
Kalte Schnauze
(kalter Hund)

Zutaten:
   150 g Kuvertüre Zartbitter
   450 g Kuvertüre Vollmilch
   150 g Kokosfett
   200 g Schlagsahne
   2 Päckchen Vanillezucker
   250 g Butterkekse

Eine Kastenform mit Folie auslegen. Für die Schokoladencreme beide Kuvertüren grob hacken, das Kokosfett klein schneiden, alles zusammen mit der Sahne in einem Topf schmelzen und gut verrühren. Zuletzt Vanillezucker unterrühren.

Die Kastenform mit einer Schicht Butterkeksen auslegen. Nun so viel Schokoladencreme auf der Keksschicht verteilen, dass diese bedeckt ist. Abwechselnd Schokoladencreme und Kekse in die Kastenform schichten.

Die Kastenform einige Stunden, am besten über Nacht, in den Kühlschrank stellen, damit die Creme fest wird. Mit Hilfe der Folie das Gebäck aus der Form lösen und vorsichtig auf eine Platte stürzen. Die Folie abziehen und das Gebäck gekühlt und in Scheiben geschnitten servieren.

Die Schokoladencreme kann auch mit etwas Alkohol oder geriebener Orangenschale verfeinert werden.

JAN, DER BÖSE WEIHNACHTSMANN

Pfefferpotthast in Hagen
Astrid Plötner

Das Rheuma machte Dagmar Thomes an solch nasskalten Tagen wie dem heutigen 16. Dezember ziemlich zu schaffen, obwohl sie doch gerade erst 67 Jahre alt geworden war. Dennoch mühte sie sich schnellen Schrittes durch die an diesem Freitag völlig überfüllte Innenstadt von Hagen. Ihr Sohn hatte sich für den nächsten Tag mit seiner kleinen Familie angemeldet. Sascha, Anne und die achtjährige Mia wohnten seit drei Jahren in Altona. Aus beruflichen Gründen, denn Sascha liebte seine Heimatstadt, arbeitete jedoch als Journalist für eine große Hamburger Tageszeitung. Wenn die drei schon übers Wochenende zu Besuch kamen, dann wollte Dagmar jedenfalls ordentlich auftischen. Dafür hatte sie schließlich zwei Monate gespart, denn ihre kleine Rente ließ keine großen Sprünge zu. Sie steuerte auf die *Metzgerei Jedowski* in der Volme-Galerie am Friedrich-Ebert-Platz zu. Saschas Lieblingsgericht war Pfefferpotthast, und dazu benötigte sie eineinhalb Kilo Rindfleisch. Für zwei Tage reichte das dicke, und den Rest konnte Sascha mit nach Hamburg nehmen, oder Dagmar würde es einfrieren. Sie schob die Glastür zur Metzgerei auf, stellte sich in die Schlange und wartete geduldig. Ihr Blick fiel auf die Fleischwurstringe, die im Schaufenster hingen. Darüber würde Mia sich freuen. Dagmar kaufte zudem noch Aufschnitt und Mett, danach verließ sie die Metzgerei. Ihr Blick fiel auf das große Riesenrad auf dem Friedrich-Ebert-Platz, das hoch in den Himmel emporragte. Sie seufzte. Wohl oder übel würde sie sich durch das Gedränge auf dem Weihnachtsmarkt schieben müssen. Denn ihre Arznei gegen die Rheumaschmerzen kaufte sie nur in der *Bären-Apotheke*, da arbeitete die Tochter ihrer Nachbarin, und die war immer besonders freundlich.

Dagmar schulterte ihre Einkaufstasche und ging an Buden mit Feuerzangenbowle, Süßwaren und Crêpes vorbei. Die verschiedenen Düfte aus den angrenzenden Buden brachten ihren Magen zum Knurren, sie hatte seit dem Frühstück nichts gegessen, und nun war es schon Nachmittag. Gebackene Kartoffeln wurden angeboten, daneben konnte man einen halben Meter Bratwurst erwerben. Sie widerstand der Versuchung, drängte sich an den Eltern vorbei, die ihre Kinder im Kettenflieger untergebracht hatten, und bog in die Elberfelder Straße ein. Im selben Moment wurde sie angerempelt. Ihre Tasche rutschte von der Schulter, Dagmar schoss ein ziehender Schmerz durch den Arm. »Können Sie nicht aufpassen?«, fluchte sie einer schlanken Person in der Verkleidung eines Weihnachtsmannes hinterher.

Der hob den Mittelfinger, ohne sich umzudrehen, und eilte weiter.

Automatisch tastete Dagmar nach ihrem Portemonnaie in der Tasche. Sie fühlte es hinter dem äußeren Reißverschluss und atmete auf. Sie hievte die Einkaufstasche auf die linke Schulter und ging weiter. An der *Hagener Rie-*

233

senrutsche drängten sich Familien und Jugendliche. Ein Ungetüm als Attraktion nahm einen Großteil der Fußgängerzone ein. Da war kaum ein Vorbeikommen. Bestimmt 13 Meter türmte sich die Wellen-Rutsche in die Höhe und zog sich wohl über 30 Meter in die Länge. Dagmar seufzte und blieb stehen. Sie hätte einfach zur *Rathausapotheke* gehen sollen. Die lag in der Nähe der Metzgerei, und bis zur Bushaltestelle waren es nur wenige Meter. Dagmar ließ ihren Blick schweifen, ob sie irgendwie an den Menschenmassen bei der Rutsche vorbeikommen konnte. Plötzlich erkannte sie vor dem Schaufenster eines Juweliers den Weihnachtsmann, der sie angerempelt hatte. Er trug die rote Mütze mit weißem Pelz tief ins Gesicht gezogen. Ein weißer Rauschebart verdeckte den Großteil seines Gesichts. Gerade griff er in seinen Rucksack und setzte dann eine dunkle Sonnenbrille auf. Danach betrat er sofort den Schmuckladen.

»Der will doch nicht …«, murmelte Dagmar entsetzt und ging auf den Laden zu. Sie tat, als würde sie sich für die Auslage interessieren, dabei stierte sie gebannt ins Ladeninnere. »Doch, er will«, fuhr sie den Monolog fort, als sie sah, dass der Weihnachtsmann eine Waffe auf die Verkäuferin richtete. Dagmar fischte sofort ihr Smartphone aus der Jackentasche. Vor ein paar Jahren war ihr diese Technik noch völlig fremd gewesen, aber Sascha hatte ihr das Telefon vor drei Jahren zu Weihnachten geschenkt und sich über viele Stunden bemüht, ihr den Umgang damit zu erklären. Mittlerweile kannte sie sich mit *WhatsApp* aus und hatte sich sogar einen *Facebook*-Account zugelegt. Nun rief sie mit dem Gerät die Polizei. »Dagmar Thomes hier. Der Juwelierladen in der Elberfelder Straße wird gerade überfallen. Ganz in der Nähe von dieser Rie-

234

senrutsche«, begann sie atemlos, als sich die junge Stimme einer Polizeikommissarin Lana Schell meldete. »Der Täter trägt ein Weihnachtsmann-Kostüm und bedroht die Verkäuferin mit einer Pistole. Ich stehe vor dem Laden und kann es beobachten.«

»Ich schicke sofort eine Streife. Bringen Sie sich bitte in Sicherheit und unternehmen Sie nichts auf eigene Faust. Ich habe Ihre Telefonnummer, wir benötigen später noch Ihre Zeugenaussage.«

Dagmar starrte weiterhin gebannt durch die Fensterscheibe. Bislang hatte der Räuber sich nicht ein einziges Mal umgedreht. Sie konnte beobachten, wie die Verkäuferin Schmuckkästen aus der Theke zog und den Inhalt mit zitternden Händen in den Rucksack kippte.

»Sind Sie in Sicherheit? Gehen Sie bitte möglichst weit weg von dem Juwelierladen«, mahnte die Polizistin.

»Nu machen Sie sich mal keine Sorgen, junge Frau. Ich passe schon auf mich auf«, erwiderte Dagmar und beobachtete, wie der Mann mit seiner Waffe herumfuchtelte und dann damit auf die Ladenkasse wies. Sie hielt die Luft an. Würde er schießen? Nein, die Verkäuferin ging mit wackeligen Schritten zur Kasse, öffnete sie mit einem Knopfdruck und zog Geldscheine heraus, die sie ebenfalls in den Rucksack warf. Im selben Moment drehte der Kostümierte sich um und deutete auf die Auslage. Dagmar eilte zur Seite und blieb mit klopfendem Herzen neben dem Schaufenster stehen. Hatte der Räuber sie gesehen? Würde er auf die Straße stürmen und wild um sich schießen?

»Wo befinden Sie sich jetzt?«, fragte Kommissarin Schell.

»Neben dem Laden«, flüsterte Dagmar kaum hörbar. »In einer Einfahrt. Ich glaube, er hat mich entdeckt.« Ihre Stimme bebte. Schweißperlen standen auf ihrer Stirn.

»Verschwinden Sie aus der Nähe des Juwelierladens!«, mahnte die Polizistin. »Meine Kollegen werden in fünf Minuten da sein. Gehen Sie ins Gedränge, da wo der Mann Sie nicht so schnell finden kann.«

Dagmar nickte und trat zurück auf die Fußgängerzone. Im selben Moment öffnete sich die Ladentür, und der Räuber trat auf die Straße. Er trug nach wie vor die Sonnenbrille und blickte in ihre Richtung. Die Waffe konnte Dagmar nicht sehen, aber er hob die Hand und streckte Daumen und Zeigefinger als würde er auf sie zielen. Dann drückte er imaginär den Abzug, drehte sich um und verschwand im Gedränge der Menschen bei der Weihnachtsrutsche.

»Er hat den Laden jetzt verlassen«, rief Dagmar und presste das Smartphone an ihr Ohr. Automatisch setzten sich ihre Füße in Bewegung. »Er geht Richtung Theater.«

»Sie folgen ihm nicht!«, mahnte Kommissarin Lana Schell.

Dagmar schwieg und zwängte sich an den Menschenmassen neben der Riesenrutsche vorbei. Die rote Zipfelmütze blieb in ihrem Fokus. Der Mann kam gut durch. Dagmar drängte hinter ihm her. Er bog auf den Adolf-Nassau-Platz ein und hetzte an dem runden Reisepavillon vorbei. »Er steuert auf den Volkspark zu«, keuchte Dagmar ins Telefon.

»Die Kollegen sind am Juwelierladen eingetroffen. Sie werden sich jetzt einen Überblick verschaffen und danach eine Fahndung nach dem Täter herausgeben.«

»Hören Sie mir überhaupt zu?«, keuchte Dagmar. Der Abstand zum Täter wurde immer größer. Mit ihren vom Rheuma geplagten Knochen konnte sie nicht mehr so schnell laufen. »Der Typ ist durch den Volkspark, hat die Hauptstraße schon überquert und läuft jetzt auf die Volme zu. Ihre Kollegen sollen gefälligst ihren Arsch hierher bewegen und sich den Kerl schnappen.«

»Der Mann hat die Verkäuferin niedergeschlagen. Die warten jetzt erst einmal auf den RTW.«

Dagmar schüttelte im Laufschritt den Kopf über die Ignoranz der Polizistin. Die Einkaufstasche drückte auf ihre Schulter, und ihre Füße schmerzten, aber so leicht würde sie den Dieb nicht entwischen lassen. Sie sah, dass er die Volme nicht überquerte, sondern nach links abbog und auf einem Weg am Fluss entlanglief. Sie mühte sich so schnell sie konnte hinterher. »Er ist an der Kirche vorbei, jetzt an einem Spielplatz! Nu schicken Sie Ihre Kollegen her, verdammt!«

»Sie sollen dem Mann nicht folgen, Frau ... wie heißen Sie noch?«

Dagmar verdrehte die Augen. Wer saß denn da in der Leitstelle? Ein Azubi? »Thomes. Dagmar Thomes. Und glauben Sie mir, ich werde dem Kerl solang auf den Fersen bleiben, bis Sie mir Verstärkung schicken.« Sie kam sich vor wie Miss Marple.

»Nun seien Sie doch vernünftig, Frau Thomes. Wir werden den Täter schon fassen. Ich bin mir sicher, die Schmuckverkäuferin kann ihn gut beschreiben.«

Lachhaft, dachte Dagmar. Sinnlos, noch länger zu betteln. Was wollte die Verkäuferin bei der Verkleidung des Mannes schon erkannt haben? Das Gesicht des Räubers war ja völlig verdeckt gewesen. Sie würde den Kerl selbst zur Strecke bringen müssen. Sie folgte ihm weiter entlang der Volme. Er hatte inzwischen einen Vorsprung von etwa 100 Metern. Umgeschaut hatte er sich nicht mehr, vermutlich glaubte er nicht, dass ihm jemand folgte. Schon gar

237

nicht eine in seinen Augen alte Frau. Vor dem Gebäudekomplex des Arbeitsamts folgte er der abknickenden Gerberstraße. Ob er hier irgendwo wohnte? Dagmar versuchte, ein paar Meter zu laufen. Sie war nicht dick, aber füllig genug, um schnell außer Atem zu kommen. Als sie selbst die Kurve erreichte, war von dem Juwelendieb nichts mehr zu sehen. »Jetzt ist er weg«, keuchte sie und schaute sich verzweifelt um.

»Ich habe eine Streife zum Bahnhof geschickt«, erwiderte Polizeikommissarin Schell. »Der befindet sich ganz in Ihrer Nähe. Vielleicht ist der Mann nicht aus Hagen und will nun mit dem Zug von hier verschwinden. Meine Kollegen werden jeden Weihnachtsmann in Augenschein nehmen.«

»Der Räuber trägt einen Sportrucksack auf dem Rücken«, hechelte Dagmar und schnappte nach Luft, während sie schnellen Schrittes weiterging. »So ein schwarzer mit einem weißen Zeichen drauf, das aussieht wie eine Schlittschuhkufe.«

»Swoosh«, entwich es Kommissarin Lana Schell.

»Gesundheit«, wünschte Dagmar.

»Ich meine das weiße Zeichen auf dem Rucksack, das nennt man Swoosh. Ich werde es den Kollegen weitergeben.«

Dagmar lief durch die Martin-Luther-Straße auf den Berliner Platz und dort auf das Eingangsgebäude des Bahnhofs zu. Sie hatte es immer als herrschaftlich empfunden. Der seitliche Turm, der sie an einen Kirchturm erinnerte, mit der in Sandstein gemauerten Uhr, daneben das Hauptgebäude, das einem Kirchenschiff ähnelte. Besonders auffällig das halbrunde große Glaskunstfenster eines niederländischen Künstlers.

238

Direkt vor dem Gebäude parkte ein Streifenwagen, dessen Blaulicht eingeschaltet war. Dagmar hetzte darauf zu. Im selben Moment verließ ein ganz in schwarz gekleideter junger Mann das Bahnhofsgebäude. Am Gang allein hätte Dagmar ihn vielleicht nicht erkannt. Aber er trug einen Rucksack mit diesem merkwürdigen Zeichen und eine Sonnenbrille. »Der Mann verlässt den Bahnhof gerade wieder«, flüsterte sie ins Telefon. »Er hat das Kostüm bestimmt in der Bahnhofstoilette ausgezogen und will sich jetzt vom Acker machen. Er trägt eine schwarze Jacke mit Kapuze auf dem Kopf und steuert genau auf die Taxis zu. Ihre Kollegen sollen sich beeilen!«

»Frau Thomes. Jetzt lassen Sie bitte dieses Detektivspiel. Sie bringen sich nur in Gefahr. Wir werden den Täter schnappen. Versprochen.« Die Stimme der Polizeikommissarin klang genervt. Offenbar verlor sie langsam die Geduld. Vielleicht zweifelte sie auch daran, dass man den Täter ohne Verkleidung wiedererkennen konnte.

»Jetzt sitzt er im Taxi, und von Ihren Kollegen keine Spur!«, beschwerte sich Dagmar. Sie stürmte auf das nächste Taxi zu und sprang mit einer Leichtigkeit auf den Beifahrersitz, die sie sich mit ihrem Rheuma lange nicht mehr zugetraut hatte. »Folgen Sie dem Taxi vor Ihnen«, herrschte sie den Fahrer an. »Da sitzt ein Bankräuber drin. Ist sozusagen ein Polizeieinsatz.« Sie deutete auf ihr Telefon und tippte auf das Symbol für den Lautsprecher. »Stimmt doch, Frau Kommissarin Schell, oder?«

Der Taxifahrer gab Gas. Ein südländischer Typ. Er grinste Dagmar an. »Das wollte isch immer schon machen. Isch bin der Ahmed. «

»Jetzt hören Sie mal zu!«, tönte die Stimme von Kommissarin Schell fast herrisch zu Ihnen. »Sie geben diese lächerliche Verfolgungsjagd jetzt sofort auf. Meine Kollegen ...«

»Ihre Kollegen hinken immer einen Schritt hinterher«, beschwerte sich Dagmar und hielt sich mit den Händen am Armaturenbrett fest, als das Taxi abrupt abbremste, weil vor ihnen ein Radfahrer ausscherte. »Wir überqueren gerade die Volme und fahren Richtung Halden. Das kommt mir entgegen, da wohne ich nämlich. Oder haben Ihre Kollegen den Weihnachtsmann im Bahnhof festgenommen?«

»Zu laufenden Ermittlungen kann ich Ihnen nichts sagen.«

»Also nicht«, resümierte Dagmar und registrierte, dass das Taxi vor ihnen gerade das Haus ihres Zahnarztes passierte. Ob der Juwelendieb tatsächlich in Halden wohnte? Vielleicht lebte er sogar in direkter Nachbarschaft. Nicht auszudenken.

Ahmed drosselte das Tempo und ließ den Abstand zum Vordertaxi größer werden, als dieses an der roten Ampel nahe der Fachhochschule warten musste. Erneut grinste er Dagmar an. »Keine Panik, die entwischen mir nischt. Isch bleib dran.«

»Ein Streifenwagen ist nach Halden unterwegs«, sagte Kommissarin Schell und wirkte dabei etwas resigniert. »Sie sollen Abstand zum mutmaßlichen Täter halten und mir sagen, wenn er das Taxi verlässt.«

»Yes!«, rief Ahmed und ballte die Faust. »Wir bleiben im Rennen.«

Inzwischen war es bereits dunkel geworden. Das Waldgebiet vor der Autobahn wirkte unheimlich im Scheinwerferlicht. Dagmar fixierte die Rücklichter des Wagens vor ihnen. Hinter der Autobahnbrücke säumten wieder mehr Häuser die Straße. Vereinzelt leuchteten Tannenbäume in

240

den Vorgärten, in den Fenstern Sterne und Weihnachtspyramiden.

»Wo befinden Sie sich jetzt?«, durchbrach Kommissarin Schell die aufkommende Stille.

»Sind gerade an Kirsche vorbei«, antwortete Ahmed.

»Er meint das Gemeindehaus der Friedenskirche in der
Berchumer Straße«, erklärte Dagmar. »Da! Jetzt hält das
Taxi. Direkt vor dem italienischen Restaurant. *La Tratto-
ria*. Soll ich buchstabieren?«

»Nicht nötig. Die Kollegen sind jeden Moment da.«

Dagmar beobachtete, wie der Mann das Taxi verließ. Er
hatte die Brille abgenommen und die Kapuze ebenfalls. Er
lief über die Straße und verschwand kurz darauf in einer
nahen Seitenstraße.

»Soll isch ihm nach?«, fragte Ahmed.

»Nicht nötig. Die Polizei ist ja gleich da. Was schulde
ich Ihnen?« Ahmed wirkte etwas enttäuscht, als er ihr den
Betrag für die Fahrt nannte. Sie rundete die Summe großzügig auf und verließ das Taxi, das langsam davonfuhr.

»Der Mann heißt Jan Fiedler«, erklärte Dagmar Kommissarin Schell. »Ich habe ihn an seiner Frisur erkannt. Er hat
rote lockige Haare. Der hat vor einem Jahr schon mal im
Knast gesessen. Sein Vater tut mir leid. Bei dem wohnt
der Taugenichts noch, obwohl er schon über 40 ist.« Sie
nannte der Polizistin die Adresse der Fiedlers und beendete das Gespräch. Seufzend schlug sie den Weg zu ihrer
Wohnung ein, die ganz in der Nähe lag. Verbrecherjagd
war ziemlich anstrengend. Das sollte sie in Zukunft lieber
den Fachleuten überlassen.

Am nächsten Tag, Dagmar saß mit Sohn Sascha und seiner Familie gerade am Mittagstisch, klingelte es an ihrer

Wohnungstür. Eine Polizistin stand vor ihr. »Guten Tag, Frau Thomes«, stellte sich Kommissarin Lana Schell nun persönlich vor. »Das riecht aber lecker bei Ihnen. Pfefferpotthast, richtig? Ich bin gekommen, um Ihnen persönlich für Ihre tatkräftige Mithilfe zu danken.« Sie erzählte, dass Ihre Kollegen Jan Fiedler am Abend festgenommen hatten und man in seinem Rucksack die Beute des Überfalls sicherstellen konnte. Er war geständig und hatte ausgesagt, dass er das Weihnachtsmannkostüm in einem Müllbehälter im Bahnhof entsorgt hatte. »Der Juwelier hat eine Belohnung von 500 Euro ausgesetzt, Frau Thomes. Das ist doch ein schönes Weihnachtsgeschenk, oder?« Sie lächelte und zog einen Umschlag mit dem Aufkleber des Juweliers aus ihrer Jacke. Dann lächelte sie Dagmar zu und drehte sich um. »Frohe Festtage!«

»Ihnen auch ein schönes Weihnachtsfest!«, rief Dagmar ihr hinterher. Sie schob die Wohnungstür zu und starrte auf den Umschlag. 500 Euro. Endlich würde sie sich neue Schuhe kaufen können. Und das Geschenk für Mia zu Weihnachten würde nun auch etwas großzügiger ausfallen. Nach dem Essen würde sie der Kleinen die Geschichte von Jan, dem bösen Weihnachtsmann, erzählen. Und von einer resoluten Großmutter, die den Juwelendieb zur Strecke gebracht hatte.

Rezept:
Pfefferpotthast

Zutaten:
  800 g Rindfleisch
  800 g Zwiebeln
  Öl (eigentlich Schmalz)
  Pfeffer, Salz
  Pfefferkörner schwarz, weiß und rosa (je halber TL)
  4 Lorbeerblätter zerbröselt
  5 Gewürznelken
  8 Pimentkörner
  Fleischbrühe
  Zitrone
  1 EL Kapern
  3 EL Semmelbrösel
  1 Bund Petersilie

Fleisch in Würfel, Zwiebeln in grobe Spalten schneiden. Gewürze in Stoffsäckchen oder Tee-Ei füllen. Von der Zitrone Zesten reißen. Öl in Pfanne erhitzen und Fleisch von allen Seiten anbraten, in Schmortopf umfüllen. Zwiebeln anbraten, zum Fleisch geben. Mit Pfeffer und Salz würzen, Fleischbrühe angießen und Gewürzsäckchen unterlegen. 90 Minuten schmoren. Säckchen herausnehmen, ausdrücken. Kapern, Zitronenzesten und 1 EL Zitronensaft zufügen. Semmelbrösel einrühren, 5 Minuten kochen lassen. Mit Pfeffer nachwürzen und mit gehackter Petersilie bestreut servieren. Als Beilage Gewürzgurken und Salzkartoffeln.

HEXENHAUS

Feuerzangenbowle am Schmallenberger Höhenlift
Anke Kemper

Sarah nimmt einen letzten Zug, bevor sie die Zigarette im Schnee ausdrückt. Den restlichen Kaffee kippt sie an eine Tanne. Ein schneidender Wind wirbelt ihr die Schneeflocken ins Gesicht. Vom Bergdorf nur wenige 100 Meter entfernt und in der Nähe des Schmallenberger Höhenlifts vernimmt sie fröhliches Lachen und Schwatzen von Familien, die in den Blockhütten ihre Weihnachtsferien verbringen und zum Skifahren oder Rodeln gehen. »Das langsame Dorf« wird dieser Ort von den Betreibern genannt, und man spürt, wie hier die Zeit stillzustehen scheint und man jeden Moment genießt. Dieses Fleckchen Erde wird sie vermissen, auch wenn es jedes Jahr in der Ferienzeit das Gleiche ist, was sie zu sehen bekommt. Ob Ostern, im Sommer, Herbst oder in der Weihnachtszeit. Immer dasselbe, aber sie wird es vermissen. Es gibt keinen Ausweg, denkt sie. Noch fünf Tage, dann sind ihre Ferien vorbei, bevor sie zurück nach Dortmund zu ihren Schülern muss. Fünf Tage, in denen sie alles verändern kann und verändern muss. Sarah weiß, dass das ihre letzte Chance ist, aus dieser Situation herauszukommen, um endlich in ein neues ungezwungenes Leben zu starten. Sie lässt ihren Blick über die schneebedeckte Landschaft schweifen und saugt gierig den kühlen Wind ein, als sei er das Letzte, was sie heute atmen wird.

Sarah nimmt ihre Kaffeetasse auf, schließt das Gartentor und geht Richtung Haus. Dieses wunderschöne Haus, diese fürchterliche Hexe, schießt es ihr durch den Kopf. Hexenhaus! Obwohl sie die Klopfzeichen von oben vernimmt, geht sie schnurstracks in die Küche und wäscht in aller Ruhe ab. Wasser hat etwas Beruhigendes, auch wenn es nur Spülwasser ist, denkt sie und beobachtet die zerplatzenden Seifenbläschen. Das Klopfen wird lauter.

»Ich habe gehört, dass du unten bist. Komm jetzt endlich, ich bin nass!«, hört sie von oben.

Sarah ignoriert es und trocknet ab. Wenn die Ferien vorbei sind, werden die Kinder wieder fragen, was sie erlebt hat. Sie kann nicht über einen spannenden Rucksackurlaub in Italien, Skiurlaub in der Schweiz oder Wasserrafting in Spanien berichten – noch nicht. Ich war im Sauerland … wie immer, in *ihrem* Haus, wird sie erzählen. In einem Haus ohne Internet und Handyempfang und ohne fröhliches Lachen, ohne Weihnachtsgeschenke und ohne Liebe. Ich habe viele Bücher gelesen, bin spazieren gegangen, habe jeden Tag eine Schachtel Zigaretten geraucht und bin jede Minute meinen Plan durchgegangen. Jeden verdammten Tag habe ich an nichts anderes gedacht.

Ein Stöhnen von oben lässt sie kurz innehalten. Vielleicht muss ich gar nichts tun, vielleicht erledigt es sich von allein, denkt sie kurz. Ja, vielleicht. Und das denkt sie schon seit fünf Jahren. Kommenden Sommer werde ich 30. Ich habe keinen Mann und keine Kinder. Und diesen Winter soll es endlich passieren. Es muss einfach passieren. Sarah stellt das Geschirr sorgsam in den Schrank zurück und stibitzt ein Stück *ihrer* Schokolade. Genüsslich lässt sie den zarten Schmelz zergehen und schließt dabei die Augen. Wie könnte ein Weihnachtsfest aussehen mit eigenen Kindern, mit einem liebenden Partner, einem wundervollen Weihnachtsessen, einem großen, bunt geschmückten Tannenbaum und Geschenken. Eine wilde Schneeballschlacht und eine Rodelpartie bei Nacht. Ein Silvesterabend mit guten Freunden. Spaß und Lachen im gesamten Haus, ein schönes Fondue, ein verschwenderisches Feuerwerk und viel Schokolade, einen ganzen Schokoladenbrunnen. Durch ein ploppendes Geräusch wird Sarah jäh zurück in die Realität geholt. *Sie* hat ihre Schnabeltasse gegen die Wand geworfen, denkt Sarah und sieht sich schon den klebrigen Früchtetee von der Wand wischen. Warum mache ich das nur, fragt sie sich heute zum 100. Mal und blickt auf ihre rauen Hände. Warum lasse ich sie nicht einfach in ihrem Dreck ersticken? Sie beißt in das Geschirrtuch, bis es schmerzt.

Der Geruch, der ihr in *ihrem* Zimmer entgegenschwelt, ist kaum auszuhalten. Abgestandener Zigarettenqualm, Pisse, alter Mensch. Sarah geht ans Fenster und öffnet es sperrangelweit.

»Soll ich mir den Tod holen?« *Sie* hat sich im Bett aufgesetzt. »Wieso lässt du mich so lange warten? Ich werde wund. Dann hast du noch mehr Arbeit mit mir. So etwas Undankbares.«

»Es tut mir leid«, stammelt Sarah. »Der Wind war so laut, ich habe dich nicht gehört«, lügt sie.

»Aber ich habe dich gehört! Also erzähl nicht so einen Blödsinn. Meine Beine lassen mich zwar im Stich, aber nicht mein Hirn. Ist das klar? Hast du etwas von meiner

247

Schokolade gegessen? Du weißt, dass ich das merke. Also lüg erst gar nicht. Ich kann mein Geld auch der Kirche vermachen, dann hast du gar nichts außer deinem kleinen Beamtengehalt als Grundschullehrerin, lächerlich. Und heiraten will dich sowieso keiner. Wann warst du eigentlich das letzte Mal bei einem Friseur? So sieht dich sicherlich kein Mann an, der ein bisschen Verstand hat. Hast du mir Zigaretten besorgt?«

Die Litanei nimmt kein Ende, und Sarah erträgt es wie jeden Tag, während sie *sie* wäscht und ihr frische Sachen anzieht, den Tee von der Wand wischt und sogar noch etwas vorliest. Ja, wer wird wohl eine Frau heiraten wollen, die ein solch lästiges Paket mit sich rumträgt, denkt sie, als sie das Licht löscht. Bald. Ganz bald.

Sarah bleibt still liegen und blinzelt in die Dämmerung. Feiner Schneegriesel schlägt leicht gegen die Fenster. In einer Stunde wird es hell sein. Was für ein wundervoller Tag, denkt Sarah. Wie jeden Morgen lauscht sie gebannt in der Hoffnung, nichts zu hören, gar nichts. Kein Klopfen, kein Rufen, kein Scheppern. Vielleicht bleibt es still, vielleicht ist es jetzt endlich soweit. Ja, vielleicht. Der Wagen des Brötchenlieferanten reißt sie aus ihren Tagträumen, und kurz darauf hört sie das knatschende Bett nebenan. Die erste Zigarette an diesem Tag. Ich habe noch fünf Minuten. Sarah wirft die Bettdecke zurück und geht schnurstracks ins Bad. Eine kurze Dusche – zwei Minuten. Zähne putzen, anziehen, die Haare bürsten – noch einmal zwei Minuten. Als sie auf dem Bett sitzt, um sich die Schuhe zuzubinden, hört sie das Klopfen *ihres* Stockes gegen die Wand. Die fünf Minuten sind um.

»Ja doch!«, sagt Sarah leise. Das Klopfen wird schnel-

248

ler und lauter. Unerträglich. »Ich komme!«, versucht sie, freundlich zu rufen, während sie ihre Fäuste ballt. Sarah atmet tief durch, als sie vor dem Spiegel im Flur steht. Dich sieht tatsächlich niemand an, denkt sie, dann öffnet sie *ihre* Zimmertür. Das Prozedere für diesen Morgen lässt Sarah stoisch über sich ergehen. Sie hat nur noch ein Bild vor ihrem inneren Auge, das lässt sie jede Demütigung ertragen.

Der Wind hat aufgefrischt und die Wolken vertrieben. Ein strahlend blauer Himmel lacht an diesem Wintermorgen. Die Touristen verlassen ihre Blockhütten am Waldrand unterhalb des Rothaarsteiges und machen sich auf zum Schmallenberger Höhenlift, wo die präparierten Pisten auf sie warten. Muss das schön sein, bei diesem Wetter Ski zu fahren, denkt Sarah. Sie schiebt den Rollstuhl vor sich her und blickt dabei verbissen auf ihre Hände.

»Beeil dich, es ist kalt geworden«, sagt *sie* und steckt mit der einen Zigarette die nächste an. »Dieser fürchterliche Wind, ich sollte das Haus verkaufen. Hier kann man im Winter nicht mehr hin. Die Heizung muss endlich überholt werden. Sie macht schon ganz seltsame Geräusche. Hast du verstanden? Du musst das doch auch hören. Und dann all diese Touristen. Das sollte verboten werden. Viel zu viele Menschen überall. Die Preise für Lebensmittel hier sind auch viel zu sehr gestiegen, alles wegen der Urlauber und Wochenendausflügler. Ich sollte wirklich verkaufen. Ein schöner Batzen Geld für die alte Hütte. Sollen doch die Touristen zusehen, wie sie die Bruchbude renovieren. Wieso sagst du denn gar nichts. Hallo, bist du noch da?«

Sarah zuckt zusammen, als hätte man sie bei einer Missetat erwischt. Am liebsten würde sie schreien: Ja, verkauf doch endlich dieses schreckliche Haus. Ich will es nicht.

Es bereitet mir Albträume. Ich hasse es aus tiefstem Herzen. Ich hasse dich! Sarah schluckt es hinunter. Wie immer. »Ganz wie du meinst«, stammelt sie.

»Hast du überhaupt zugehört? Du wirst auch immer seltsamer. Den Weg hier hoch, dort entlang, ich will was sehen! Man könnte meinen, du warst noch nie hier, du meine Güte. Hast du getrunken? Würde mich nicht wundern.«

Sarah antwortet nicht und nimmt alle Kraft zusammen, den Rollstuhl durch den Schnee zu schieben bis zum Rundweg, um das Bergdorf zu erreichen. Für sie selbst ist keine Zeit für eine Zigarettenpause. *Sie* streckt bereits *ihre* Hand aus und fordert Sarahs Smartphone. Sarah stellt die Bremse fest und gibt es *ihr*. Wie jeden Morgen. Während *sie* mit *ihrer* Freundin telefoniert und sich über alles und jeden beschwert, tritt Sarah ein paar Schritte zur Seite und blinzelt in die Sonne. Wie herrlich es hier doch ist. Es könnte ein Paradies sein. Man könnte das Haus renovieren und ganzjährig vermieten. Für das Geld könnte sie sich in Dortmund eine größere Wohnung leisten. Vergiss es, darauf kannst du nicht mehr warten, denkt sie. Dein Leben rinnt dir gerade durch die Finger, wenn du so weitermachst. Mit dem Ärmel ihres Pullovers, der unter der Steppjacke hervorlugt, wischt sie sich unauffällig die Tränen weg.

»Wir können zurück. Ich bin fast erfroren. Kannst du dir nicht mal ein anderes Telefon anschaffen, mit dem man auch vom Haus aus telefonieren kann? So ein Blödsinn.«

Sarah nickt stumm.

»Ja, was jetzt?«, poltert *sie*.

»Das, ach so, nein, das liegt nicht am Telefon. Das ist der schlechte Empfang da unten im Haus. Wir haben kein WLAN, und Festnetz wolltest du ja nicht.«

»Du kannst mir auch viel erzählen!«

Sarah hört nicht mehr zu. Sie greift den Rollstuhl, ihre Finger bohren sich in den gummierten Griff. Sie genießt für einen Moment den Schmerz, der sie von ihrer Wut ablenkt. Mit zusammengekniffenen Lippen lenkt sie den Rollstuhl zurück Richtung Haus. Heute. Denkt sie nur. Heute ist der Tag.

Das Warten erscheint ihr wie eine Qual. *Sie* isst langsamer als sonst, immer wieder dieses Husten und Würgen. Ich muss mit dem Rauchen aufhören, denkt Sarah. So will ich nicht enden. Es erscheint ihr wie ein schlechter Witz, dass ausgerechnet *ihr* Haus in einem heilklimatischen Kurort steht und das *Fachkrankenhaus Kloster Grafschaft* nur wenige Kilometer entfernt liegt. Erst im Frühjahr war sie mit *ihr* bei einem der Lungenfachärzte dort gewesen, der *sie* gründlich untersucht hatte. »Alles Stümper und Halsabschneider«, hatte *sie* nur geschimpft, und Sarah hatte mit hochrotem Kopf die Klinik mit *ihr* verlassen. Wieso erstickst du nicht einfach, denkt Sarah und schiebt ihren leeren Teller beiseite. *Sie* stochert im Essen, prüft minutenlang, ob das Fleisch weich genug für *sie* ist und das Gemüse auch wirklich durch, aber nicht matschig. Die Kartoffeln hat *sie* an die Seite geschoben. Die isst *sie* immer zum Schluss mit ein bisschen Apfelmus. *Sie* grummelt vor sich hin, isst endlich alles auf, verlangt nach mehr Wein zum Schokoladenpudding, verschüttet die Hälfte auf dem Tisch. Ausgerechnet heute will *sie* ihren Lieblingsfilm mit *ihrem* Lieblingsschauspieler sehen. Sarah sucht das Video mit Heinz Rühmann heraus und hofft, dass es sich noch nach all den Jahren abspielen lässt. Die Technik in diesem Haus kommt aus der Steinzeit, denkt sie. Auch *ihren* Wunsch nach einem Glas Feuerzangenbowle kann

Sarah erfüllen. Sie bereitet nur eine kleine Menge zu, sie nimmt den Rest aus der Rotweinflasche, Rum ist noch im Haus, und eine weiche Orange findet sie auch. Nelke und Sternanis hat sie nicht, aber gemahlenen Zimt. Das muss so reichen. Sie plant den Aufenthalt in dem Ferienhaus immer gut im Voraus, aber an alle Lebensmittel kann sie auch nicht denken. Zumal Sarah in den angeblich überteuerten Läden in dem Urlaubsgebiet nicht einkaufen darf. Dass das Teuerste an den Einkäufen *ihre* Zigaretten sind, davon spricht *sie* nicht. Sarah erwärmt die Zutaten und bereitet den Punsch vor. Viel kann *sie* nicht vertragen, außerdem hatte *sie* schon Wein zum Essen. Während Sarah alles auf dem Wohnzimmertisch vor *ihr* platziert und den Zuckerhut auf der Feuerzange anzündet, kreisen ihre Gedanken um den Plan. Es wird dir gelingen. Du kannst das. Es gibt keinen anderen Weg, denkt sie immer und immer wieder. Sarah vermeidet es, *sie* anzusehen. Bloß nicht schwach werden. Während der Fernseher läuft, räumt sie in der Küche das Geschirr vom Tisch und erledigt den Abwasch. Manchmal glaubt sie zu hören, wie *sie* lacht. Wie lange hat sie das nicht gehört? Bloß nicht schwach werden, denkt sie erneut. Der Wind hat aufgefrischt. Heute ist ein guter Tag für meinen Plan.

Als Sarah später am Abend ins Wohnzimmer zurückkommt, ist *sie* vor dem Fernseher eingeschlafen. Wie friedlich *sie* doch sein kann. Sarah schüttelt den Gedanken ab, stoppt das Video, schaltet den Fernsehapparat aus, packt diese kleine, in sich zusammengefallene Person und trägt sie die Treppe hinauf ins Schlafzimmer. *Sie* wird wach, lässt sich kommentarlos waschen und umziehen, verlangt nach den Zigaretten und einer Gute-Nacht-Geschichte und schläft nach nur einer knappen halben Stunde fest ein. Sarah lauscht noch eine Weile dem röchelnden Atem. Dann geht sie in ihr Zimmer und macht sich fertig fürs Bett. Fast liebevoll streicht sie über die holzvertäfelten Wände und die Möbel, über ihre Kleidung und ihre Bücher, die sie zurücklassen wird. Es macht ihr nichts aus. Nichts bringt sie jetzt noch von ihrem Plan ab. Sie prüft erneut, ob das Smartphone geladen ist und setzt sich wartend auf die Bettkante. Draußen tobt mittlerweile ein Sturm. 20 Zentimeter Neuschnee sind angekündigt. Der Winterdienst wird hier oben erst am frühen Morgen anrücken. Gott ist auf meiner Seite, denkt Sarah und gibt sich endlich einen Ruck. Jetzt ist die Zeit gekommen. Sie nimmt entschlossen den Aschenbecher mit *ihren* gesammelten Kippen aus der Nachttischschublade. Dann schlüpft sie in ihre Stiefel, greift nach dem Smartphone und blickt sich ein letztes Mal in ihrem Zimmer um. Ein schönes Haus mit vielen hässlichen Erinnerungen, denkt sie noch einmal und läuft schnurstracks den Flur entlang in *ihr* Zimmer. Sie zögert nicht. Den Aschenbecher leert sie auf der Matratze und neben dem Bett aus. Dann zündet sie mit *ihrem* Feuerzeug das Laken an. *Sie* schläft weiter, ruhig, röchelnd, alkoholisiert. Sarah bleibt im Türrahmen stehen und sieht sich das Szenario an. Die Matratze qualmt nur ein wenig. Vielleicht erstickt sie einfach, und es muss gar nicht brennen, denkt Sarah kurz. Ja vielleicht. Sie reißt ein Blatt aus dem Buch heraus, aus dem sie noch eben vorgelesen hat und legt es auf den glimmenden Fleck, bis die ersten kleinen Flammen an der Bettdecke züngeln. Sarah geht zum Fenster und öffnet es. Der scharfe Wind fegt durch das Zimmer. *Sie* hustet und wird wach. Sarah bleibt regungslos stehen und wartet auf das Geschrei, das hier draußen sowieso niemand hören wird. *Sie* setzt sich auf, zitternd,

253

mit einem Blick, den Sarah niemals vergessen wird. *Sie* schlägt mit den Armen um sich und schmeißt die brennende Bettdecke auf den Boden. Die Flammen schlagen höher. Der Schrei, auf den Sarah gewartet hat, hallt nun durch die Nacht. Mit der Stiefelspitze schiebt sie einen Teil der brennenden Bettdecke unter *ihr* Bett, dann verlässt sie das Zimmer, geht in aller Ruhe die Treppe hinunter, greift im Vorbeigehen nach ihrer Jacke und verlässt *ihr* Haus. Den Weg hoch zum Wanderweg kämpft sie sich durch hohen Schnee – den eisigen Wind im Gesicht spürt sie kaum. Die Nässe, die an ihrer Pyjamahose hochklettert, bemerkt sie nicht. Das Bergdorf liegt im Dunkeln, alles schläft. Hier sieht mich heute keiner, denkt sie. Als Sarah am Rundweg ankommt, blickt sie zurück. Der starke Wind hat das Feuer angefacht. Lichterloh steht das obere Stockwerk des alten Fachwerkhauses in Flammen. Sarah verharrt einen Moment und sieht sich das Geschehen wie eine Unbeteiligte an. Minutenlang. Dann nimmt sie ihr Smartphone und wählt den Notruf.

»Es brennt, ich konnte sie nicht retten. Bitte kommen Sie schnell«, stammelt sie und gibt die Adresse durch. Als das Gespräch beendet ist, wirft Sarah einen letzten Blick auf das Szenario. Sie hört die Balken knacken und in sich zusammenbrechen. Glas zerbirst. Der Wind erledigt den Rest. Das Hexenhaus lodert und wirft einen gespenstischen hellen Schein in die Winternacht. Die Touristen in den Blockhütten scheinen nichts zu bemerken. So friedlich, so schön, so frei. Endlich frei, denkt Sarah, schlägt den Kragen der Jacke hoch und macht sich auf den Weg Richtung Grafschaft.

Rezept:
Feuerzangenbowle

Zutaten:
  2 l Rotwein
  500 ml Orangensaft
  1 Orange (unbehandelt)
  1 Zitrone (unbehandelt)
  1 Stange Zimt
  4 Gewürznelken
  2 Sternanis
  1 Zuckerhut
  350 ml Rum 54%

Die Orange in Scheiben schneiden. Die Schale der Zitrone möglichst am Stück dünn abschneiden (zur Deko), beides beiseitelegen. Den Saft der Zitrone auspressen.

Den Rotwein in einem Topf erhitzen. Den gesamten Fruchtsaft (gesiebt) zum Wein geben und mit erhitzen (nicht kochen). Die Gewürze in der heißen Flüssigkeit ziehen lassen.

Die Weinmischung in den Punschtopf umgießen und auf ein Stövchen stellen. Die Orangenscheiben in den Punschtopf geben und mit der Zitronenspirale verzieren.

Eine Feuerzange mit dem Zuckerhut über den Punschtopf legen und den Zuckerhut mit etwas erwärmtem Rum beträufeln. Ein wenig Rum in eine Kelle geben, mit einem langen Streichholz anzünden und brennend über den Zuckerhut gießen. Restlichen Rum zunächst in die Kelle gießen, dann über den brennenden Zuckerhut laufen lassen. Sobald der Zucker geschmolzen ist, kräftig umrühren und servieren.

HÖRDER HEILPUNSCH

Weihnachtspunsch in Dortmund-Hörde
Astrid Plötner

Mein Herz raste. Das Telefon hatte mich aus tiefstem Schlaf gerissen. Mit Blick auf die Leuchtziffern des Weckers sah ich, dass es 6.52 Uhr war. Verdammt, wer rief mich am Heiligen Abend in dieser Herrgottsfrühe an? Ich quälte mich aus dem Bett und eilte in den Flur meiner Wohnung, wo ich über einen Quietschball meines Labradors Sam stolperte. Prompt kam ich ins Wanken und taumelte gegen den Tannenbaum, der fast umgefallen wäre. Ich hörte die Äste rascheln und eine Kugel zu Boden fallen. Sam sprang aus seinem Korb und kam mir schwanzwedelnd entgegen. Ich ignorierte ihn verärgert und fischte das Mobilteil von der Station. »Wer stört?«, brummte ich.

»Etwas Furchtbares ist passiert!«, vernahm ich sogleich meinen Freund Frank. »Du *musst* mir helfen, Stefan!«

»Was ist los?«, fragte ich und mühte mich, wach zu werden.

»Hier liegt ein Toter direkt unter der *Vogelfrau*! Du weißt schon, die Skulptur aus Aluminium, die mit Sockel bestimmt vier Meter hoch ist. Sieht so aus, als habe jemand den Mann mit einem großen Stein erschlagen! Ein schrecklicher Anblick!« Frank erklärte, da er in der Adventszeit an die fünf Kilo zugelegt hätte, würde er seit einigen Tagen frühmorgens über die Elias-Bahn-Trasse bis zum Phönix-see joggen. Dabei habe er heute den Toten auf der Wiese gleich neben der silbernen Skulptur mit den riesigen Flügeln entdeckt.

»Bist du sicher, dass der Mann tot ist?«

»Natürlich bin ich sicher. Ich habe am Hals nach dem Puls gefühlt. Die Leiche ist noch warm. Die Tat kann also nicht allzu lange her sein. Das sieht so unheimlich aus, Stefan! Die *Vogelfrau* wirkt mit ihren großen Flügeln wie ein Todesengel.«

»Hast du die Polizei informiert? Warum rufst du bei mir an?«, fragte ich und lauschte gespannt seiner Erklärung.

»Ich kenne den Mann. Er hat mich im Sommer damit genervt, dass die *Vogelfrau* umgesetzt worden ist. Sie stand früher direkt am Phönixsee. Soweit ich mich erinnere, hat der Typ am See Getränke verkauft und den Besucherstrom zur *Vogelfrau* genutzt. Er hat behauptet, seine Geschäfte wären eingebrochen, seit die Skulptur nicht mehr am See steht. Der hat mir sogar mit einer Klage gedroht! Und jetzt liegt der Kerl tot unter der *Vogelfrau*. Da bin ich doch der Verdächtige Nummer eins!« Frank war seit einigen Jahren Kulturreferent der Stadt Dortmund und hatte in dieser Funktion auch über die Verteilung und Aufstellung von Kunstobjekten mitzuentscheiden.

»Ich verstehe nicht, wie ich dir da helfen kann«, erwiderte ich ratlos.

»Als Journalist«, fuhr Frank fort, »bist du doch eine Eins in Recherche. Finde heraus, warum der Mann ermordet wurde und von wem. Du weißt selbst, wie das abläuft, wenn die Polizei die Sache in die Hand nimmt. Das dauert ewig. Ich will aber so schnell wie möglich meine Unschuld beweisen. Verstehst du?«

258

Meine Begeisterung hielt sich in Grenzen. Zumal ich mir auch keinen Reim darauf machen konnte, warum eine Skulptur wie die *Vogelfrau* den Verkauf von Getränken fördern konnte. Aber natürlich würde ich versuchen, meinem Freund zu helfen. »Wie heißt der Mann?«

»Keine Ahnung. Habe ich vergessen!«

»Hat er Papiere bei sich?«

Frank zeigte sich erleichtert darüber, dass er heute Sporthandschuhe trug, wegen der Fingerabdrücke. Eine Weile hörte ich nur ein Rauschen und Rascheln. »Da ist der Ausweis! Er heißt Carsten Adameit, 45 Jahre alt, wohnhaft An den Emscher Auen. Also hier am Phönixsee.«

Ich notierte mir Name und Adresse und ermahnte Frank, nun sofort die Polizei zu informieren. Dann beendete ich das Telefonat und zog mich an. Bevor ich mich auf den Weg machte, ließ ich Sam kurz vor die Tür, denn die Gassi-Runde mit ihm würde warten müssen. Mit Wollmütze, Winterparka, Handschuhen und Winterboots setzte ich mich hinter das Steuer meines alten BMW und fuhr los. Ich wohnte in Dortmund-Aplerbeck und legte die Strecke bis zum See im Stadtteil Hörde in 15 Minuten zurück. Ich parkte den BMW etwas abseits des Hauses in der Straße, die von hinten an die Häuser führte. Mein Atem stieg als kleine Wölkchen in den kalten Wintermorgen, als ich mich leisen Fußes dem Anwesen näherte. Die Bauten in der Nachbarschaft lagen alle noch im Dunkeln. Das Haus von Carsten Adameit erwies sich als avantgardistische Villa mit viel Glas und zylindrischen Formen, mit vorgebauter Terrasse und umschlossen von einem kleinen Garten. Der Rasen vor der Terrasse war mit einer weißen Eisschicht bedeckt, die im

Licht der Außenbeleuchtung glitzerte. Rechts des Hauses ragten kahle Rosenbuschgerippe aus einem Bett von grobem Rindenmulch.

Für den Vormittag war Schnee angesagt. Trotz der warmen Kleidung fröstelte ich auf dem Weg zur Haustür. Ich klingelte, da ich nicht davon ausgehen konnte, dass Herr Adameit hier allein gelebt hatte. Ein durchgängiger Klingelton schallte durchs Haus. Augenblicklich hörte ich das Bellen eines Hundes, das in ein düsteres Grollen mündete. Ich wartete einen Moment, dann schlenderte ich langsam zur Promenade hinunter und schaute mich um. Der See lag friedlich vor mir. Er galt als Vorzeigeobjekt für den Strukturwandel im Ruhrgebiet. Kaum vorstellbar, dass sich hier einst ein riesiges Stahlwerksareal befand, das als eines der größten Arbeitgeber im Pott gegolten hatte. Die Häuser in der Nachbarschaft von Adameit versteckten sich zur Hälfte hinter einer Hecke, blieben aber alle dunkel. Ich fasste einen Entschluss und lief zurück zu meinem Auto, wo ich ein Profi-Lockpicking-Set aus meinem Kofferraum holte und zur Villa zurückkehrte. Das einfache Türschloss hatte ich mit einem der Dietriche im Nu geöffnet. Ganz vorsichtig schob ich die Tür nach innen auf. Der Hund war verstummt. Ein gutes Zeichen? Ich betätigte den Lichtschalter, trat ein und schloss die Haustür. Keine drei Schritte hatte ich im Flur bewältigt, da schoss eine riesige schwarze Kreatur auf mich zu, sprang mich an, und ich fiel um wie ein gefällter Baum. Ein Dobermann stand auf mir. Seine Pfoten drückten sich in meine Brust, und sein Atem streifte meine Kehle.

Nur die Ruhe bewahren, sagte ich mir. Ein Biss in meinen Hals, und Frank hätte heute den zweiten Toten zu beklagen. Langsam hob ich den Kopf und sah in die Augen des schwarzen Riesen. Ein Grollen entwich seiner Kehle. »Ganz ruhig«, raunte ich. »Braver Junge!« Vorsichtig schob ich meine linke Hand in die Jackentasche und nestelte ein Leckerli von Sam heraus. Ob sich der Dobermann bestechen lassen würde? Langsam hielt ich ihm das Futter unter die Nase. Der Hund drehte ein wenig den Kopf. Dann schnappte er nach dem Leckerbissen und sprang von mir herunter. Er setzte sich neben mich und schaute mich erwartungsvoll an. Ich traute seinem Verhalten nicht. Aus Erfahrung hielt ich große Hunde für unberechenbar. Im Zeitlupentempo stand ich auf. Am breiten Halsband des Dobermanns erkannte ich den Namenszug Cäsar. Ich griff erneut nach einem Leckerli.

»Das machst du fein, Cäsar!«, lobte ich und verfütterte die Hälfte meines Vorrats. Danach wagte ich es, mich im Haus umzusehen. Ich begann im Keller, der jedoch vollkommen ungenutzt und leer war. Cäsar folgte mir, blieb aber ruhig. Das Erdgeschoss war spärlich möbliert. Im Schlafzimmer standen lediglich ein aufblasbares Bett und ein Kleiderständer mit Textilien, auf einer Kiste ein kleiner Fernseher. Die Küche nebendran war mit viel Technik ausgestattet und luxuriös, der Kühlschrank nur dürftig gefüllt. Cäsar folgte mir auf dem Fuß. Im Obergeschoss dasselbe Bild, spärliche Einrichtung, völlig im Gegensatz zum avantgardistischen Hausdesign. Als Letztes nahm ich mir ein bestimmt 30 Quadratmeter großes Zimmer im Erdgeschoss mit Blick auf den Phönixsee vor, das Carsten Adameit zu einer Art Warenlager mit Büro umfunktioniert hatte. An der rechten Wand standen einfache Bausatzregale. Die linke Hälfte voll mit Kartons voller Flaschen, die rechte mit Verpackungsmaterial. An der gegenüberliegenden Wand befand sich ein einzelner Rollschrank mit

Aktenordnern. Vor der Glasfront, die zur Terrasse führte, stand ein abgenutzter Schreibtisch mit PC.

Zunächst trat ich, gefolgt von Cäsar, auf das Flaschenregal zu und ergriff eine davon. »*Hörder Heilpunsch*«, las ich. Ich sah auf der Banderole eine Zeichnung, die der *Vogelfrau* vom See ähnelte. Die Beschreibung auf der Rückseite pries den Inhalt als leicht alkoholisches Wundermittel an, das die Abwehrkräfte fördern und dem Immunsystem Flügel verleihen würde. Bestellbar unter www.adameitheilpunsch.de. Hatte Herr Adameit, nachdem ihm der verkaufsträchtige Platz unter der *Vogelfrau* genommen worden war, auf online-Handel umgestellt? Ich setzte mich an den Schreibtisch und schaltete den PC ein. Cäsar legte sich auf eine Matte vor der Terrassentür und behielt mich im Auge. Der Computer war nicht passwortgeschützt, so öffnete ich einen Browser und gab die Internetadresse des Punschs ein. Die Seite war professionell aufgemacht und lebte von Referenzen zufriedener Kunden.

So schwärmte Marlies W. aus Duisburg: »Der erste Winter ohne lästige Erkältung. Mit *Hörder Heilpunsch* fühle ich mich fit und gesund.«

Heinrich G., aus Magdeburg zeigte sich ebenso begeistert: »Mit dem *Hörder Heilpunsch* habe ich eine neue Lebensqualität gefunden! Zwei Jahre ohne jegliches Zipperlein. Ich könnte Bäume ausreißen!«

Michael S. aus Helmstedt freute sich: »Obwohl ich zunächst skeptisch war, habe ich meiner Frau zuliebe den *Hörder Heilpunsch* probiert. Ich leide an Asthma und bin jeden Winter krank. Bereits nach der ersten Flasche konnte ich viel befreiter atmen. Ich bin überglücklich!«

Ich scrollte den Bildschirm schneller herunter und überflog die nächsten Einträge. Dabei fand ich keine

262

einzige negative Beurteilung. Die Lobgesänge wetteiferten miteinander, dass mir schlecht wurde. Gab es wirklich eine Zielgruppe, die diesen Humbug glaubte? Ich klickte mich durch die weiteren Seiten der Webseite und erfuhr, dass der *Hörder Heilpunsch* pro Flasche mit 0,4 Liter Inhalt 9,80 Euro kostete. Ein Glas mit 200 Milliliter am Abend galt als Empfehlung. Das machte im Monat knapp 150 Euro pro Person. Kein schlechtes Geschäft. Die Frage blieb, wie Adameit seinen Punsch herstellte? Gab es eine offizielle Lizenz dafür? Auf der Flasche standen keine Inhaltsstoffe. Ich klickte auf den Reiter »Produkt« und las lediglich: »Der *Hörder Heilpunsch* ist ein reines Naturprodukt mit wertvollen Inhaltsstoffen.« Ich öffnete die im Computer abgespeicherten Dokumente und fand tatsächlich eines mit dem Titel »Hörder Heilpunsch«. Das Rezept war äußerst einfach, es enthielt Rotwein, schwarzen Tee, Zucker, Orangen und einige Gewürze. Soweit ich mich erinnerte, hatte meine Großmutter nach demselben Rezept jedes Jahr den Weihnachtspunsch gekocht.

Ich starrte auf den Bildschirm. Das war unglaublich! Das war Betrug! Sofort ahnte ich, dass ich unter den Kunden von Adameit vermutlich seinen Mörder finden würde. Ich suchte im Speicher des PCs nach verdächtigen Dokumenten. Die angelegten Ordner waren jedoch uninteressant und sein E-Mail-Account passwortgeschützt. So setzte ich meine Hoffnung auf den Rollschrank. Die Akten waren vorbildlich beschriftet: Rechnungen, Mahnungen, Versicherungen, Verträge. Mein Blick blieb an dem Ordner »Drohungen« haften. Ich zog ihn heraus und setzte mich wieder an den Schreibtisch.

Der Ordner war gefüllt mit E-Mail-Ausdrucken. Ich

schlug eine Seite auf. Eine Sabine Schmidt aus Würzburg beschimpfte Carsten Adameit als Scharlatan. Das Produkt habe bei ihr keinerlei Wirkung gezeigt und schmecke wie ein gewöhnlicher Weihnachtspunsch. Sie habe den Inhalt in einem Labor untersuchen lassen, und ihr Verdacht sei bestätigt worden. Ihr Rechtsanwalt wolle Klage einreichen. Bei der Durchsicht des Ordners las ich von ähnlichen Beschimpfungen, Androhungen von rechtlichen Schritten und Geldrückforderungen. Carsten Adameit schien diese Drohungen jedoch ignoriert zu haben. Jedenfalls hatte er keine Antwortschreiben abgeheftet. Ich überlegte, ob ich den Ordner mitgehen lassen sollte, um die einzelnen Geschädigten bei mir zu Hause genauer zu überprüfen. Cäsar nahm mir die Entscheidung ab, indem er laut bellend zur Haustür sprintete.

Ich hörte, wie sich ein Schlüssel im Schloss drehte. Geistesgegenwärtig schaltete ich den PC aus und wollte durch die Terrassentür flüchten, da vernahm ich einen Aufschlag, dem ein deutliches Stöhnen folgte. Meine Neugier zwang mich nachzusehen, was passiert war. Ich äugte in den Flur. Auf dem Boden lag ein Mann – in ähnlicher Bredouille wie ich, nachdem ich das Haus betreten hatte. Cäsar bohrte seine Pranken in die Brust des Eindringlings und knurrte. Langsam ging ich näher.

»Rufen Sie das Vieh zurück!«, zischte der Mann.

»Wer sind Sie?«, fragte ich nur.

»Das Gleiche könnte ich Sie fragen!«, blökte der Fremde.

Ich blieb stumm, verschränkte die Arme vor der Brust und wartete. In dieser Situation war ich eindeutig der Überlegene. Cäsar begann, an der Jacke des Unbekannten zu schnüffeln. Jetzt erkannte auch ich kleine Flecken an seiner hellen Steppjacke. Plötzlich bellte Cäsar laut. Es klang bedrohlich. Der Mann auf dem Boden zitterte und wurde kalkweiß. »Helfen Sie mir!«, flehte er.

Ich griff Cäsar ins Halsband und redete beruhigend auf ihn ein, ohne ihn jedoch von dem Fremden herunterzuziehen. »Wer sind Sie und was wollen Sie hier?«, wiederholte ich und spürte dabei die Unruhe des Dobermanns, die stetig wuchs.

»Mein Name ist Klaus Winter und ich bin der Besitzer dieser Villa. Ich habe sie vor einem Jahr an den Adameit vermietet. Seitdem habe ich keinen Cent Miete bekommen.«

»Es ist dennoch Hausfriedensbruch, wenn Sie widerrechtlich hier eindringen«, ermahnte ich den Mann, obwohl ich ja keinen Deut besser gehandelt hatte. Cäsar knurrte laut und wollte sich mit Macht meinem Griff entwinden. Lange würde ich ihn nicht mehr halten können. Ich ahnte, warum der Hund sich so wild aufführte, und sprach meinen Verdacht aus: »Cäsar wittert das Blut seines Herrchens an Ihrer Jacke, und das macht ihn rasend. Sie haben den Adameit erschlagen! Warum? Sie hätten auch eine Räumungsklage erwirken können.«

»Die läuft seit Monaten!«, keuchte Herr Winter, während Cäsar begann, mit den Pfoten an seiner Jacke zu scharren. »Jetzt ziehen Sie endlich den Hund von mir runter!« Schweißperlen standen auf seiner Stirn.

Ich streichelte Cäsar sanft über den Kopf, um ihn zu beruhigen. Das Leckerli, das ich ihm anbot, nahm er nicht. Er sah mich nur an und winselte. Ich erklärte Herrn Winter, dass die Polizei feststellen könne, von wem das Blut an seiner Jacke stammte. Winter schien nun davon auszugehen, es mit einem zivilen Polizisten zu tun zu haben.

»Ich wollte den Kerl nicht erschlagen«, stöhnte der

Hausbesitzer sichtlich eingeschüchtert. »Aber der Adameit hat mich ja nie ins Haus gelassen. Meine Anrufe hat er nicht beantwortet. Ich fand heraus, dass er frühmorgens am Phönixsee joggt. Bei der *Vogelfrau* habe ich auf ihn gewartet, um ihn zur Rede zu stellen. Wie er dann vor mir rumhopste und auf der Stelle weiterlief, als nähme er mich nicht ernst, wurde ich wütend. Als er schließlich sagte, im Spätsommer sei ich ihn los, da habe er genug zusammengespart, um sich ins Ausland abzusetzen, da ist bei mir eine Sicherung durchgebrannt.« Also habe er dem Carsten Adameit seine Faust ins Gesicht geschlagen. So richtig mit Schmackes, dass er umfiel. Er sei daraufhin mit dem Kopf gegen den Betonsockel geknallt und ziemlich benommen gewesen. Er hätte gemurmelt, dass er den Herrn Winter dafür verklagen würde, das gäbe obendrein noch mal eine saftige Entschädigung. Da habe Klaus Winter endgültig rotgesehen und nach einem großen Stein gegriffen. Den habe er dem Adameit auf den Kopf geschlagen, bis er sicher sein konnte, dass er tot war.

»Eines verstehe ich nicht«, setzte ich zu einer Frage an. »Warum dringen Sie kurz nach Ihrer Tat in das Haus Ihres Mieters ein? Sie mussten doch damit rechnen, dass die Polizei hier auftaucht.«

»Mir fiel plötzlich ein, dass ich dem Adameit vor einiger Zeit einen Brief geschickt hatte, in dem ich ihm Dinge androhte, von denen besser niemand etwas erfahren sollte.«

Einen solchen Brief hatte ich bei meiner Durchsuchung nicht gefunden. Vermutlich hatte Carsten Adameit das Papier sofort entsorgt. Ich verschwieg das Herrn Winter, ebenso wie die vielen Verdächtigen, aus dem Ordner »Drohungen«. Möglicherweise wäre man nie auf den Hausbesitzer als Täter gekommen. Langsam zog ich Cäsar von dem Mann herunter, fischte mein Smartphone aus der Jackentasche und rief die Polizei. Jetzt musste ich mir nur noch eine glaubwürdige Ausrede für meine Anwesenheit in diesem Haus einfallen lassen. Danach würde ich ein oder zwei Flaschen *Hörder Heilpunsch* mitgehen lassen. Denn Weihnachtspunsch passte hervorragend zu einem gemütlichen Heiligen Abend mit meinem Freund Frank.

Rezept: Weihnachtspunsch

Zutaten:
  1 Liter schwarzer Tee
  50 g Zucker
  ¾ Liter Rotwein
  ¼ Stange Zimt
  3 Gewürznelken
  2 Orangen
  1 Zitrone
  Rum (Amaretto oder Cointreau)

Zucker in heißem, starkem Schwarztee auflösen. Zimtstange und Nelken dazugeben und 30 Minuten ziehen lassen. Den Tee durch ein Sieb gießen und mit Rotwein erhitzen. Saft von 2 Orangen und ½ Zitrone und einen Schuss Rum dazugeben (ersatzweise auch Amaretto oder Cointreau).

TABLEDANCE UNTERM TANNENBAUM

Zwiebelkuchen in Arnsberg
Anke Kemper

Wilfried rieb sich schmerzverzerrt den Hinterkopf. In der Eile hatte er vergessen, dass die Kofferraumtür seines alten VW Golf nicht mehr automatisch bis zum Anschlag öffnete. Jetzt war es zu spät, er kam nicht schnell genug weg, um einer Begegnung mit seiner Vermieterin auszuweichen und seine Einkäufe zurück in den Kofferraum zu schieben. Wilfried atmete tief durch, bevor er sich umdrehte. Wenn man sie nicht sah, dann hörte man sie, und wenn man sie dann sah, wollte man nur noch weg, schoss es ihm durch den Kopf, als sich ihre Silhouette gegen das schwache Licht der Außenbeleuchtung auf dem Parkplatz erhob. Frau Ingeborg Kampschulte stapfte bepackt mit zwei überfüllten *Aldi*-Tüten und einer ungebremsten Entschlossenheit auf ihn zu. »Herr Weidner, Sie denken ja an die Straße!«, rief sie ihm entgegen, obwohl sie nur fünf Meter entfernt war.

»Aber ja, Frau Kampschulte«, rief er in gleicher Lautstärke zurück.

»Was schreien Sie denn so? Ich bin doch nicht taub! Ich wollte mich nur vergewissern, dass Sie es nicht vergessen«, fügte sie etwas leiser, aber genauso entschlossen hinzu.

»Aber ja. Ist ja allgemein bekannt, dass die Bauarbeiten hier beginnen«, versuchte Wilfried zu besänftigen.

»Eben. Und für die gesamte Ruhrstraße für fast zwei Monate. Das muss man sich mal vorstellen. Eine Zumutung so was. Aber es wurde doch allen Anwohnern ausdrücklich mitgeteilt, sich rechtzeitig einen anderen Parkplatz in den Nebenstraßen zu suchen.«

Wilfried wusste darauf nichts zu antworten. Es war Samstagabend, ungefähr 36 Stunden Zeit bis zur Vollsperrung. Noch bevor er ihr das halbwegs höflich mitteilen konnte, war Frau Kampschulte an den Kofferraum getreten, hatte ihre Tüten neben den linken Hinterreifen platziert und starrte gebannt auf Wilfrieds Einkäufe.

»Wofür brauchen Sie die denn?«, fragte sie, öffnete den Kofferraum bis zum Anschlag und hob eine Baustütze hoch, die schon halb aus dem Kofferraum lugte. »Sie haben bei mir keine Umbaumaßnahmen an Ihrer Wohnung angemeldet. Also?«

Wilfried schluckte, genau das hatte er vermeiden wollen. »Aber das weiß ich doch, liebe Frau Kampschulte«, säuselte er. »Die sind für gymnastische Übungen bestimmt und nicht für Umbaumaßnahmen. Ich würde doch nie ohne Ihre Einwilligung … also wirklich … Sie kennen mich doch schon so lange.« Weiter kam er nicht. Frau Kampschulte holte auch die anderen drei Baustützen hervor.

»Für Sie und Ihre drei Kumpels? Ich dachte, Sie sind alle im Volleyballverein. Haben Sie da nicht genug Bewegung? Oder ist das nur ein Alibi für ein Treffen mit anschließendem Umtrunk? Mein Gerhard hat damals auch immer noch Fußball gespielt. Bei den Alten Herren, wissen Sie. Dabei konnte er seine Plauze kaum noch in den Trainingsanzug quetschen. Trotz 100 Prozent Elasthan. War alles nur ein Alibi fürs Bierchen trinken. Als ob wir Frauen das nicht merken würden. Typisch Mann.«

Wilfried wusste nichts darauf zu antworten und schaute beschämt an seinem Bauchansatz hinunter.

»Na, Sie können ja wenigstens noch Ihre Schuhe allein zubinden«, fügte sie hinzu. »Bei meinem Gerhard musste ich das immer machen. Und jetzt liegt er unter der Erde. Das hat er nun davon.«

»Ich dachte, Ihr Mann starb bei einem Autounfall.« Indem Wilfried es ausgesprochen hatte, bereute er es zutiefst. Frau Kampschultes Augenbrauen zogen sich zu einem buschigen Strich zusammen. Der Blick starr auf Wilfried gerichtet. Wie kam er hier wieder heile raus? »Also«, begann er schließlich zu erklären, ohne sie dabei anzusehen. »Sie sehen ja, man muss gerade in unserem Alter schon etwas tun, wenn man fit und gesund bleiben will. Ach, übrigens, haben Sie schon einen Tannenbaum ausgesucht, oder soll ich Ihnen wieder einen vom Weihnachtsmarktstand mitbringen?« Wilfried hoffte, dass er sie damit besänftigte. Und so war es: Ihre Augenbrauen wechselten zurück in die alte Position, und der Hauch eines Lächelns huschte über ihr Gesicht.

»Ach, deshalb haben Sie noch keinen neuen Parkplatz. Sie wollen noch mal vor der Sperrung die Bäume besorgen.«

»Genauso ist es«, log Wilfried. »Ich wollte morgen früh direkt los zum Weihnachtsbaumstand auf dem Neumarkt. Ich bringe Ihnen dann direkt einen mit. *Nordmann* oder normale Fichte?«

Frau Kampschulte antwortete nicht. Während es in ihrem Kopf anscheinend ratterte, versuchte Wilfried vorsichtig, die Stangen aus ihren Krallen zu nehmen. Keine Chance, die Eigenwilligkeit dieser Person siegte, und eine der Baustützen blieb in ihrem festen Griff. Seine Vermieterin begutachtete die Funktionsweise der Lastenstange, drehte an der gummierten Anpressplatte, tippte kurz an den Schnellspann-Pumpgriff, starrte sekundenlang auf das Preisschild und wog dann die Stange in ihrer Hand, während sie mit der anderen ihren nicht vorhandenen Bizeps prüfte.

»Was macht man denn damit für Übungen?«, wollte sie endlich wissen.

Das Thema war also noch nicht durch und Wilfried wusste beim besten Willen keine Antwort. Gequält lächelte er sie an. Frau Kampschulte verzog keine Miene.

»Sie machen damit doch wohl keinen Schweinkram?«, fragte sie schließlich.

Wilfried konnte nicht antworten. Was meinte sie denn jetzt damit? Frau Kampschulte zögerte nicht lange, stellte die eine Seite der Baustange auf den Boden direkt unter dem Apfelbaum, die andere fuhr sie nach oben Richtung Ast aus und betätigte gekonnt den Schnellspann-Pumpgriff, bis die Stange fest verankert war und der Ast gefährlich knarrte. Dann hielt sie sich mit einer Hand fest und machte mit der freien Hand eine theatralische Handbewegung mit anschließender Verbeugung. Wilfried bemerkte, wie ihm der Schweiß den Nacken hinunterlief, während er sich den Kopf zermarterte, wie er aus dieser Nummer wieder rauskam.

»Muss ich noch deutlicher werden?«, fragte sie schließlich.

»Ich ... ehm. Aber nein, so was doch nicht«, stotterte Wilfried.

»Ah, habt ihr schon angefangen?« Hermi Feuchtner schlenderte gemächlich auf die beiden zu. Wilfried sah seinen Freund bettelnd an und hoffte, dass Hermi die Situation retten würde.

»Herr Feuchtner, gut, dass Sie kommen. Ihr Sportsfreund, der Herr Weidner, will mir nicht erklären, welche Sportart Sie hiermit beabsichtigen zu tun«, plapperte Frau Kampschulte.

»Aber gnädige Frau, ist der Wilfried wieder mal zu schüchtern? Wir machen Tabledance! Das ist eine sehr anspruchsvolle Sportart, und das Beste daran: Man kann sie überall ausführen, wo man diese wunderbaren Stangen befestigen kann, auch hier unterm Apfelbaum, wie Sie es ja selbst gerade so professionell ausprobiert haben. Und ganz wichtig: auf Abstand. Ist das nicht toll?« Hermi konnte die verrücktesten Lügengeschichten erzählen, ohne dabei rot zu werden. Er nahm seinen Rucksack ab, ging an die Stange und machte eine lächerliche Tanzbewegung. Frau Kampschulte überließ ihren Unterkiefer der Schwerkraft und zeigte ein Gebiss, das aussah wie eine gebrauchte Fliegenklatsche. Wilfried nickte nur bestätigend und zog automatisch den Bauch ein, als seine Vermieterin ihn von oben bis unten taxierte. Ohne Vorwarnung nahm Frau Kampschulte ihre Einkaufstaschen und stapfte entschlossen Richtung Haus.

»Aber nur für gymnastische Übungen«, rief sie den beiden Männern zu. »Das hier ist ein ordentliches Haus! Und übrigens: Ich nehme ausschließlich eine *Nordmann* – und nicht wieder so eine kleine.«

Hermi lachte und klopfte seinem Freund auf die Schul-

273

ter, als sich die Haustür hinter der energischen Vermieterin schloss. »Na, das wäre doch eine tolle Nummer: Tabledance unterm Tannenbaum. Und ausschließlich *Nordmann*.«

»Du bist total übergeschnappt, aber trotzdem danke. Immerhin ist sie jetzt weg«, erwiderte Wilfried, löste die Baustange und übergab sie Hermi mit den anderen Stangen zum Tragen.

»Aber sonst bleibt alles dabei?«, wollte Hermi wissen.

»Klar doch.« Wilfried schaute sich vorsichtig um, ob sie allein auf dem Parkplatz waren. »Es läuft alles nach Plan«, fuhr er fort. »Die umfangreichen Bauarbeiten hier beginnen am Montag. Wenn es richtig laut wird, können wir auch aktiv werden. Das fällt dann nicht auf. Der Durchbruch von meinem Kellerraum bis zum angrenzenden Juweliergeschäft dürfte dann in maximal zwei Wochen erledigt sein. Wir müssen natürlich an den Weihnachtstagen und zu Silvester Ruhe bewahren. Aber eine Pause schadet ja auch nicht. Das Juweliergeschäft öffnet erst wieder, wenn auch die Bauarbeiten wegen der Gastransportleitungen hier an diesem Bauabschnitt abgeschlossen sind. Bis dahin sind wir über alle Berge.« Wilfried nahm die schwere Tasche mit dem Meißelhammer sowie Baueimer und Stemmeisen aus dem Kofferraum und schließlich ein Sixpack Bier, das er Hermi zum Tragen gab. Dann schloss er die Kofferraumklappe.

»Hoffentlich hast du recht«, antwortete Hermi. »Und hoffentlich haben die noch genügend Klunker im Laden gelassen. Ich habe meine Wohnung gekündigt und sitze auf gepackten Koffern. Es gibt kein Zurück mehr.«

»Das wird schon klappen«, antwortete Wilfried. »Und wenn nicht, dann haben wir für den Knast eine neue

274

Beschäftigung, die uns fit hält und kaum Platz beansprucht.«

»Wie meinst du das jetzt?«, wollte Hermi wissen.

»Hast du doch selbst gesagt: Tabledance.«

Frau Kampschulte legte den Baumschmuck vorsichtig zurück in die Kartons. Ihre *Nordmanntanne* hatte dieses Mal viel zu schnell angefangen zu nadeln. Am liebsten würde sie sich bei ihrem Mieter beschweren, was er sich denn da hatte andrehen lassen, aber dann würde er ihr nicht noch einmal einen Baum mitbringen. Außerdem musste sie ihn dazu überreden, das Gestrüpp auch wieder zu entsorgen. Auch wenn es ihr gegen den Strich ging, sie würde seine Baumauswahl in den höchsten Tönen loben. Die Bauarbeiten waren seit einer Woche wieder im Gange. Nur zwischen Weihnachten und Neujahr hatte alles geruht. Eine Wohltat. Der Lärm war nervtötend gewesen, und sie hatte oft genug das Gefühl gehabt, das ganze Haus würde wackeln. Dass sie von den neuen Gasleitungen auch profitieren würde, war ihr egal. So eine Vorweihnachtszeit hatte sie noch nie erlebt. Sie hatte sich kaum aus dem Haus getraut, um mal über den Weihnachtsmarkt zu schlendern oder in den Geschäften zu stöbern. Auch auf ihren täglichen Spaziergang hinauf in die Altstadt bis zur Schlossruine hatte sie verzichtet. Von Weihnachtsstimmung keine Spur, und Silvester war es ja sowieso immer laut. Ob durch Bauarbeiten oder das nervtötende Feuerwerk, das meist schon zwei Tage vor Silvester begann und zwei Tage später erst wieder aufhörte. Das einzig Gute: Die Arbeiten wurden täglich pünktlich um 16 Uhr beendet. Kurz bevor es dunkel wurde. Das war die Zeit, wo sie sich in aller Ruhe ihr Abendessen zubereitete und es sich mit einer Kanne

Tee und ihrem Lieblingslikör vor dem Fernseher gemütlich machte. Während das Fernsehprogramm lief, genoss sie ihr Essen, stöberte in Zeitschriften und strickte an einer neuen Mütze, Schal oder Socken.

Ingeborg nippte genüsslich an ihrem Haselnusslikör und schaute aus dem Fenster. Es hatte angefangen, heftig zu schneien. Sie hoffte, dass die Bauarbeiten durch die Schneemassen nicht gestoppt werden mussten. Sie konnte es kaum abwarten, bis endlich wieder Ruhe war. Sie mochte den Schnee nicht. Dann hatte sie als Vermieterin zusätzliche Arbeit damit, einen Plan aufzustellen, wer ihrer Mieter wann für das Schneeschieben zuständig war. Wenn es um das Treppenputzen oder Mülltonnen rausfahren ging, waren ihre Mieter alle vorbildlich. Nur beim Schneeschieben waren sie häufig der Meinung, dass ein bisschen Streusalz auch reichen würde. Obwohl vor ihrer Tür Bagger und Raupe täglich in Aktion waren, musste sie als Hausherrin doch dafür sorgen, dass der kleine Fußweg neben dem Haus immer frei von Schnee und Eis war. Ingeborg seufzte laut. Sie konnte sich in ihrem Rentenalter etwas Besseres vorstellen, als sich mit ihren Mietern rumzuärgern. Wenigstens würde das Museum bald wieder öffnen. Ein kleiner Lichtblick in dieser dunklen Jahreszeit. Durch die Modernisierung des *Sauerlandmuseums* und die zur Eröffnung geplante Sonderausstellung mit Werken ihres Lieblingskünstlers, August Macke, würde die Stadt Arnsberg weit über die Grenzen des Sauerlandes hinaus bekannt werden. Ingeborg war erst skeptisch gewesen, als sie von den modernen Entwürfen eines preisgekrönten Architekten und vor allem den immensen Kosten des Umbaus gehört hatte. Jetzt musste sie zugeben, dass das Museum ein Hingucker für die Stadt geworden war.

276

Ingeborg wurde abrupt aus ihren Gedanken gerissen. War das nicht Herr Weidner mit einem Eimer in der Hand? Was machte er denn um diese Uhrzeit an der Baugrube? Frau Kampschulte drückte ihre Nase gegen die kalte Fensterscheibe. Die Straßenlaterne schickte nur einen schwachen Lichtschein, und die vielen Bauschilder verdeckten die Sicht auf das Geschehen, der starke Schneefall tat seinen Rest dazu. Kippte er da irgendwelchen Müll in die offene Grube? Nein, das konnte doch wohl nicht sein. Er mochte ein Einzelgänger und eine Nervensäge sein, aber eigentlich doch sehr ordentlich. Selbst, wenn es ums Treppenputzen ging, war er immer pünktlich und machte seine Arbeit penibel genau. Es gab nie Anlass zur Beschwerde. Ingeborg trank ihren Likör in einem Zug leer und leckte das Glas aus. Dem würde sie nachgehen. Schnell rannte sie in ihren Flur, griff nach dem Schlüsselbund, wickelte sich einen Schal um und zog eilig den Mantel an. In Pantoffeln schlich sie ins Treppenhaus und wartete. Der Fahrstuhl wurde nicht betätigt. Wenn er jetzt in seine Wohnung zu Fuß zurückging, musste er an ihr vorbei. Nichts. Hatte sie ihn verwechselt? Ein kurzer Blick auf ihre Armbanduhr verriet ihr, dass gleich die 20-Uhr-Nachrichten beginnen würden. Egal, darauf musste sie mal verzichten. Sie schloss die Knöpfe ihres Mantels und stieg langsam die Treppen hinunter. Auf jedem Treppenabsatz verharrte sie kurz und lauschte in die Stille. Die meisten ihrer Mieter hatten den Fernseher angestellt. Bei Herrn Bornemann waberte der Duft von frischem Zwiebelkuchen durch die Türritzen. Lecker, dachte Ingeborg. Den muss ich auch mal wieder machen. Da müsste noch eine Flasche Federweißer im Keller sein, der passt hervorragend dazu, schoss es ihr durch den Kopf. Sie riss sich von ihren Gedanken los und ging weiter. Hinter einer Tür stritt das junge Pärchen, das vor einem halben Jahr eingezogen war. Alles beim Alten dachte sie, als sie endlich den unteren Flur erreichte. Wieder verharrte sie einen Moment. War da nicht gerade die Kellertür ins Schloss gefallen? Mit einem Ruck öffnete sie die Haustür und spähte hinaus. Nass und kalt schlug ihr die Winterluft entgegen. Kurz beobachtete sie den Fußweg Richtung Kellertür. Da tat sich nichts. Fußspuren konnte sie keine ausmachen, dafür schneite es zu stark. Um diese Uhrzeit und bei dem Wetter war niemand draußen unterwegs. Aber wen hatte sie eben gesehen?

Wilfried Weidner drückte sich im Schutz einer mit Schnee überdeckten Eibe gegen die Hauswand. Die beiden schweren Eimer mit Bauschutt hatte er abgestellt. Das konnte jetzt nicht wahr sein. Was wollte die Alte hier draußen? Er war sich sicher gewesen, dass um diese Uhrzeit und bei dem Wetter alle in ihren warmen Wohnungen vor dem Fernseher saßen. Selbst Herr Ulmbrecht, der direkt unter ihm wohnte, war bereits um 18 Uhr mit seinem Rauhaardackel rausgegangen. Wilfried hatte alles seit Wochen überprüft. Die Zeitpläne seiner Mitbewohner und auch der Nachbarn in den Häusern ringsherum immer auf dem Schirm. Auch seine Vermieterin hatte er genauestens beobachtet. Er wusste, wann sie und auch die anderen Bewohner in ihre Keller gingen, um etwas zu holen oder um die Wäsche zu machen. Die Tür zu seinem Kellerraum hatte er immer verschlossen und von innen zusätzlich zugeklebt, wenn er und Hermi arbeiteten, damit sich kein Stäubchen durch die Ritzen in die anderen Räume verteilte. Was war schief gegangen jetzt kurz vor dem Ziel? Übermorgen, genau dann, wenn die Rüttelmaschinen hier vor

278

dem Haus den größten Lärm verursachten, nachdem die Grube wieder verschlossen war, würden die beiden das letzte Mal den Meißelhammer benutzen, um den finalen Durchbruch zum Juweliergeschäft zu machen. Es war alles so perfekt gelaufen. Den Schutt, der sich über den Tag bei ihren Brucharbeiten ergab, hatte er abends einfach eimerweise in die Baugrube zu dem anderen losen Geröll geworfen. In dem engen Kellerraum war kein Platz gewesen, um den Abfall dort zu belassen. Nie war irgendetwas aufgefallen. Immer, wenn am anderen Tag der Bagger wieder im Einsatz war, wurde das Bisschen, das Wilfried dazugegeben hatte, mit dem anderen Schutt auf einen Lkw-Hänger geschaufelt und abgefahren. Einfach perfekt. Erst gestern hatte in der Zeitung gestanden, dass die Bauarbeiten an diesem Bauabschnitt abgeschlossen seien und am Mittwoch die Gruben geschlossen würden, damit es an anderer Stelle weitergehen konnte. Alles hatte gepasst, und sie würden weit weg sein, wenn der Juwelier seinen Laden wieder öffnete.

Wilfried atmete tief durch und löste sich aus seinem Versteck. Frau Kampschulte schlurfte nur wenige Meter vor ihm auf Pantoffeln durch den Schnee Richtung Baugrube. Die Frau war verrückt, schoss es ihm durch den Kopf, das konnte gefährlich sein, wenn man bei dem Wetter keine festen Stiefel anhatte. Wilfried zögerte nicht lange, als seine Vermieterin vor der Grube stand und sich neugierig über die Absperrung beugte. Mit jedem Schritt, mit dem er sich ihr näherte, wurde er entschlossener. Als er sie erreicht hatte, holte er aus und schlug ihr mit der behandschuhten Faust heftig gegen den Hinterkopf. Mit der anderen Hand hielt er das Absperrgitter fest, damit es nicht umkippte oder in die Grube fiel. Seine Vermieterin verlor das Gleichgewicht. Ihr dumpfer Aufprall ging im tosenden Schneesturm unter. Zufrieden zog sich Wilfried seinen Hut tiefer ins Gesicht und blieb gebannt stehen. In der Grube rührte sich nichts. Entweder sie war schon tot, oder der Schnee und die Kälte würden ihr den Rest geben. Wilfried drehte sich um und ging zurück, um die beiden Baueimer zu holen. Dann schüttete er den Schutt auf seine Vermieterin und wartete erneut, ob sich etwas rührte. Nichts. Er schaute sich vorsichtig um und konnte sicher sein, dass es für seine Tat keine Zeugen gab. Bei dem Schneesturm konnte man kaum die Hand vor Augen erkennen. Trotzdem ging er zurück hinter die Eibe und beobachtete eine Weile die Grube. Keine Reaktion, keine Frau Kampschulte. Erst als ihm die Zehen abzufrieren drohten, ging er zufrieden weiter, ohne sich noch einmal umzublicken. Er würde zur Altstadt hochgehen und sich ein oder zwei Bierchen genehmigen, außerdem war in seiner Stammkneipe heute Zwiebelkuchentag. Wenn er in zwei Stunden hier wieder vorbeikam, würden die Schneemassen alles überdeckt haben. Den ganzen Schutt der letzten Woche und alles, was es sonst noch zu verbergen gab.

Rezept:
Zwiebelkuchen ohne Boden

Zutaten:
- 60 g weiche Butter
- 3 Eier
- 60 g Mehl
- 500 g gewürfelte Zwiebeln
- 125 g geriebener Käse
- 125 g gewürfelter Speck

Butter und Eier schaumig rühren. Das Mehl unterrühren. Dann die Zwiebeln, Käse und den Speck dazu mischen und in einer Springform bei 180 Grad ca. 50 Min. backen.

OH, DU TÖDLICHE TORTENZEIT

Frankfurter Kranz in Unna
Astrid Plötner

Das Café lag im Herzen von Unna. Britta ging über Kopfsteinpflaster an der restaurierten Stadtmauer entlang ins Nikolai-Viertel, wo sich urige Fachwerkhäuser aneinanderreihten. Sie steuerte auf das *Waffelstübchen* zu, schob die Glastür auf, grüßte freundlich und genoss den süßen Duft von frisch gebackenen Waffeln. Über eine steile knarrende Treppe gelangte man ins Obergeschoss, wo kleine Tische mit Häkeldeckchen und Adventsdekoration zwischen offen gelegten Holzbalken standen. Britta setzte sich zu Marion an einen Tisch in der Mitte, der durch Glasscheiben im Fachwerk von den anderen getrennt stand, sodass sie ungestört plaudern konnten. Die Freundinnen trafen sich jeden Donnerstag um 17 Uhr. Da blieb ihnen eine Stunde Zeit, bis das Café schloss. Marion saß auf dem doppelsitzigen Sofa und war heute ganz in Schwarz gekleidet. Sie hatte vor einer Woche ihren Mann beerdigt. Britta warf ihre Winterjacke über die Stuhllehne und setzte sich gegenüber der Freundin. »Das tut mir alles so leid für dich«, begann sie unbeholfen. Zur Bestattung hatte Marion sie nicht eingeladen, daher sahen sie sich jetzt zum ersten

282

Mal nach dem Tod ihres Mannes. »Wenn ich dir irgendwie helfen kann …«

Marion schüttelte den Kopf und lächelte. »Nein, nein, meine Liebe. Es ist alles bestens.« Sie wirkte weder ausgezehrt noch verzweifelt, eher entspannt und zufrieden. Keine Spur von Trauer.

Eine Bedienung trat an ihren Tisch. Britta bestellte eine gefüllte Waffel und ein Kännchen Kaffee, Marion wählte die Waffel mit Eis und heißen Kirschen, dazu einen großen Kakao.

»Dass das so schnell gegangen ist mit Rüdiger«, nahm Britta das Gespräch wieder auf. »War er krank? Oder gab es einen Unfall? Ich kann das nicht fassen. Er war doch nicht so viel älter als du. Als ich ihn das letzte Mal gesehen habe, machte er einen völlig fitten Eindruck.«

Marion ruckte vor, legte ihre Unterarme auf dem Tisch ab und beugte sich dicht zu Britta. »Rüdiger war zehn Jahre älter als ich, also 68. Aber das war nicht das Problem. Britta, wir kennen uns jetzt schon seit dem Kindergarten, also über 50 Jahre. Deshalb sage ich es dir: Rüdiger war weder krank noch hatte er einen Unfall.« Sie lehnte sich zurück und grinste geheimnisvoll.

»Ich verstehe nicht. Was ist denn mit ihm passiert?«

Marion sah sich um. Außer ihnen beiden saß nur ein Ehepaar außerhalb des abgetrennten Raumes an einem Tisch in der Ecke. Dennoch beugte sie sich wieder vor und flüsterte: »Es ging nicht mehr mit ihm. Ehrlich nicht, Britta. Ich musste dringend etwas unternehmen.«

Britta zog scharf die Luft ein und sah ihre Freundin verdattert an. »Du hast …? Nee, oder? Du verarschst mich doch!«

Ehe Marion antworten konnte, kam die Bedienung mit

283

einem Tablett die Treppe herauf. Die junge Frau trat an ihren Tisch und drapierte die Teller und Tassen, so gut es auf der kleinen Tischplatte möglich war. »Lassen Sie es sich schmecken«, wünschte sie lächelnd, und drehte sich so schwungvoll ab, dass der blonde Zopf wippte. Dann ging sie auf das Ehepaar in der Ecke zu, die bezahlen wollten.

Britta ignorierte ihre Waffel mit Quarksahnefüllung und starrte Marion fassungslos an, die ihre Kuchengabel sogleich durch Kirschen und Eis in die Waffel presste. Das Ehepaar in der Ecke bezahlte, wobei der Mann umständlich sein Kleingeld aus dem Portemonnaie kramte. Endlich stand das Paar auf und zog sich die Jacken an. Die Bedienung verstaute die Einnahme und eilte zur Treppe.

»Bringen Sie mir dasselbe noch mal, ja?«, rief Marion ihr hinterher und kratzte bereits den letzten Rest Kirschsoße vom Teller. »Köstlich.«

Das Ehepaar ging die Treppe hinab. Nun befanden sich die Freundinnen allein im Obergeschoss. »Wie ist Rüdiger gestorben?«, fragte Britta.

»Lass deine Waffel nicht kalt werden«, erwiderte Marion grinsend und nippte an ihrem Kakao. Ihr Gesicht wurde ernst. »Ich habe es nicht mehr ausgehalten, Britta. Nach außen gab Rüdiger den fürsorglichen Ehemann, aber in Wahrheit war er ein Egoist, Zyniker, Choleriker, eben rundum ein Arschloch. Was meinst du, warum wir kaum Gäste empfangen haben? Was meinst du, warum ich meine Freundinnen nur außerhalb des Hauses getroffen habe? Ja, ich hätte mich scheiden lassen können. Aber Rüdiger und ich haben einen Ehevertrag geschlossen. Ich hätte keinen Cent bekommen, obwohl ich es über 30 Jahre bei diesem Mistkerl ausgehalten habe.«

Britta goss sich aus dem Metallkännchen Kaffee in die weiße Porzellantasse und trank einen kräftigen Schluck. Es war schon richtig. Sie hatte Marion und Rüdiger immer mal wieder auf einen gemütlichen Abend eingeladen. Aber stets hatte das Paar abgesagt, weil Rüdiger geschäftlich zu tun hatte und Marion nicht allein kommen wollte. Angeblich. »Wieso jetzt? Wieso hast du so lange gewartet?« Sie grub ihre Kuchengabel in die gefüllte Waffel und begann zu essen.

»Rüdiger war seit Anfang des Jahres in Rente. Zuvor habe ich die eine Stunde irgendwie ausgehalten, die wir abends nach seiner Arbeit zusammen verbracht haben. Aber plötzlich hing er mir den ganzen Tag an den Hacken. Keine Hobbys, keine Beschäftigung, nur rumgemeckert hat er. Das habe ich nicht mehr ausgehalten.«

Britta wandte sich ihrer Waffel zu. Sie konnte Marion gut verstehen. Bei ihr selbst lief die Ehe seit Jahren nicht mehr rund. Karsten nörgelte, sie sei fett und unansehnlich geworden, dabei trug sie Konfektionsgröße 38. Was wäre das für ein Leben, keine Kalorien zählen zu müssen? Sie schloss genussvoll die Augen. Die Quarksahnefüllung schmeckte fantastisch. »Was hast du gemacht?«, fragte sie neugierig.

Die Treppenstufen knarrten, als die Bedienung den Nachschub für Marion brachte. Diese bedankte sich für die zweite Waffel mit Eis und heißen Kirschen und wartete, bis die junge Frau wieder im Erdgeschoss verschwunden war. »Ich habe einen Kuchen gebacken.«

»Und Gift in den Teig gemischt?«

»Quatsch! Ich bin ja nicht blöd. Das hätte jeder Notarzt sofort bemerkt. Ich habe einen Frankfurter Kranz gebacken und die Buttercreme nicht wie üblich mit Krokant verziert, sondern mit Schokostreuseln.«

»Meinen Lieblingskuchen!«, rief Britta überrascht.

Marion nickte. »Genau. Ich habe Rüdiger gesagt, dass ich dich mit dem Kuchen zur Weihnachtszeit überraschen möchte. Dennoch hat er ihn angeschnitten und sich ein Viertel davon reingezogen. Da braucht er sich nicht zu wundern, oder? Okay, ich habe damit gerechnet, dass er sich nicht beherrschen kann. Ich habe es sogar gehofft. Denn ich habe in den Biskuitboden Haselnussmehl gemischt. Rüdiger war allergisch gegen Nüsse. Da hat er einen anaphylaktischen Schock erlitten, als ich zum Einkauf unterwegs war. Als ich nach Hause kam, war er bereits erstickt.« Sie blickte gespielt traurig. »Der arme Kerl.«

Britta schob den Rest ihrer Waffel in den Mund und trank ihren Kaffee aus. »Und nun bist du fein raus«, bewunderte sie ihre Freundin.

»Ja«, stimmte Marion zu. »Mir geht es prächtig wie lange nicht mehr.« Sie schwärmte von einer Kreuzfahrt, die sie am zweiten Weihnachtstag antreten wollte und die bis weit in den Januar dauern sollte. »Ich würde dich gerne einladen mitzukommen, aber da wird Karsten nicht einverstanden sein, oder?«

Britta hob vage die Schultern. »Vermutlich nicht.« Obwohl Karsten sie seit Jahren mit einer anderen Frau betrog, gönnte er ihr kaum Freiheiten. Am liebsten würde sie ihn auch irgendwie loswerden. Leider war Karsten kein Allergiker.

»Wenn du es irgendwie einrichten kannst, das Angebot steht«, sagte Marion und stand auf. »Lass uns gehen, zahlen können wir unten.«

Die Freundinnen verabschiedeten sich vor dem *Waffelstübchen*, und Britta schlenderte die Voßkuhle hinauf

286

Richtung Stadtkirche. Ein stürmischer Wind fegte ihr ins Gesicht, und sie war bei den eisigen Temperaturen, die seit Tagen im Minusbereich lagen, froh über Schal, Handschuhe und Mütze, die sie wohlig wärmten. Sie lenkte ihre Schritte über den Kirchplatz bis zum Marktplatz, wo Passanten im Schutz der Buden Glühwein tranken oder eine Bratwurst aßen. Britta beschleunigte ihre Schritte. Der Sturm peitschte ihr ins Gesicht. Plötzlich hatte sie ein Ziel vor Augen. Sie eilte am Kino vorbei und bog am Komplex der alten *Lindenbrauerei*, der heute als Kulturzentrum Unnas galt, nach links ab. Kurze Zeit später stand sie vor dem Haus, in dem die Geliebte von Karsten lebte. Mara hieß sie und war 20 Jahre jünger als Britta und Karsten. Das Haus lag im Dunkeln, nur beschienen von der Straßenlaterne. Britta sah den Audi von Karsten in der Einfahrt stehen, zwängte sich daran vorbei und betrat den Garten. Von hier aus konnte man ins Wohnzimmer blicken. Auf dem Couchtisch stand ein Adventskranz, an dem eine Kerze brannte. Daneben eine Torte. So eine Tiefkühltorte, die man beim Lieferdienst bestellen konnte. Im flackernden Schein sah Britta ihren Mann und Mara, die sich leidenschaftlich auf dem Sofa küssten. Karstens Geliebte hatte heute Geburtstag. Zwei Tage bevor er seinen eigenen feiern würde. Britta schluckte den Frust herunter und drehte sich um. In diesem Moment fegte eine heftige Windböe in die Einfahrt. Britta stemmte sich dagegen und hatte Mühe, sich auf den Beinen zu halten. Eine Mülltonne mit blauem Deckel rollte zur Seite und kippte dann mit lautem Getöse um.

Britta wollte sich zunächst daran vorbeizwängen. Was ging sie die blöde Papiertonne dieser Schnepfe an? Dann sah sie die Hülle des Geburtstagkuchens, ebenfalls den

Karton, in dem er verschickt worden war. Beides hatte sich unter dem Vorderrad von Karstens Auto verfangen. Instinktiv hob Britta die Pappen auf. Plötzlich kam ihr eine Idee. Sie stellte die Tonne wieder auf und klappte den Deckel zu, überlegte kurz, und öffnete dann den Deckel der gelben Abfalltonne. Sie war halb gefüllt, der Inhalt lag lose darin, ohne vorher in Tüten verpackt worden zu sein. Britta zog sich ihren rechten Handschuh mit den Zähnen vom Mund, griff nach ihrem Handy und leuchtete in die Tonne. Neben Fleischverpackungen, leeren Milchflaschen und geöffneten Konservendosen sah sie eine alte Thermoskanne, die wohl eigentlich in den Restmüll gehörte, daneben ein leeres Frostschutzmittel.

Brittas Gedanken überschlugen sich. Wenn das kein Zeichen war! Sie schob das Handy zurück in ihre Jacke, zog den Handschuh an, fischte die Thermoskanne aus der Tonne und ließ sie in ihre Handtasche gleiten. Dann griff sie nach den Kuchenkartons und kämpfte sich gegen den Sturm bis zum Parkhaus neben dem *Lindenbrauerei*-Komplex, wo sie ihren Mini-Cooper abgestellt hatte. Zehn Minuten später erreichte sie ihr Zuhause in Unna-Königsborn nahe des Kurparks. Dort handelte sie zielstrebig und ohne nachzudenken. Sie konnte sich Zeit lassen, Karsten würde die Nacht bei Mara verbringen und erst am nächsten Tag nach der Arbeit heimkommen. Britta begann zu backen. Das Rezept für den Frankfurter Kranz kannte sie auswendig. Karsten aß ihn gerne im Original mit Krokant verziert. Und genauso stellte Britta die Torte auch her. Sie verzierte sie sogar mit Buttercremetupfern und Belegkirschen. Bevor sie den Kuchen in den mitgebrachten Karton stellte, zog sie Gummihandschuhe an. Ihre Fingerabdrücke würden auf dem Karton nicht zu sehen sein. Sie ver-

288

schloss die Schachtel, faltete auch den Umkarton wieder zusammen und stellte den Tortenkarton hinein. Daneben war noch Platz genug für die Thermoskanne. Die würde sie jetzt noch säubern. Aber zum Befüllen war es noch zu früh. Britta brachte den Karton in den Keller, danach räumte sie die Küche auf und lüftete, bis der Backgeruch abgezogen war.

Am Donnerstag vor Heiligabend traf Britta sich erneut mit Marion im *Waffelstübchen*. An den letzten beiden Donnerstagen hatte sie die Treffen ausfallen lassen müssen. Dieses Mal war Britta in Schwarz gekleidet und nahm auf der Couch des abgeteilten Raums Platz, den sie telefonisch reserviert hatte. Als Marion zu ihr trat, hatte die sich von der Trauerkleidung bereits getrennt und trug zu Jeans einen roten Schalkragenpullover und ebenso rote Stiefel. Sie setzte sich Britta gegenüber auf den Stuhl und starrte sie fragend an.

»Was ist denn da bloß passiert bei euch?«, fragte sie neugierig. »Ich habe 1.000-mal versucht, bei dir anzurufen, aber du gehst ja nie ans Telefon. Stimmt es, was in der Zeitung steht? Karsten hatte eine Geliebte, und die hat ihn umgebracht, als er sich von ihr trennen wollte?«

Britta seufzte und schwieg, da die Bedienung die Treppe hochkam und an ihren Tisch trat. Die Freundinnen bestellten ihre Lieblingswaffeln mit Getränk. Als sie wieder allein waren, schaute Britta sich um. Heute war das Obergeschoss gut besucht, sämtliche Tische außerhalb des abgeteilten Raums waren voll besetzt. Aber niemand nahm Notiz von ihnen. Familien mit Kindern, Paare, an einem Tisch zwei Herren. Sie alle waren in rege Gespräche vertieft. Britta beugte sich über den Tisch. »Ich habe das Telefon ausschalten müssen. Die Presse hat mich nicht in Ruhe gelassen. Ständig diese Fragen. Aber ja, ich habe gewusst, dass er eine Geliebte hatte. Nur die Umstände seines Todes sind anders verlaufen, als die Allgemeinheit nun glaubt«, sagte sie geheimnisvoll.

»Wie?« Marion schien fast vor Neugier zu platzen.

»Ich habe das alles inszeniert«, flüsterte Britta. »Du hast mich bei unserem letzten Treffen dazu inspiriert.«

»Was hast du gemacht?«

»Ich habe einen Kuchen gebacken. Frankfurter Kranz.«

»Ich denke, Karsten ist nicht allergisch gegen Nüsse. Du konntest ihn also nicht so einfach beseitigen wie ich meinen Rüdiger.«

Britta nickte. »Genau. Deshalb musste ich anders vorgehen. Dabei habe ich gleich zwei Fliegen mit einer Klappe geschlagen.«

»Wie das?« Marion rutschte gespannt auf ihrem Stuhl hin und her.

»Frage mich nicht, unter welchen Umständen, aber ich hatte in der Mülltonne dieser Schlampe eine leere Kuchenschachtel gefunden. Vermutlich ist sie zu blöde, selber zu backen.« Sie erzählte auch von der Thermoskanne, deren Schraubverschluss etwas geklemmt habe, die aber dennoch zu gebrauchen gewesen sei. »Karsten hat zwei Tage nach seiner Geliebten ebenfalls Geburtstag. Ich fand, das war ein guter Tag, dass diese Mara ihm mal einen Kuchen backen könnte. Er hat sich auch sehr gefreut, als er den Karton vor unserer Haustür fand. Der Idiot hat tatsächlich geglaubt, diese Schlampe habe ihm am frühen Morgen das Paket vor die Tür gelegt, um ihn zu überraschen. Dabei hat sie vermutlich noch friedlich bis mittags geschlafen.«

Marion lehnte sich zurück und grinste. »In Wahrheit kam die Lieferung von dir«, erkannte sie. »Du hast ihm einen vergifteten Kuchen geschickt und er musste denken, er wäre von seiner Geliebten.«

Britta nickte vage. Ihre Stimme klang verbittert, als sie weitersprach. »Der hat sich gefreut wie ein kleiner Junge. Er hat mir sogar ein Stück angeboten, das ich selbstverständlich abgelehnt habe. Ich habe das Haus verlassen und bin ins Fitnessstudio. Danach zum Einkaufen. Als ich am späten Nachmittag nach Hause kam, lag Karsten tot am Boden.«

Marion schwieg, als die Bedienung die Waffeln brachte und wartete ungeduldig, bis sie wieder die Treppe hinablief. »Was hast du für ein Gift in den Kuchen gemischt? Ist es nicht schwierig, sich so was zu besorgen? Das hat man doch nicht im Haus! Oder hast du den Plan, Karsten um die Ecke zu bringen, schon länger im Kopf?«

Britta schüttelte lächelnd den Kopf, nahm einen Schluck Kaffee und probierte von ihrer gefüllten Waffel. Genussvoll schloss sie die Augen. Göttlich. Einfach nur göttlich. Endlich blickte sie ihre Freundin an. »Der Kuchen war nicht vergiftet. Es hat mir direkt leidgetan, als die Kriminaltechniker der Polizei ihn zur Untersuchung mitgenommen haben. Nein, ich habe den Cappuccino mit Frostschutzmittel versetzt. Glykol führt zum Organversagen. Ich habe noch letztens beim Friseur von einem Fall gelesen, als eine Frau dem Mann ihrer Freundin das Zeug in den Wein gekippt hat. Der ist auch elend verreckt.«

»Und die Polizei hat geschluckt, dass diese Mara hinter dem Mord steckt?« Marions Blick war voller Anerkennung. Sie widmete sich nun ihrer Waffel mit Vanilleeis und heißen Kirschen.

Britta kaute genüsslich. »Man hat natürlich auch mein Haus durchsucht. Allerdings fand man dort keine leere Flasche mit Frostschutzmittel. Die hatte ich bereits in einer öffentlichen Mülltonne entsorgt. Es war das gleiche Mittel wie das in der gelben Tonne von Mara. In ihrem Abfall fand man ebenfalls die Verpackung von Belegkirschen, Krokant und Butter, die für den Kuchen benutzt wurden. In meinem Müll war nichts dergleichen zu finden.« Sie grinste und nahm den nächsten Biss.

»Haben deine Nachbarn der Polizei nicht erzählt, dass es mit eurer Ehe aus war? Karsten und du, ihr habt euch doch oft gestritten, hast du mir erzählt. Das müsste die Beamten doch stutzig machen.« Marion schob den Rest ihrer gefüllten Waffel in den Mund.

»Nee. Die Nachbarn haben von der Liebschaft Karstens überhaupt nichts mitbekommen. Und die geschwätzige Frau Schulze von gegenüber, der ich immer die Getränke vom Supermarkt mitbringe, hat sich nur an den riesigen Blumenstrauß erinnert, den Karsten mir im Sommer zum Geburtstag geschenkt hat.«

»Dann sind wir zwei ja fein raus«, grinste Marion, »und können am zweiten Feiertag auf unsere wohlverdiente Kreuzfahrt gehen. Ohne unsere lästigen Männer. Ich freue mich, dass du mitkommst.«

Im Nebenraum standen zwei Männer vom Tisch auf, steuerten jedoch nicht auf die Treppe, sondern auf den Tisch der Freundinnen zu. Mit Schrecken dachte Britta an die Kriminalpolizei. Die Typen könnten Zivilpolizisten sein. Vermutlich hatte man ihr Gespräch abgehört, und nun waren sie am Arsch und würden ins Gefängnis wandern. Keine Kreuzfahrt. Kein Leben ohne die Tyrannei des Ehemannes. Dagegen graue Mauern, Gitter und ein Leben bei miesem Essen und dumpfer Arbeit im Frauenknast.

»Guten Abend, die Damen«, begann einer der vermeintlichen Polizisten und lächelte. »Mein Name ist Andreas. Darf ich Ihnen meinen Freund Felix vorstellen? Wir haben unsere Ehefrauen im vergangenen Jahr ebenfalls auf tragische Weise verloren. So ein Verlust schweißt zusammen, nicht wahr? Dürfen wir uns setzen?« Er grinste, kniff ihnen ein Auge zu und setzte sich mit Felix an den Tisch, ohne eine Antwort abzuwarten und ohne zu erklären, woher sie von Brittas und Marions tragischem Verlust wussten.

Rezept:
Frankfurter Kranz

Zutaten:

Teig:
    100 g Margarine oder Butter
    150 g Zucker
    1 Pck. Vanillezucker
    4 Tropfen Backöl Zitrone
    3 Eier
    150 g Mehl
    50 g Speisestärke
    2 gestrichene TL Backpulver

Creme:
    1 Pck. Puddingpulver Vanille-Geschmack
    100 g Zucker
    500 ml Milch
    250 g Butter
    Erdbeerkonfitüre

Verzierung:
    Krokant, Belegkirschen

Fett mit Zucker und Vanillezucker geschmeidig rühren. Backöl Zitrone zugeben und jedes Ei etwa eine Minute unterrühren. Mehl, Stärke und Backpulver mischen, sieben und nach und nach unterrühren. Teig in gefetteter Kranzform füllen und bei 175 – 200 Grad im vorgeheizten Backofen ca. 35 – 45 Minuten backen. Auskühlen lassen. Einen Vanillepudding mit Milch und Zucker kochen, danach weiche Butter unterrühren, auskühlen lassen. Boden zweimal durchschneiden. Unteren Boden dünn mit Konfitüre bestreichen. Darauf eine dünne Schicht Buttercreme. Zweiten Boden drauflegen. Etwas dicker mit Buttercreme bestreichen. Oberste Schicht genauso. Schließlich die Ränder ebenfalls mit Creme bestreichen. Krokant an den Kuchen werfen. Zum Schluss mit Spritzbeutel kleine Röschen aufsetzen und mit Kirschen verzieren.

DIE LETZTE WURST
DES JAHRES

Würstchen im Brotteig in
Olsberg-Assinghausen
Anke Kemper

Im Grabenweg Nummer 1 – 11 in dem kleinen Ort Assing-hausen, zwischen Olsberg und Winterberg gelegen, ver-stand man sich überwiegend gut. Jeder Bewohner, ob groß oder klein, jung oder alt, männlich oder weiblich, machte sein Ding, und das in stoischer Monotonie. Der Rasen wurde samstags gemäht, die Autos samstags gewaschen, die Straße samstags gefegt. Sonntags saß man dann je nach Wetterlage in seinem gepflegten Garten, trank Kaffee oder grillte und hielt hie und da einen kleinen Plausch mit den Nachbarn. Es gab das jährliche Straßenfest, das Fahne his-sen zum Schützenfest und ein gemeinsames Silvesterböl-lern. Alles darüber hinaus galt als Sonderveranstaltung und musste bei den Grabenweglern angemeldet werden. Nur der Ordnung halber.

Elli Griesenbrock aus Nummer 6 hatte in ihrem Eck-haus, da, wo der Grabenweg einen kleinen Knick machte, um der Ruhr, die hier oben in Assinghausen noch ein Bach war, Platz zu machen, den besten Überblick auf das

Geschehen. Sie wusste, wer täglich Pakete bekam und wie viele. Wer wann zur Arbeit oder zum Einkaufen fuhr und wann wer aufstand oder ins Bett ging. Die Gewohnheiten der Bewohner im Grabenweg waren ihr durch jahrelange Beobachtungen bekannt, und wenn sich mal etwas änderte, forschte sie direkt nach, warum das so war oder was hier wohl passiert sein konnte. Das erfragte sie aber nicht direkt bei den betreffenden Personen, sondern nutzte die ausführliche Informationsquelle von den anderen aufmerksamen Nachbarn bei einem netten Plausch und dem einen oder anderen Eierlikör. Von ihrem Küchenfenster aus hatte sie den besten Blick Richtung Hausnummer 1 – 5 und vom Wohnzimmer aus Richtung 7 – 11. Für die dunkle Jahreszeit hatte sie sich mittlerweile ein Nachtsichtfernglas gegönnt, damit ihr ab 16 Uhr nichts entging. Denn am interessantesten vom ganzen Jahr war das jährliche Wettschmücken von Losbergs aus Nummer 4 und Brinkmanns aus Nummer 8. Jeden Tag schien sich das weihnachtliche Wettleuchten zuzuspitzen, bis am Heiligen Abend direkt nach der Christmette der Schaulauf des halben Ortes im Grabenweg stattfand und die Nachbarn am Fenster standen, um die Zeit zu stoppen, an welchem Haus die Menschen länger verharrten und am lautesten »Oh« oder »Ah« sagten. Obwohl das Rosendorf Assinghausen von Mai bis September ein einzigartiger Rosengarten war und alle zwei Jahre viele Besucher zum Rosenfest lockte, die sich an den rund 200 Rosenarten und betörenden Düften erfreuten, war damit das Wettleuchten zur Weihnachtszeit im Grabenweg nicht zu toppen – fand zumindest Elli Griesenbrock.

*

Grabenweg Nummer 4

Irene Losberg traute ihren Augen nicht. Der neue Nachbar, Enrico Russo aus Nummer 1, war gerade dabei, einen Polypropylen-Weihnachtsschlitten samt Rentieren von seinem Anhänger zu hieven. Der Neue schien es mit der Außenbeleuchtung und Hausschmückung unangemessen zu übertreiben, das kam für Irene einer Kampfansage gleich. Enrico winkte seiner Nachbarin zu, als er sie mit Schneeschieber und einem Eimer Streusalz in der Garageneinfahrt erblickte.

»Ich habe eine Überraschung für Sie«, rief er ihr zu und verschwand in seinem Haus. Kurze Zeit später kam er mit einem Deko-Objekt aus Metall und Holz wieder zurück und steuerte direkt auf Irene zu. »Mein Geschenk zum Einstand für Sie«, sagte er freudestrahlend und platzierte den knapp 70 Zentimeter hohen Metalltannenbaum vor seiner Nachbarin.

»Oh, haben Sie das selbst gemacht?«, fragte Irene betont freundlich. »Sie sind doch Metallbauer, richtig?«

»Ja, genau. Der Tannenbaum ist aus Eisen, und der Fuß, auf dem er befestigt ist, ist aus heimischem Buchenholz gefertigt«, antwortete Enrico stolz. »Ich bin froh, dass ich Sie endlich angetroffen habe, die anderen Nachbarn haben schon ihren Baum«, fügte er hinzu.

»Wirklich sehr schön, vielen Dank«, sagte Irene nach einer kurzen Atempause und fragte sich gleich, ob alle anderen Nachbarn die gleiche Ausführung von Enrico bekommen hatten. Und überhaupt: Wieso sollte er sie nicht angetroffen haben? Sie war fast immer zu Hause, gerade in der Weihnachtszeit, wo es so viel zu tun gab. So eine blöde Ausrede, schoss es ihr durch den Kopf.

Irene übergab Enrico Russo ihren Schneeschieber und ging mit steigendem Interesse und einem Argusauge einmal um das Deko-Objekt herum. Gut gearbeitet, dachte sie und musste zugeben, der Baum sah auch recht nett aus, schlicht, aber schön. Im *Industrial Design* gefertigt, würde ihre Tochter dazu sagen. Den Mann kann man sicherlich mal fragen, wenn im Haus etwas defekt ist. Das müsste er als Handwerker können, fiel ihr noch ein. Sie hielten einen kurzen Schwatz, während Enrico den Rest Schnee in der Garageneinfahrt von Irene Losberg wegschaufelte, und tauschten sich über ihre Weihnachtsdeko aus, was Irene sichtlich schwerfiel. Zum Abschied erinnerte Enrico Irene an das bevorstehende Grillen bei ihm zu Silvester, zu dem er alle Nachbarn eingeladen hatte, um seinen Einstand im Grabenweg zu feiern und sich näher kennenzulernen.

*

Grabenweg Nummer 6

Was für ein Glückstreffer. Elli Griesenbrock hatte nicht nur das Geschehen vor der Garage ihrer Nachbarin beobachten können, sondern auch jedes Wort verstanden, weil ihr Küchenfenster zum Lüften offenstand, während sie wartete, bis der Kaffee durch die Maschine tröpfelte. Soso, Irene Losberg hatte nun ihren Baum bekommen. Nachdem Elli schnell ins Wohnzimmer gehastet war, um das Fernglas zu holen, konnte sie mit dessen Hilfe nun mit Sicherheit feststellen, dass der Baum von Irene etwas kleiner aussah als ihr eigener und auch als der von Maria Brinkmann. Elli lächelte, sie würde gleich ihren Baum im Eingangsbereich platzieren, damit Irene ihn aus der Ferne begutachten konnte. Und sie war sich sicher, dass Irene Losberg alle Bäume unter die Lupe nehmen würde, wenn sie schon die Letzte war, die ihr Geschenk erhalten hatte. Eigentlich hatte sich Elli vorgenommen, das schöne Deko-Objekt des neuen Nachbarn im Innenbereich zu belassen, damit es nicht anfing zu rosten, aber diesen Spaß wollte sie sich nicht entgehen lassen. Außerdem würde ein bisschen Patina aus Rost vielleicht ganz gut aussehen. »Du wohnst hier am Paradeplatz des Geschehens«, sagte Elli zu sich und schloss das Fenster.

*

Grabenweg Nummer 8

Maria Brinkmann schloss sorgfältig ihre Haustür und tastete sich die Treppe hinunter. Obwohl sie alles säuberlich vom Schnee befreit und ordentlich Streusalz verteilt hatte, war sie doch immer sehr vorsichtig zu dieser Jahreszeit. Langsam trippelte sie nun den Grabenweg entlang. Wie jeden Abend. Rechts hinunter, links wieder hoch. So konnte ihr nichts entgehen. Sie hatte die Krempe ihrer Mütze umgeklappt und tief ins Gesicht gezogen, damit man nicht erkennen konnte, wohin ihre Augen wanderten auf ihrer Tour durch die Nachbarschaft. In ihre Stofftasche hatte sie irgendwelchen Kram hineingestopft, der bei ihr rumlag, damit es so aussah, als käme sie gerade vom Einkaufen. Einen Zollstock und eine Taschenlampe hatte sie sowieso immer dabei auf den abendlichen Runden. Als Erste Vorsitzende des *Rosenvereins* musste sie immer einen Blick für das Ganze haben, das verstand sich von

300

selbst. Enrico Russo hatte den Rentierschlitten auf seiner Garage aufgebaut. Überall blinkte es in den verschiedensten Farben. Kitschig und typisch italienisch, dachte Maria, war sich aber sicher, dass es den Kindern, die am Heiligen Abend hierherkamen, sehr gefallen würde. Zumal der mannshohe Weihnachtsmann an der Dachrinne hochzuklettern schien und aus dem großen Sack, den er trug, ein paar bunt eingewickelte Pakete rauslugten. Gekonnt hatte er ihn angestrahlt, sodass er schon aus der Ferne gut zu erkennen war. Ein schlauer Bursche, dachte Maria. Man musste die Kinder begeistern, dann würde man auch die Erwachsenen für sich einnehmen. Das musste sie sich fürs nächste Mal merken. Im Eingangsbereich hatte der neue Nachbar drei seiner selbstgemachten Weihnachtsbäume in verschiedenen Größen aufgestellt und mit Lichterketten umwickelt. Gute Idee, dachte Maria und freute sich, dass sie noch eine Lichterkette übrig gelassen hatte, sollte ihr noch kurz vorm Festtag eine Idee kommen, was sie damit schmücken konnte. Als Maria auf ihrem Rückweg bei Losbergs vorbeiging, stellte sie freudig fest, dass Irenes Tannenbaum kleiner war als ihr eigener. Gut so, dachte sie. Hier werde ich punkten.

*

Grabenweg Nummer 4

Irene war sauer. Sie hatte den letzten Baum des Nachbarn erhalten. Das Überbleibsel sozusagen. Er selbst hatte drei enorme Objekte bei sich platziert und alle anderen, die in der Nachbarschaft verteilt worden waren, waren auch größer oder breiter, oder aber der Holzfuß war viel wuchti-

301

ger. Das hatte sie mittlerweile überprüft. Frau Müller aus Nummer 7 hatte ihr freudig erzählt, dass ihr Deko-Objekt sogar einen Eichenfuß und keinen aus Buche hatte, weil Enrico das Buchenholz ausgegangen war. Eine Frechheit. Alle hatten ihren Baum draußen im Eingangsbereich stehen, entweder mit Tannengrün oder Lichterkette geschmückt. Das Schlimmste aber war, dass ausgerechnet diese Maria Brinkmann den größten bekommen hatte. Irene konnte Maria nicht ausstehen. Sie wusste genau, dass diese jedes Jahr versuchte, sie zu übertrumpfen. Immer scharwenzelte sie um Irene herum, schaute mal im Garten vorbei, was die Rosen so machten oder was sie Neues gepflanzt oder an Deko gekauft hatte, machte es ihr nach und versuchte, sie zu übertrumpfen. Jeder wusste, dass Maria immer mit Zollstock bewaffnet durch den Grabenweg ging. Wenn ihr etwas gefiel, machte sie es nach und wenn nicht, bekam der entsprechende Bewohner eine schriftliche Nachricht von ihr, er solle das unschöne Objekt doch wieder entfernen, sie bekäme Kopfschmerzen, wenn sie so etwas betrachten müsse. Und man solle doch den Ruf des Ortes als Rosendorf würdigen und nicht verschandeln. Und alle taten es. Keiner wollte sich mit Maria Brinkmann aus Nummer 8 anlegen.

*

Grabenweg Nummer 6

Elli Griesenbrock war hoch zufrieden. Der neue Nachbar, Enrico Russo, hatte definitiv in diesem Jahr die üppigste Weihnachtsdekoration um sein Haus herum angebracht. Alles blinkte in den verschiedensten Farben, machte Geräusche oder bewegte sich. Obwohl das Weihnachtsfest erst in drei Wochen war, stellte er täglich seine Dekoration imposant zur Schau. Mittlerweile kamen jeden Abend Familien aus der Umgebung in den Grabenweg und erfreuten sich an den vielen Lichtern und Farben. Wenn Enrico Zeit und Lust hatte, machte er für die Erwachsenen einen Glühwein und für die Kinder einen alkoholfreien Punsch. Kostenfrei. Er hatte einfach selbst Spaß an Weihnachten und an seiner Dekoration, und das spürte jeder. Ellis Nachbarinnen in Nummer 4 und auf der anderen Seite in Nummer 8 kochten vor Ärger. Sie würden in diesem Jahr den Kürzeren ziehen, das stand fest. Sie konnten sich noch so bemühen, so viel Deko gab es jetzt so kurz vor Weihnachten nicht mehr zu kaufen, auch nicht in Winterberg oder Olsberg. Elli hatte sich köstlich darüber amüsiert, als sie beobachtet hatte, dass Irene Losberg am letzten Abend ihren Eisenbaum mit Ellis vertauscht hatte, weil der möglicherweise eine Nummer größer war, als ihr eigener, und Elli wartete nun auf den großen Moment, wo Irene den Baum dann gegen den noch größeren von ihrer Erzfeindin Maria Brinkmann tauschte. Wahrscheinlich dachte sie tatsächlich, dass man den Unterschied nicht bemerkte. Wenn sie sich da mal nicht täuschte.

*

Grabenweg Nummer 8

Maria Brinkmann hatte sich damit abgefunden, dass der neue Nachbar in diesem Jahr der Gewinner in Sachen Weihnachtsdeko sein würde. In ihrem Alter wollte sie sich darüber auch nicht mehr aufregen. Eigentlich hatte

Enrico Russo es geschickt eingefädelt und die Nachbarn mit dem Weihnachtsbaum aus Metall nicht nur eine Freude gemacht, sondern jeden bestochen. So sah es jedenfalls für Maria aus. Wer würde jetzt noch über seine Deko meckern? Aber egal. Er hatte gewonnen. Für Maria war das Wichtigste, dass Irene Losberg nicht die Gewinnerin sein würde. Maria nahm sich vor, dass sie bereits nach Weihnachten losziehen würde, um im Ausverkauf genug neue Deko zu erstehen, um im kommenden Jahr erneut zu glänzen. Sie kannte mittlerweile ein Outletgeschäft für Dekoration in Duisburg und würde, wenn sie ihre Schwester dort besuchte, einiges einkaufen und bei ihr zwischenlagern, bis ihre Schwester zu Ostern zum Wanderurlaub mit dem Auto nach Winterberg reisen würde und ihr dann die gesamte Deko mitbrachte. Die Nachbarn würden Augen machen, dachte Maria stolz. Bedächtig nahm sie die letzte Lichterkette aus einer Schachtel. Ihr verstorbener Mann hatte in dicken Lettern darauf geschrieben: Achtung, muss ich reparieren. Maria begutachtete die Lichterkette und stellte fest, dass das Kabel an einer Stelle frei lag. Sie nahm den Stecker und stöpselte ihn in die Steckdose. Die kleinen Lichter leuchteten auf. Alles okay. Was sollte also sein? Maria nahm die Lichterkette und wickelte sie um den Metallweihnachtsbaum, der seitlich an ihrer Haustür stand – direkt neben einem bunten Holzschneemann und zwei kleinen Wichteln, die sie selbst gebastelt hatte. Den Stecker steckte sie in die Außensteckdose neben dem Haus und erfreute sich an dem erleuchteten Eingangsbereich. Zeit für eine Tasse Kakao, dachte sie zufrieden und ging zurück in ihre Küche.

*

Grabenweg Nummer 6

Elli Griesenbrock zitterte am ganzen Körper. Jetzt ging es los. Wie erwartet schlich Irene Losberg an ihrem Haus vorbei Richtung Grabenweg Nummer 8. Ihren Metallweihnachtsbaum in der rechten Hand. Bereit, ihn als Waffe zu benutzen, sollte sie jemand aufhalten wollen. Jeder in dieser Straße wusste, dass Maria Brinkmann um diese Zeit in ihrer Küche saß und Abendbrot aß. Das war die Zeit, wo sie den kleinen Fernseher auf der Anrichte einschaltete, ihren Kakao trank und zwei Schnitten Brot aß. Eines mit Käse, eines mit Leberwurst. Jeden Abend. Tag ein, Tag aus. Ob Sommer oder Winter. Der Fernseher war so laut eingestellt, dass man ihn in der gesamten Nachbarschaft hörte, und jeder wusste: Jetzt darf man Maria Brinkmann nicht stören. Irene Losberg schaute sich noch einmal vorsichtig um und ging dann beherzt die Stufen zu Marias Haus hinauf. Sie zögerte nicht eine Sekunde, als sie nach Marias leuchtendem Weihnachtsbaum griff. Im selben Augenblick erloschen sämtliche Lichter im Haus Nummer 8, und der Fernseher verstummte. Elli richtete ihr Fernglas auf die Eingangstür. Nichts. Der große Metallweihnachtsbaum war umgekippt, der kleinere lag ein paar Stufen tiefer, und ganz unten am Absatz der Treppe lag Irene Losberg.

An Weihnachten blieb die komplette Weihnachtsbeleuchtung im Grabenweg ausgeschaltet. Es herrschte Trauer. Der tödliche Unfall von Irene hatte alle tief getroffen. Auch Maria Brinkmann. Sie hatte sich von der Polizei eine gehörige Standpauke anhören müssen in Bezug auf defekte Kabel in Verbindung mit Metall. Maria war nur froh, dass sie den Baum nicht noch einmal bei eingeschalteter Lichterkette angefasst hatte, sonst wäre sie jetzt mausetot. Dass ihre Nachbarin ihn entwenden wollte, dafür konnte sie ja nichts. Trotzdem entschloss sie sich, all ihre Dekoartikel der Diakonie zu überlassen. Sollten sich andere Menschen daran erfreuen. Sie hatte den Spaß an Weihnachtsdekoration verloren, und mit Enrico Russo konnte sie es sowieso nicht aufnehmen. Seine Dekoration hatte alle in den Schatten gestellt. Vielleicht würde sie sich zu Ostern mal etwas Besonderes einfallen lassen, aber im Moment konnte sie auch daran nicht mal denken.

An Silvester trafen sich alle Nachbarn bei Enrico, der zur »letzten Wurst des Jahres« eingeladen hatte. Es war ein schöner Abend, um das Jahr ausklingen zu lassen. In aller Stille und ganz ohne Böller und Feuerwerk feierten die Nachbarn des Grabenweges Nummer 1 – 11 in Enricos Garage bei Grillwürsten, Salaten und jeder Menge Chianti. Das Thema Weihnachtsbeleuchtung und der Tod ihrer Nachbarin wurde nicht mehr thematisiert. Zu Ehren von Irene Losberg zündeten sie Kerzen an und stellten sie vor die Garage der Verstorbenen. Dann beschlossen sie gemeinsam, dass sie am Straßenschild zum Grabenweg im Frühjahr eine Rose nur für Irene pflanzen würden. Und zum Ärger von Maria Brinkmann eine *Duftrose Irene* – elegante, stark gefüllte weiße Blüte, zart duftend, blühend bis in den Herbst hinein und winterhart.

Rezept: Bratwurst im Brotteig (mit Porreefüllung)

Zutaten:

Für den Teig:
350 g Weizenmehl
150 g Roggenmehl
1 Würfel Hefe
2 TL Kräutersalz
2 TL Brotgewürzmischung
3 EL Öl
300 ml lauwarmes Wasser

Für die Füllung:
1 EL Öl
200 g Porree
fein geschnitten
Currypulver
100 g geriebener Käse
12 kleine Bratwürste

1 Ei zum Bestreichen und 1 EL Sesam zum Bestreuen

Für den Teig die Hefe im lauwarmen Wasser auflösen und mit beiden Mehlsorten in eine Schüssel geben. Kräutersalz, Brotgewürz und Öl dazugeben und alles zu einem glatten Teig verkneten. Zugedeckt zu doppeltem Volumen aufgehen lassen.

Inzwischen den Porree ca. 3 Min. in Öl andünsten, mit Curry würzen. Etwas abkühlen lassen, danach den Käse untermischen.

Den aufgegangenen Hefeteig in 12 Portionen teilen und jede oval ausrollen. Die Porree-Käse-Füllung darauf verteilen und mit einer Bratwurst belegen. Den Teig über der Füllung zusammenschlagen und fest zusammendrücken. Mit der Teignaht nach unten auf ein gefettetes oder mit Backpapier belegtes Backblech legen, die Teigrolle oben mit einem Messer (im Abstand von ca. 1 cm) jeweils leicht einschneiden und nochmal etwa 15 Minuten gehen lassen.

Danach mit verquirltem Ei bestreichen, mit etwas Sesam bestreuen und bei 180 Grad ca. 30 Minuten backen.

Anstelle des Porrees kann man auch Pilze verwenden oder eine Paprika-Zucchini-Mischung sowie Fetakäse – je nach Geschmack.
Dazu passt ein frischer Salat oder auch Kartoffelsalat.

308

VITEN

Anke Kemper lebt und arbeitet in Freienohl/Sauerland. Sie schreibt Theaterstücke für Erwachsene und spielt selbst leidenschaftlich Theater und Improvisationstheater und führt Regie. Sie ist Inhaberin des *adspecta* Theaterverlages. Zwischendurch schreibt sie humorvolle Kurzgeschichten und Krimis sowie kabarettistische Texte für Groß und Klein und das Zeichnen kommt auch nicht zu kurz. Einige ihrer Illustrationen findet man in Zeitschriften und Büchern. Mit ihren Kriminalromanen für Kinder ab 8 Jahren klärt sie mit ihrer Heldin Paula Pitrelli spannende Fälle auf. Sie ist Mitglied in der *Illustratoren-Organisation e. V.* und im Verein der deutschsprachigen Kriminalliteratur SYNDIKAT e. V..
www.kempers-art.de

Astrid Plötner wurde am Rande des Ruhrgebiets im westfälischen Unna geboren, wo sie bis heute lebt. Nach langjähriger Berufstätigkeit im Handel absolvierte sie ein Fernstudium in Schriftstellerei und arbeitet nun als freie Autorin. Ihre ersten Erfolge verzeichnete sie durch die Veröffentlichung von Kurzgeschichten, wurde in den Jahren 2013 und 2014 für den Agatha-Christie-Preis nominiert. Seither hat sie zahlreiche Kurzkrimis in Anthologien und mehrere Romane veröffentlicht. Im Besonderen die Krimi-Serie mit den Ermittlern Maike Graf und Max Teubner, die spannende Fälle mitten im Ruhrpott lösen. Astrid Plötner ist Mitglied im Verein der deutschsprachigen Kriminalliteratur SYNDIKAT e. V..

www.astrid-ploetner.de

*Weitere Titel finden Sie auf den
folgenden Seiten und im Internet:*

WWW.GMEINER-VERLAG.DE

Alle Bücher von Astrid Plötner:

Die Kommissare Graf und Teubner ermitteln:

1. Fall: Todesgruß
ISBN 978-3-8392-1949-2

2. Fall: Enkeltrick
ISBN 978-3-8392-2330-7

Bastian Zach
O Weihnachtsgrauen
Historischer Roman
320 Seiten, 12,5 x 20,5 cm,
Broschur
ISBN 978-3-8392-0499-3

Ein Weihnachtsputz wider Willen. Ein Adventskalender
und sein dunkles Geheimnis. Ein lang ersehnter Kuss
unter dem Mistelzweig. Das Fest, die Schwiegermutter
und ihr gefräßiges Hündchen. Ein Brief ans Christkind
und sein schicksalhafter Weg über den Atlantik. Ein
teuflisches Spiel an Heiligabend. Und eine sagenumwo-
bene Weihnachtskatze …
12 morbide Weihnachtsgeschichten: manchmal abgrün-
dig, manchmal fantastisch, aber immer mit viel Herz
– und einem (bösen) Schmunzeln.

GMEINER SPANNUNG

WWW.GMEINER-VERLAG.DE
Wir machen's spannend

Eva Klingler
Alsace, mon amour!
Roman
345 Seiten, 13 x 21 cm,
Premium-Klappenbroschur
ISBN 978-3-8392-0451-1

Mit diesem Erbe hat die aparte Frankfurter Grafikerin
Marian Färber nicht gerechnet. Doch zusammen mit
ihrem Verlobten Jeff lässt sie sich auf das Abenteuer
Eguisheim ein – und entdeckt ein jahrhundertealtes
kulinarisches Geheimnis. Doch bis zur Lösung des
Rätsels muss sie viele Hindernisse überwinden und sich
zum Schluss ihrer wahren Liebe stellen. Doch zunächst
muss Marian die Frage beantworten, wer ihr diese mys-
teriösen Hinweise zukommen lässt. Ist der unheimliche
Schatten, der sie verfolgt, ein Freund oder ein Feind?

GMEINER SPANNUNG

WWW.GMEINER-VERLAG.DE
Wir machen's spannend

Cornelia Haller
Das Herz der Alraune
Historischer Roman
475 Seiten, 13 x 21 cm,
Premium-Klappenbroschur
ISBN 978-3-8392-0461-0

Anno 1492: In Ravensburg ist sie knapp dem Scheiter-
haufen entkommen, nun studiert die Hebamme Luzia
Gassner – als Mann verkleidet – Medizin an der renom-
mierten Universität von Montpellier. Als ihre Enttar-
nung droht, flieht sie auf abenteuerlichen Wegen zurück
in ihre Heimat am Bodensee. Dort trifft sie Johannes
von der Wehr, inzwischen Überlinger Stadtmedicus,
dem sie einst den Rücken kehrte. Mit medizinischem
Geschick beginnen sie ihre Zusammenarbeit. Doch
nicht wenige wollen der jungen Medica übel, und einmal mehr ist Luzias Leben in höchster Gefahr.

GMEINER SPANNUNG

WWW.GMEINER-VERLAG.DE
Wir machen's spannend